文芸社セレクション

かえるぽこぽこ

たらふく

文芸社

目次

一、過去と現代

――時は江戸時代。

ここは、中井孝重《なかいたかしげ》を藩主とする中井藩城内。

一ヶ月後に姫である小夜《さよ》の祝言を控え、その準備に侍女らも大忙しだった。

「姫様、何度も申しておりますが、嫁ぎ先は久佐《くざ》藩の若君でございますぞ」

侍女の中でも長《おさ》である定《さだ》は、なんとか小夜を恙無《つつが》く嫁がせる責任を負っていた。

そのため毎日のように「花嫁修業」に余念がないのであった。

「そうは申せ、わらわはこの縁談は気が進まぬと申しておろうが」

「またそのようなことを……」

「このような政略婚は、嫌なのじゃ」

「姫様……久佐藩は、我が藩と長年にわたり敵対関係にあり、この婚姻によりその関係も改善されるのでございます」

「それを政略婚と申しておるのじゃ」

「やっと戦乱の世が終わったところです。ここで両藩が和睦することで、戦乱は終焉を迎えるのですぞ」

「わらわは……嫌いなのじゃ」

「は……？」

「若君が嫌いなのじゃ！」


久佐の若君こと、義丸《よしまる》は、「子ザル」と揶揄《やゆ》されるほど見た目が悪かった。十九という年の割には、顔には皺《しわ》があり老けていた。おまけに背も低く、気も弱い男だった。

「見た目は、日を重ねれば慣れると申しておりましょうが……」

「定！　では訊くがの……そちはわらわの立場でも同じことができるのか」

「当然にございます」

「なっ……なんと申すか……」

「藩と領民のためとあらば、なにを迷うことがありましょうか」

「偽りを申すな！　そちは、わらわを嫁がせるために偽りを申しておる！」

「そのような……。もういい加減になさいませ」

「嫌じゃ。嫌なのじゃ！」

小夜姫は定を放って、自室へ戻った。

小夜は満十六になる若い女の子だった。現代でいうところの、花の女子高生なのだ。

小夜には想い人はいなかったが、義丸に嫁ぐことはどうしても避けたかった。

「わらわは……不幸な女子《おなご》じゃ……」

小夜は鏡を見ながらポツリと呟き、しくしくと泣いた。

中井には、孝宗《たかむね》という若君がいた。小夜の兄である。

当然、嫡男である孝宗が跡継ぎである。

したがって小夜は、いずれにせよ嫁がねばならない身の上だった。


そして数日後……

「小夜、小夜」

小夜が庭にある池の鯉を眺めていると、母親である豊代《とよ》が声をかけた。

「母上……」

小夜は振り向いて立ち上がった。

「小夜……ここでなにをしておるのじゃ」

「鯉を見ておりました」

「定から聞いたが、そちはまだ迷うておるそうじゃな」

「母上、迷うておるのではありません。小夜は嫁ぎとうございません」

「小夜……まだそのようなことを……」

「……」

「殿も嘆いておいでじゃ」

「……」

「我が藩は、決して豊かというわけではない。その事情は小夜も存じておろうが」

「母上……」

「小夜は器量もええ。久佐の若君は、祝言を待ち望んでおいでじゃ。この婚姻の意味はわかっておろうの」

「……」

「あまり定を困らせるでないぞ……」

母親の豊代は、決して冷たい人物ではなかったが、全国に存在する藩の中でも裕福とはいい難い藩内財政の前では、娘の小夜を何としてでも嫁がせたい気持ちを抱えていた。

それは藩主である孝重も同様であった。


「兄上……」

小夜は兄の孝宗の部屋を訪ねた。

「小夜か」

「入ってもよろしゅうございますか」

「ああ、入れ」

そっと障子を開け、小夜は中へ入った。

「このような夜更けに、いかが致した」

「兄上……ご相談がありまして……」

「相談とな」

孝宗は手にしていた本を、横へ置いた。

「申せ」

「兄上は……嫁をめとることはされぬのでしょうか」

「あはは。なにを申すかと思えば、嫁とな」

「はい……」

「そうだな……わしも年頃であるゆえ、そろそろ考える必要があるの」

孝宗は小夜より二つ年上の、十八だった。

「兄上は家督を継ぐお方です。その際、嫁として選ぶ相手は、想い人なのでしょう……？」

「ああ……そうか。小夜は、久佐のことを申しておるのじゃな」

「え……はい……」

「小夜は好いておらんようじゃな」

「わらわは……嫌いなのです……」

「あはは、義丸殿をか」

「はい……」

「小夜……」

「なんでございましょう……」

「戦乱の世が終わったとはいえ、藩同士の争いは後を絶たぬ。平穏な世に至るまでには、まだまだ時間を要する。領民を路頭に迷わすのは父上の本意ではあるまい。わしが申す意味はわかっておるな？」

「……」

「わしもそのうち、嫁をめとることになろう。その際、ここへ嫁ぐ姫君は小夜と同じ立場の者であろうな」

「え……」

「両想いで婚姻を結ぶなど、あり得ぬと申しておるのじゃ」

「兄上……」

「小夜だけではないのじゃ。父上と母上の気持ちもわかってやらねばの」

小夜はもう、諦める外ないと気持ちが沈んでいた。

せめて……兄上は……わかってくれると思うておったが……

わらわはもう……嫁ぐしかないのであろうか……

それから小夜は、定に言われるがまま、花嫁修業をこなすしかなかった。

――そしてある日のこと。

小夜が自室で書を嗜んでいた時のことだった。

何の前ぶれもなく突然、小夜の前に一人の女性が現れたのだ。

「お……お主は、何者じゃ。どこから参った」

小夜は筆を置き、女性を凝視した。

「ここかあ～！　あれ……でもちょっと雰囲気が……」

女性は小夜の部屋をぐるりと見渡し、少々戸惑っている様子だった。

「それに……その奇妙な身なりはなんじゃ……」

女性は現代の女子高生の制服を着ていた。

「あっ、あんたお姫さん？」

「え……」

「つーか、ここって、幕末？」

「なにを申しておるのじゃ……」

「私さ、歴女。っつっても、にわかだけどさ。あはは」

「幕末とは……なんのことじゃ……」

「坂本龍馬とか知ってる？」

「それは……何者じゃ……」

「えぇ～～！　超有名人の坂本龍馬を知らないってことは……やっぱり幕末じゃないんだ」

「それより……お主は何者じゃ。どこから参ったのじゃ」

「あ、私、小井手菜央《こいでなお》。よろしくね」

「……」

「ああ〜〜！　私ね、平成って時代から飛んできたのよ」

「飛んで参ったと申すか……」

「未来から来たの。未来」

「わけの分からぬことを……」

「ちょ……引かないでほしいんだけど」

「誰かおらぬか、誰か！」

「げっ……」

小夜が声を挙げたことで、菜央は小夜に近づき口を押さえた。

「うう……なっ……」

「お姫さん、大きな声を出すと、みんなびっくりするじゃん。私は未来から来ただけ。怪しい者じゃないの」

「……」

「まあ、ここは幕末じゃなさそうだし、一旦帰るわ」

「え……」

そこで菜央は、小夜から手を離した。

「邪魔して悪かったね。それじゃ」

「あ……あの……待たれよ」

「なに？」

「お主……未来から来たと申したな」

「うん」

「未来とは……何なのじゃ……」

「あ……のちの世のことね。つか……今ってなに時代？」

「なに時代とは……なんのことじゃ」

「元号は？」

「寛永《かんえい》じゃ」

「寛永～～？　マジか！　めっちゃ昔じゃん」

「む……昔……？」

「これはえらいこった。幕末どころじゃないじゃーん」

「……」

「まあいいや。それじゃまたね」

「い……いや……待たれよ……」

「なに～、まだ用事でもあるの？」

小夜は菜央の服装に興味を示した。

「お主が身に着けておる、その……見たことがないのじゃが……」

「ああ、これ？　これって洋服って言うの。私、女子高生なんだ～」

「女子高生……？」

「私ね、今十六歳なの。学校に通ってるんだ」

「学校……」

「ほら、姫さん、さっきまで何か書いてたでしょ。そういうの習うところを学校って言うんだよ」

「そ……そうであるか……」

「この時代の着物っつーの、身動きとれないっしょ」

「え……ああ……まあ……」

「つーか、姫さん、年はいくつなの？」

「そちと同い年であるぞ……」

「おお～～！　偶然だね～。で、名前は？」

「小夜……と申す……」

「小夜姫か～～、かわいいじゃーん」

そこで菜央は、手に持っていた携帯電話を確かめた。

「ああ～～っ！　早く戻らないと、ここにいたままになるよ～！」

「それは……なんなのじゃ……」

「これさ、電話に見えるだろうけど、タイムスリップできる機械なんだ」

「……」

「あ……まあ、わからないだろうけど、聞いてね。これでいろんな時代へ行ったり来たりできるの。私の友達でさ、チョー頭いいのがいて、作ってもらったんだ。ほらね、このボタンを押せばいいの。簡単なんだよ」

「菜央……と申したの……」

「うん、私、菜央」

「菜央が暮らしておる『未来』とやらは、今と随分違うように思えるが……」

「そりゃも～～！　天と地ほど違うよ」

「例えば、どのように違うておるのじゃ」

「そうだな～、まあ、服はこんな感じで軽めで動きやすいっしょ。で、女子でも髪を短くできるし、ほら、これね」

菜央は自分の頭を指した。

菜央の髪は肩スレスレの、いわゆるセミロングで、おまけに金色に近い茶髪だった。

「それと～、なんだろな～。あっ！　どこかへ移動する時も、電車とか車っていって、乗り物に乗ってピューッてあっとという間に移動できちゃうし。ほら、今だと人力でしょ」

「人力以外に馬もあるが……」

「馬なんて目じゃないよ～、それより何倍も速いんだし」

「……」

「ご飯作るのだってガスか電気で、ちゃちゃっと作れるし、それとだよ！　やっぱり通信手段だよ。遠くの人と電話を使って話せるんだよ」

「……」

「例えばさ、姫さんが友達と連絡取りたい時、わざわざ行かなくても『明日会おうよ』って言えば会えるんだよ」

「そのようなことが……可能であるか……」

「あ……それとさ、遊びに関してもすごいんだよ。ゲームとか一杯あるし、カラオケやテーマパークとかね」

「そちの話を理解するには難儀じゃが、わらわも菜央が暮らしておる場所へ行けるのか……」

「えっ……まさか、一緒に行くってわけ？」

「わらわは……したくもない婚姻を控えておるのじゃ……」

「それって、結婚ってこと？」

「そうじゃ……」

「げ～～！　まだ十六だよ？　はっや～～！」

「菜央……わらわも連れて行ってくれぬか」

「マジか！」

タイムリミットも迫り、菜央は仕方なく小夜を連れて行くことにした。

「いい？　手を繋ぐんだよ」

「ああ……こうか……？」

小夜は手を差し出し、菜央の手を握った。

「んじゃ～戻るよ～！」


ドスン！


「イタタタ……」

「ふぅ……」

「姫さん、大丈夫？」

「え……ああ……」

共に二人は、とある草むらに倒れていた。菜央は小夜を起こし、土を払っていた。

「ここは……そちが生きておった『未来』なのじゃな」

「そうだよ。それにしてもだよ～、姫さん、その着物、違和感半端ねぇわ。ちょっとここで待っててくれる？」

「どこへ行くと申すか……」

「家に戻って私の服を持ってきてあげる」

「そ……そうか……大儀であるの……」

二人が戻った場所は、菜央の家の近所だった。菜央は小夜を置いて、家に向かって走った。

二、平成の世

「豊代。小夜が消えたとは、一体どういうことじゃ」

孝重は豊代に問いただした。

「殿……それはわたくしにも見当もつきません……」

「あやつ……逃げたのではあるまいの」

「逃げたと申されましても、どこへ行くと仰せですか」

「とにかく、城内、領内をくまなく探すのじゃ」

ここから三日後に久佐の若君が城を訪れることもあり、城内は「姫探し」に大童《おおわらわ》だった。

「お方様……よろしいでしょうか」

「定か……入るがよい」

定はバツが悪そうに、障子を開けた。

「小夜はまだ、見つからぬのか」

「はい……」

「いつから、おらぬのじゃ」

「私が最後に見かけましたのは……書の稽古をすると申され、お部屋に入られた時にございます……」

「それで……おらぬと気がついたのはいつじゃ」

「それより半刻《はんとき》のちにございます……」

「そうか……」

「ただいま、領内をくまなく探しておるところでございます。必ず見つけ出しますゆえ、しばしお待ちくださいませ……」

「見つかれば、すぐに知らせよ」

「承知いたしました……」

「定さま……お話が……」

障子の向こうから、侍女の津祢《つね》が声をかけた。

「直ぐに参る。お方様、わたくしはこれで……」

定は部屋を出て津祢を従え、人のいない場所へ連れて行った。

「津祢、話というのはなんじゃ」

「これをご覧ください……」

津祢が差し出したものは、髪の毛だった。

「これはなんじゃ」

「小夜さまの部屋から見つかったものです」

定は津祢から髪の毛を受け取り、まじまじと眺めた。

「どうやら……髪の毛のようじゃが……それにしても……」

定がそう言ったのは、明らかに小夜の物ではないと確信したからだ。

「髪の毛にございますが……この色はなんでございましょう……」

「茶のようにも見えるが、金のようにも見える……」

「このような色をした髪など……見たことがございません……」

「はっ！　もしや……渡来人の物ではないのか……」

「渡来人……？」

「海の向こうから渡って来る者がおると聞いておる。もしや、姫様は攫《さら》われたのではあるまいの」

「そのような者が、いかがして城内へ入れると……」

「それもそうじゃが……姫が消えたことは確かなのじゃ。攫われたことも考えねばの……」

「はい……」

「津祢……よいか」

「……」

「このことはまだ伏せておくのじゃ」

「……と申されますのは……」

「渡来人に攫われたなどと……久佐の耳に入ってしもうたら、破談になるやも知れぬ」

「……」

「それゆえ……決して他言無用じゃぞ」

「承知しました……」


——平成の世に戻った菜央は……


「姫さん、これ着てね」

草むらに隠れて待っていた小夜にそう言った。

「これを着よと申すか……」

菜央が持ってきた服は、白のTシャツとジャージだった。

「そうだよ。だってさ、その着物じゃダメじゃん」

「左様であるが……。どこで着替えよと……」

「ここで。私が見張っててあげるから」

「左様か……」

小夜は戸惑いながらも着物を脱ぎ、服に着替えた。その間、菜央は周囲を見張っていた。

「着替えたぞ……」

「おお〜〜！　いいじゃーん。あっ！　でも……」

菜央は小夜の胸元を見て、そう言った。

「似合っておらぬか……」

「いや、似合ってるし。姫さん、ブラしないと、だね」

「え……」

「胸元……見てみなよ」

「あっ……」

小夜は咄嗟に腕で胸元を隠した。

「それでっと、この着物はここに入れるからね」

菜央は持参していた紙袋に、着物を無造作に入れた。

「それで、その長い髪だなあ。ま、それは家へ帰ってからでいっか」

「さ……左様か……」

「それと、これね」

「これは……なんじゃ……」

「靴だよ。下駄の代わりみたいなもん」

「左様か……」

菜央は紐のついていない、デッキシューズを差し出した。

「さっ、帰るよ」

菜央は小夜の手を引き、家まで連れて帰った。

「今ね、誰もいないんだ」

菜央は玄関の扉を開けた。

「ここは……そなたの住まいか……」

「そうだよ。三人で暮らしてるんだ」

「そ……そうか……」

「遠慮しないで上がってね」

「あ……ああ……かたじけない……」

小夜は初めて目にする物ばかりで、身体が硬直するほど驚いていた。

「びっくりするよね」

リビングのソファに座った菜央がそう言った。

「ここは……日ノ本なのか……」

「そう。未来の日本ね」

小夜もソファに座った。

「それでさ……時間がなかったから仕方なく連れて来たけど、姫さん、どうするの？」

「どうするとは……」

「帰ろうと思えば帰れるよ」

「左様か……」

「でも、なんだっけ。結婚が嫌とか言ってたよね」

「あ……ああ。そうなのじゃ。わらわは久佐の若君が嫌いなのじゃ……」

「嫌いったって、もう決まってるんでしょ」

「そなたは……若に会うたことがないゆえ、そう申すのじゃ」

「そりゃそうだけど。なに？　不細工なの？」

「いや……まあ……見た目よりも……気の弱さが……」

「そうなんだあ。性格がいまいちってわけか」

「聞いてくれるか、菜央」

そして小夜は悲しそうな表情を浮かべながら、静かに語り始めた。

「あれは……若と初めて会うた日のことであった。久佐藩の領内を若と歩いておった時のことじゃ。領民は若のお出ましとあって、大勢の者が一目見ようと道に並んで待っておったのじゃ。すると……若の『なり』を見た領民は笑う者や、挙句には『サル』と言うての……。若は泣き出したのじゃ……」

「げっ……泣くって……」

「わらわは若が気の毒になり、励ましたのじゃが……『どうせわしのようなサルは、人望もござらん。民を豊かにする力もござらん』と申されて、わらわを置いて走って逃げたのじゃ」

「ありゃま……」

「わらわは、そのような若に付いて行く気持ちなど……。わかってくれるか、菜央」

「そうだね、わかるよ」

「曲がりなりにも、のちには藩主になられるお方じゃ。このように若が頼りない方であることに……わらわは失望したのじゃ……」

「だよねぇ～」

「じゃが……わらわがここにいては……父上も母上も兄上も……案じておろうの……」

「どうするの？　戻る？」

「いや……それは……」

「まあ、戻ろうと思えばいつでも戻れるし」

「左様か……」

「よく考えなよ。それまでここにいていいから」

「よいのか……。そなたの父上と母上は……」

「んーと……そうだなあ。あっ！　とりあえずさ、私って歴女だし。あ、歴女ってね、歴史が好きな女子のこと。それで、姫さんも歴女ってことで」

「歴女のう……」

「だってさ～、江戸時代へ行って姫さん連れてきたなんて言ったら、もう大騒ぎになっ

「うん。私、歴史でゆかりのあるところ旅行したりして、そこで知り合った子って言えば、なんも違和感ないし」

「左様なことで……ご両親は納得されるのであろうか……」

ちゃうし。とりあえず友達ってことで」

「左様か……」

それから小夜は、菜央が携帯電話で話していたり、テレビをつけてみたり、お風呂を案内されたり、様々な「現代」を見せてもらうことで、改めて驚愕するのであった。

夕方になり、菜央の両親が帰宅した。

「あら、菜央。お友達？」

母親の真紀《まき》がそう訊ねた。

「そうなの。小夜ちゃんっていうんだ」

「留守中……勝手ながらお邪魔を致し、かたじけのうございます……」

「かたじけ……いえ、いいんですよ」

「小夜ちゃんね、私と同じ歴女なんだ。だからこんな言葉遣いなの」

「そうなのね。それで、泊まって行くの？」

「うん。しばらく泊めようと思うんだ。夏休みだし、いいでしょ」

「ご両親には連絡してあるのかい？」

父親の昭彦《あきひこ》が訊いた。

「ああ～小夜ちゃんのご両親は……えっと、そう！　旅行に行っててね。しばらく帰って来ないんだよね」

菜央は小夜に目配せをした。

「えぇ……しばしの間……江戸の我が藩の別宅にて……」

「江戸……藩……あはは」

昭彦は半ば呆れて笑った。

「まさに歴女でしょ」

「あはは、そうだね」

「小夜ちゃん、これが私の両親だよ」

「左様でございますか……わらわは中井藩主の娘にございます、小夜と申します……」

「中井小夜って名前なんだね」

「え……えぇ……左様でございます……」

「それで菜央、今日は登校日だったんでしょ」

真紀がそう訊ねた。

「うん。まあ、別にどってことなかったけど。それでお爺ちゃんはどうだったの？」

「元気よ。菜央にも会いたいって言ってたわよ」

「そっか。また今度行くね」

「さて、私はご飯の支度しなくちゃ」

真紀はそう言って台所に立った。

「それにしても小夜ちゃんの髪は、長いね」

小夜の向かい側に座り、昭彦が訊いた。

「左様でございますか……」

「シャンプーするの大変じゃないの？」

「シャンプー……？」

「ああ～、毎日のことだから平気だよね、小夜ちゃん」

菜央が慌てて説明した。

「え……ああ……そうであった。毎日のことゆえ……薙刀《なぎなた》の稽古と、さして変わりはのうございます……」

「薙刀……え……シャンプーと薙刀……」

「お父さん、色々と訊かないでよ」

「ん？　そうか～」

「小夜ちゃん、ご飯が出来るまで、私の部屋へ行こうよ」

「さ……左様か……」

菜央は慌てて小夜を自室へ連れて行った。

「はあ～びっくりした～」

菜央はドアを閉め、小夜を座らせた。

「シャンプーとは、なんのことじゃ」

「髪の毛を洗う時に使うんだよ」

「左様か……」

「後で教えてあげるね」

「……」

「それより今度さ、タイムマシン作った友達に会わせてあげるよ」

「タイム……」

「これこれ」

　菜央はそう言ってタイムマシンを差し出した。

「ああ……これをタイムマシンと申すのじゃな」

「そうなんだよ。これってさ、自分が行きたい時代へ行けるんだよ」

「ほぅ……」

「私、ほんとはさ、幕末へ行きたかったんだ」

「その……幕末とは、どのような意味があるのじゃ」

「あっ……」

　菜央は幕末のことを教えてしまうと、小夜が混乱すると思い、口から出そうになったが思い留まった。

「そういう時代もあるってこと」

「左様か……。それはわらわが生きておる時代のことか……」

「ああ〜、もっと前」

「戦乱の世のことか……」

「ああ〜まあそうだね」

それから菜央は、現代の生活様式や、言葉の類など、様々なことを教えた。

小夜は元々頭が良く、徐々にそれらを吸収していった。

三、義丸と義勝、そしてまこっちゃん

「中井殿、小夜殿がおらぬとは、どういうことでござるか」

城を訪れた久佐の義丸が、孝重に問うた。

「えぇ……それは、急きょ所用がありましてな……」

「所用とは」

「これの母上が、病に伏せましてな」

孝重は、隣に座っている豊代を見てそう言った。

「病とな……」

「本来ならば、わしかこやつが赴くべきところであるが、小夜は義丸殿に嫁ぐ身であるゆ

え、とりわけ小夜に会いたいと母が申されましての」

「そうでござったか……」

「義丸殿には、いち早く知らせるべきであったが、間に合わずに、面目もござらん」

「それで、小夜殿はいつ戻られるのですか」

「そ……それは……」

「小夜は、母の看病をしたいと申しておりますゆえ、病状が回復してから戻ると承知しております」

　口籠る孝重を見かねて、豊代がそう言った。

「なるほど。わかり申した。この際、小夜殿におかれましては、心置きなく看病をされるようお伝えくだされ」

「義丸殿、かたじけない……」

「では、祝言の日を心待ちにしております」

「まことにご足労、申し訳なくござった」

　義丸を送り出した孝重と豊代は、胸を撫で下した。

「殿……このような偽りが、この先も通用するはずがございません……」

「それはわしも承知しておる」

「今後は、どうなさるおつもりですか……」

「それより、小夜の行方は、まだわかっておらぬのか」

「はい……」

「まったく……あやつめ……。どこへ行きおったのじゃ……」

孝重と豊代は、客間で「はあ……」とため息をつくのであった。

「のう……安貞《やすさだ》」

城を出て、家臣の藤井安貞《ふじいやすさだ》に、義丸が声をかけた。

「はっ。若、なんでござりましょうか」

「中井殿は、ああ申しておいでじゃったが、実のところ、小夜殿は城内におったのではないか」

「……と申されますのは」

「どうもわしは、小夜殿に好かれておらぬようじゃ」

「そのような……若、なにを仰せでありますか……」

「祝言を控えたこの時期に、たとえ祖母殿の懇請《こんせい》であっても、豊代殿が赴くべきであろう」

「そうかも知れませぬが、小夜殿は若に嫁ぐ御身であるゆえ、ともすれば、これが今生の別れになるやもと……そうお考えになった上でのことにございましょう」

「そのようなものかの……」

「そうに違いございません」

義丸は自分の見た目もそうだが、家督を継ぐという「重責」を気に病んでいる面があった。領民からは嘲笑われ、おまけに次男である義勝は、義丸とは正反対の見た目も性格も立派な男で、義丸は、そんな義勝に劣等感を抱き、ますます自尊心を失っていた。


「義勝さま～！　ようこそ御城下へお出で下さいました～」

義勝は、こうして度々、領民の暮らしぶりを見て回るのが好きな男である。

義丸と安貞が、ちょうど領内へ入ったところであった。

「皆の者、変わりはござらぬか」

この時代には珍しく、背も高く精悍な顔立ちをした義勝の周囲には、若い女性が群がっていた。

「はい～、お殿様のおかけで、みな、楽しく暮らしております」

「そうか。それはようござった」

「義勝さま～、これからどちらへ？」

「そうだな……団子でもいただきに参るか」

「それでしたら、私もご一緒させてくださいましな～」

「ああ。構わぬぞ。参ろうか」

「そんなあ～、それでしたらわたしくも～」

そう言って次から次へと女性たちは、義勝について回るのであった。

「義勝……」

そこで義丸が声をかけた。

「おおっ、兄上。今お戻りですか」

「そうじゃ……」

「安貞、大儀であったの」

「ははっ。恐れ入ります……」

「それで、兄上。小夜殿はお元気にござりましたか」

「小夜殿は留守であった」

「え……留守……？」

そこで女性たちの中から、クスクスと笑い声が聞こえた。

「そ……祖母殿が病に伏されておっての……。看病に赴かれたとのことじゃった」

「そうでしたか……それは残念にござりましたな」

「ときに……お前はここでなにをしておるのじゃ」

「これから団子をいただきに参るところでありましてな、兄上もご一緒にいかがですか」

義勝がそう言ったことで、女性たちの顔が曇った。

「わ……わしは……城へ帰る……」

「そうですか……」

「安貞、参るぞ」

「はっ」

義丸と安貞がその場を去ったとたんに「義勝さま〜！」と女性たちの黄色い声が挙がっていた。

「義勝が……継げばよいのじゃ……」

義丸はポツリと呟いた。

「若……なにを仰せですか……」

「わしは……あのような人望もござらん……」

「若……」

「みなは、わしのことなど……好いておらん……」

「そのようなことは……ございません……」

「偽りを申すでない……安貞」

「……」

「お主もそう思うとるのであろう」

「いえ……決してそのような……」

「わしは頭が良いわけでもない。武芸にも疎い。おまけに見た目がこれじゃ」

「……」

「とるところなどないわしが、跡を継げるわけがなかろう……」

「若……」

「安貞……もうよい」

義丸は城門に着いたところでそう言った。

「よいとは……」

「父上に報告せねばの。お前はもう下がってよいぞ」

「はっ」

安貞はそう言われ、返す言葉もなくその場を立ち去った。

安貞は、義丸も義勝も子供のころから接して、どちらに肩を持つというような立場ではなかったが、義丸が憐れでならなかった。


――その一方、平成の世では……


「小夜ちゃん、今日は、これを作った友達に会いに行くからね」

菜央はタイムマシンを手にしてそう言った。

「左様か……」

「だからさ〜、左様か、じゃなくて、そうなんだ〜でしょ」

「あ……ああ。そうなんだ……」

「そうそう。それでいいよ」

「菜央……現代の言葉は、少々軽うござるな……」

「いいの！　そうじゃないと、いくら歴女っつったって、みんなが変に思うよ」

「さよ……いえ……そうなんだ」

「あはは。徐々に慣れるから心配ないよ」

そして菜央と小夜は、菜央の友達である須藤誠《すどうまこと》の家へ向かった。

小夜は長い髪を少しだけ切り、お下げ髪にしていた。

「まこっちゃ～ん」

誠の家に到着し、菜央は玄関先から大声で呼んだ。

「あ……ああ～～！」

誠は二階の窓から顔を出して叫んだ。

「よう～、まこっちゃん。元気～？」

「まったく～～！　ちょっと待ってて！」

誠はそう言い、急いで玄関に出てきた。誠は菜央と同い年で十六歳の高校二年生だ。

中肉中背でメガネをかけ、いかにも秀才といった風貌だ。

しかしメガネを外すと、そこそこのイケメンではある。

「小井手、きみって人は、まったく……」

玄関から現れた誠は、辟易《へきえき》したようにそう言った。

「まあいいじゃん」

その理由を菜央は知っていた。

そこで誠は菜央の横に立っている小夜を見て、誰？　といった表情を見せた。

「ああ、この子、小夜ちゃん」

「そっか。で、返してくれない？」

「わかってるって。だから持ってきたのよ」

「早く！」

小夜は二人のやり取りを呆然と見ていた。

「でもさ、その前に言わなきゃいけないことがあるんだよね」

「なんだよ」

「実は……この小夜ちゃんって、江戸時代のお姫さんなんだ」

「なっ……！　きっ……きみは！　タブーを犯してしまったのだな！　だ……だからっ！

言ったはずだろう！」

「まあまあ……そうカリカリしなさんなって」

「ここではなんだから、上がれよ」

そして菜央と小夜は、誠の自室へ案内された。

誠の口ぶりは、突き放したような感じだった。

「適当に座って」

「まったく小井手は、無鉄砲にも程があるんだよ」

誠は勉強机の椅子に腰を掛けた。

菜央と小夜は、カーペットの上に座った。

「私さ～、幕末へ行くつもりだったんだけど、寛永時代に行っちゃったみたい。なんで失敗したのかな」

「そのマシンはボイス認識だと説明しただろう？　ってか、返せよ」

「はいはい」

そう言って菜央は、タイムマシンを誠に渡した。

「まこっちゃんがそう言ったから、私、その通りにしたんだけどなあ」

「だったら失敗するはずがないじゃないか」

「でも失敗したんだもん」

「まさか……年代以外に、なにか言ったんじゃないのか」

「ん……？　いやあ……あっ！」

そこで菜央はなにかを思い出した。

「そう言えば！　年代を言う前に、えっと～って言ったかも……」

「バカだな！　余計なことを言っちゃいけないって、あれほど忠告したのに！」

「だってさぁ～……」

「だってもへったくれもない！　というかだな、小井手、僕はきみにこれを貸した覚えはないのだが！」

「あはは、ごめんね」

「登校日に勝手に持ち出して、何を考えているんだ！」

「だって私、幕末見たかったんだもん」

「見たかったから見に行くなどと、学校の社会見学じゃないんだ！」

「もういいじゃん。返したんだし」

「まあいい。それで、小夜ちゃん……だっけ……」

誠は小夜に目を向けた。

「は……はい……」

「きみって、ほんとに江戸時代から来たの……？」

「江戸時代……わらわが生きておる時代をそう呼ぶのかどうかは知らぬが……確かに江戸という町は存在しておるぞ……」

「うわっ……その言葉……」

「まこっちゃん、このこと誰にも言わないでよ」

「誰が言うもんか！　頼まれたって言いやしないさ！」

「でさ～、小夜ちゃんをずっとこの時代に置いとくわけにもいかないし、またそのマシン貸してね」

「小夜ちゃんが帰る時まで、僕が持っておく。というかいつ帰るんだ」

「それがさ～、色々と事情があってね」

そこで菜央は小夜が抱える事情を説明した。

「そうなんだ。十六で結婚か。まあ……あの時代は当たり前のことなんだろうけど」

「その……タイムマシンとか申す奇怪な道具とやら……戻るとは申せ、寛永に戻れるのであろうな……」

「それは大丈夫。小井手みたいに余計なこと言っちゃうと、マシンが誤作動するけどね」

「左様か……」

「私さ～、思うんだけど～」

「なんだよ、小井手」

「小夜ちゃんの結婚はもう決まってて、断れないと思うんだよね」

「だから？」

「その久佐の若君が頼りないんだったら、小夜ちゃんを鍛えてあげるべきなんじゃないかな」

「どういう意味だ」

「つまり、かかあ天下だよ」

「え……」

「小夜ちゃんが久佐藩を引っ張っていくの」

「わらわが……そのような……」

「じゃ、断れるの？」

「そ……それは……」

「でしょ？　だったらそうするしかないんじゃない？　それにさ、お殿様のお嫁さんなんだし、どっちにしたって強くなんなくちゃね」

「そうは申せ……わらわは義丸殿を支える気持ちなど……湧かぬのじゃ……」

「好きじゃないってことだよね」

「その通りじゃ……」

「でもさ～、一緒に暮らしてたら好きになるかもよ？」

「左様か……あの若君をわらわが……」

小夜は菜央にそう言われても、果たして義丸を好きになれるかどうかはわからなかった。むしろ、不安が募るばかりであった。

「それにしてもさ、まこっちゃん」

「なんだよ」

「まこっちゃんは、タイムマシンで過去のどの時代へ行きたいの？」

「僕は過去になど興味はない」

「えっ……マジっ？」

「僕は未来へ行きたくて作ったんだ」

「へぇ～～！　そうだったんだ」

「しかし安易に使ってはいけないんだ。歴史に関わってもダメだし」

「そうなんだ」

「そうなんだって……小井手、きみは軽すぎるよ！」

「え……なによ」

「今、この時だって中井藩では大騒ぎになっているはずだ。だから一刻も早く小夜ちゃんを帰さないと大変なことになるんだ！」

「いやいや……ちょい待ってよ。小夜ちゃんを帰すのは、私が小夜ちゃんを連れてきた時間に合わせればいいんじゃないの？」

「それはそうだが、必ずしも上手く行くとは限らないだろう？　まったくきみって人は、無責任にもほどがあるよ」

「だってさ～……」

「まあいい。とにかく早ければ早い方がいい」

それから菜央は、小夜を強くするために色々と試みることを決意したのであった。

四、誠、過去へ行く

「とうとう来てしまった……」

誠は久佐藩の領内にいた。

もちろん、町人に成りすますために着物を着用し、メガネも外し髪も後ろでひっ詰めていた。

誠は菜央にタイムマシンを盗まれたとはいえ、作ったのは自分だと、ある程度の責任を感じていた。

そこで誠が思いついたのは、義丸本人に会って、どんな人物か確かめたかったのだ。

僕は過去に興味などないのに……

くそっ……小井手のせいだぞ。

城下町は活気にあふれ、様々な店が立ち並んでいた。

誠はなるべく自然体で、通りを往来していた。

「おや、見かけない兄さんだね」

誠は、現代でいうところの「居酒屋」の女店員に声をかけられた。

「ああ……旅の者です……」

「そうなのかい。どこから来たんだい？」

「えっと……中井です……」

「まあ～～中井から」

「え……はい……」

「ゆっくりしていきなよ」

「かたじけない……」

ん……？　町人って「かたじけない」とか言うんだっけ……

まあ……いいや。

「きゃ～～義勝さまがお出ましになられたわ～！」

一人の女性がそう言ったかと思えば、次から次へと女性たちが「どこどこ～～」と義勝を探して歩いた。

義勝って名前、義丸の兄弟なのかな……

誠も女性たちの後に続いた。

「皆の者、変わりはござらぬか」

「はい～！　義勝さまもご機嫌麗しゅう～」

「義勝さま～、今日はうちの店へ来てくださいましな～」

「ダメよ～、今日はうちだからね～」

げ……めちゃかっこいいじゃん……

僕より背も高いぞ……

「ん……そちは見かけぬ顔じゃな」

誠が義勝を凝視していると、なんと向こうから声をかけてきた。

「え……あ、どうも……」

「どこの家の者じゃ？」

「えっと……旅をしてまして……」

「ほほう、旅とな。それはよいの」

「はあ……」

「して……どの旅籠に泊まっておるのじゃ」

「旅籠……えっと……日帰りです……」

「あはは。日帰りとな。それは旅とは言わぬがの」

「……」

「お主……わしと来られよ」

「え……」

「皆の者、すまんが、わしはこれで城へ戻る」

すると女性たちから「ええ～～！」と落胆の声が挙がっていた。

「すまぬ。出直すことにするゆえ」

義勝は女性たちを振り払い、誠を連れて城へ向かった。

「あの……僕、いや……俺……？　いや……」

「お主、なにを申しておるのじゃ」

「えっと……お城って、それがし……？　が入ってもいいんですか……」

「かまわぬ」

「そうですか……」

やがて城内へ入り、誠は義勝の部屋へ連れて行かれた。

その際、すれ違った家臣や侍女たちが、誠を怪訝な表情で見ていた。

「楽にせい」

義勝は誠に座るように促した。

「ここって……義丸さんもおられるのですよね」

誠は戸惑いながら、そう訊いた。

「やはりの……」

義勝の顔色が突然変わった。

「え……」

「お主……どこの藩の者だ」

「いえ……どこの藩の者でもありません。ただの旅人です」

「わしの目を節穴と思うておるのか」

「え……そんな、まさか」

「お主のような間者が潜んでおらぬかと、わしは領内を見回っておるのじゃ」

「ち……違います！　ほんとに旅人なんです」

「偽りを申すな。事と次第によっては……生きて帰さぬぞ」

「げっ……うそ……」

「さあ申せ。どこの間者じゃ！」

そこで義勝は、刀に手を当て鯉口を切った。

「違いますってば！」

誠は後ずさりをしながら、手で制した。

「では訊くがの。なにゆえ兄上の名を口にしたのじゃ」

「えっと……それはですね……あっ！　近々祝言を挙げられるとかで……それでどんな人かな～って思って……」

「なにゆえお主が、兄上の祝言を気に掛けるのじゃ」

「そりゃ……やっぱり久佐藩の大イベントですし……」

「ん……？　なんと申した」

「あっ！　えっと……」

「義勝」

そこで、障子の向こうから義勝を呼ぶ声がした。

「兄上でござるか」

「入るぞ」

「入ってはなりませぬ！」

「入るなと……」

「ここには間者がおりますゆえ、兄上、入ってはなりませぬ」

「なにっ、間者……」

そこで義丸は障子を開けた。

「兄上！　お下がりください！」

「こやつが間者とな……」

誠は義丸を見て、小夜の気持ちが理解できる気がした。

小さい……小学生みたいだ……

確か……十九とか言ってたよな……

それにしても……兄と弟……似てないな……

「義勝……腰の物から手を離せ」

「兄上……なにを申されますか」

「こやつが間者に見えるか？　目を見るがよい」

「え……」

「こやつには殺気がござらんではないか」

「兄上……」

そこで義勝は刀から手を離した。

「お主……何者じゃ」

義丸は誠に問うた。

「私は……旅人です……」

「そうであったか。で、久佐に立ち寄ったわけを申せ」

「えっと……その……小夜ちゃ……いや……小夜姫さんと祝言を挙げられるとか……」

「ああ、その通りであるが。お主、小夜殿を存じておるのか」

「えっ……いやまあ……はい……」

「なにやら……訳ありと見えるが……小夜殿は城内におられるのか」

「え……それは……その……」

「もしや……小夜殿になにかあったのか」

「あの……義丸さん」

誠は義勝に聞かれないよう、小声で続けた。

「小夜殿は……ある場所におられます……」

「えっ……」

「詳しく話しますので……弟さんに出て行ってもらってください……」

「ここは義勝の部屋じゃ。ならばわしの部屋へ案内《あない》致す」

「はい……」

「義勝、こやつは間者でも怪しい者でもない。中井藩からの使いじゃ」

「え……そうでござったのですか……」

「わしの部屋へ連れて行くゆえ、お主は下がっとれ」

誠は小夜から頼りない若と聞いていたが、案外しっかり者だと思った。

「若、この者は、誰にございますか」

廊下を歩いていると、家臣の安貞が訊ねてきた。

「中井殿の使いの者じゃ」

「そうでございますか。小夜殿が戻られたのでございますか」

「その話を今から聞くところじゃ」

「はっ」

そう言って安貞は、義丸の後を付いてきた。

「そちは下がっておれ」

「え……」

「この者と二人で話をするゆえ」

「はっ」

安貞は義丸にそう言われ、逆方向へ歩いて行った。

「入れ」

義丸が障子を開け、誠に入るよう促した。

「はい……失礼します……」

「楽にせられよ」

義丸は座布団の上に座り、誠は少し離れて向かい合う形で座った。

「苦しゅうない。近こう寄れ」

「あ……はい……」

わあ……まさに時代劇でよく聞くセリフと同じだ……

「それで……小夜殿はどこにおられるのじゃ」

「とある場所です……」

「とある……とな。言えぬ場所であるのか」

「ところで……お主は、本当は何者なのじゃ」

「えぇ……まあ……」

「え……」

「旅の者ではあるまい」

「義丸さん……」

「なんじゃ」

「絶対に驚くと思うんだけど、大声とか挙げません？」

「無論じゃ」

「ほんと？　ほんとに驚かない？」

「なにを申すか。ささっ、早う申せ」

「いや……っていうか……義丸さんって、小夜さんに嫌われてるんですか……」

「なっ……お主……なぜそのことを……」

「いや……なんとなく……」

「えぇぃ！　はっきりせぬやつじゃ。小夜殿はどこにおられるのか、早う申せ」

「実はですね……小夜姫は、今から約四百年くらい先の時代にいるんです」

「……」

義丸はその意味を解せないでいた。当然である。

「あの……義丸さん？」

「もう一度申せ」

「だからですね……四百年くらい先の時代にいるんです……」

「わしは……頭はようないが……更に悪うなったのか……」

「いや……違うんです」

「四百……先の時代……なにを申しておるのか……」

「これなんですけどね……」

そこで誠はタイムマシンを取り出し、義丸に見せた。

「これは……なんじゃ……」

「この道具を使うと、好きな時代へ行けるんです」

「わしは……悪い夢でも見ておるのか……全く解せぬ……」

「この道具を使って、小夜姫はここから遠く離れた平成の世にいるんです」

「それはなにゆえじゃ……」

「だから……義丸さんから逃げたんですよ」

「なっ……なんと……やはりそうであったか……」

「……」

「それで小夜殿は……城内におられるのじゃな」

「え……」

話が通じてない……そりゃそうかも……

「あの……僕……いや、それがしが言うのもなんですけど……」

「なんじゃ、申せ」

「小夜姫は、義丸さんの頼りなさが嫌いだと言ってました」

「……」

「だから、もっとしっかりすればいいんじゃないですかね」

「お主には……わしの気持ちなどわからぬ……」

「え……」

「わしは……なにに於いても義勝に劣るばかりか……民《たみ》の者たちの人望などないのじゃ……」

「それって思い込みじゃないですかね」

「思い込みと申すか……。なにゆえそう申すのじゃ」

「それがしが見た感じですけど、義丸さん、結構しっかりしてると思いますよ」

「え……」

「さっきの義勝さんとのやり取り、よかったじゃないですか」

「さ……左様か……」

「もっと、自信を持てばいいんじゃないですかね」

「自信とな……」

「あっ！　それがし、もう帰らないと！」

誠はタイムマシンを見て、時間切れが迫っていることに気がついた。

「左様か……では使いの者に中井まで送らせるゆえ……」

「いや……それは結構です」

「え……」

「これで帰りますから」

そう言って誠は、再びタイムマシンを差し出した。

「そのような道具で……どのように帰ると申すか……」

「ボタンを押したら、それがしは消えますので驚かないでくださいね」

「き……消える……とな……」

「あ……また来るんで」

「は……？」

「それじゃ、失礼つかまつる」

そこで誠はボタンを押した。

あっという間に、誠は義丸の前から姿を消した。

「なっ……ど……どこへ行ったのじゃ！　おい、旅の者！　出て参れ！」

義丸は部屋中を探したが、誠の姿はどこにもなかった。

「あやつ……忍びの者であったか……。とすれば……やはり間者であったのか……」

義丸は誠を忍者だと思ったが、それにしてはふ抜けたやつだと、納得がいかなくもあった。

「あやつ……また来ると申しておったの……一体、何者なのじゃ……」

義丸は目の前の出来事に、呆然としたままその場に座っていた。

五、価値観

「もしもし、小井手?」

誠は「過去」から戻り、菜央に電話をかけた。

「まこっちゃん、どうしたの」

「僕さ、義丸さんに会って来たんだよ」

「げっ! マジっ」

「でさ、会って話したいんだけど」

「もちろんだよ! で、どこで会う?」

「僕んち来てくれてもいいよ」

「そっか、わかった! 小夜ちゃんも連れて直ぐに行く!」

菜央は電話を切って、小夜の顔を見た。

「どうしたのじゃ……」

「あはは！　あのバカ、義丸さんに会って来たんだって！」

「え……義丸殿に……」

「しかし……なにしに行ったんだろうね……」

「もしや……義丸殿が、この時代に来ておるのではないのか……」

「あ、それはないみたいよ。会って来たって言ってたし」

「左様か……」

「で、今からまこっちゃんち行くから、小夜ちゃんも付いて来てね」

「わかり申した……」

小夜の服装は、全部、菜央から借りていた。体格もほぼ同じなので、外出してもなんら違和感がなかった。そして……ブラも付けるようになっていた。

菜央の両親は共働きなので、夏休みであるこの時期、菜央は疑われることもなく動きやすかった。それは誠も同様であった。

「まこっちゃ〜ん」

誠の家へ到着し、菜央は大声で叫んだ。

「あ……来たね。鍵、開いてるから入ってくれ」

二階の窓から誠が顔を出し、二人に入るように促した。

「お邪魔します～」

菜央と小夜は中へ入り、二階へ上がって誠の部屋に入った。

「小井手、いい加減、インターホン押したらどうなんだよ」

「まあいいじゃん。それで、義丸さん、どうだったの」

「まあ、座って待ってなよ」

誠はそう言って自室を出た。菜央と小夜は、誠が戻って来るのを座って待った。

ほどなくして誠は、ジュースの入ったコップをトレーに載せて戻ってきた。

「はい、小夜ちゃん」

誠はコップを小夜に差し出した。

「かたじけない……」

「はい、小井手」

誠は菜央には、少々乱暴に置いた。

「なによ～まこっちゃん、贔屓じゃない」

「なに言ってるんだよ。小夜ちゃんは、まだ慣れてないじゃないか」

「およ？　ひょっとして、ひょっとするのかな～」

「バカっ！　なに言ってるんだ」

「あの……それで義丸殿の様子は……どうであったのか……」

「ああ……それそれ」

誠は少し顔を赤らめながらも、なんとか気を取り直した。

「義丸さんさ、結構いい人だよ」

「へぇ～そうなんだ」

菜央は意外だと言いだげだった。

それから誠は「過去」で経験したことを、全て話した。

「そうであったか……義丸殿……義勝殿に劣等感を……」

「でもさ、まこっちゃん、なんで過去へ行ったの？」

「だって、このマシンを作ったのは僕なんだよ。やっぱり責任があるじゃないか」

「へぇ～、責任感じてるんだ」

「っていうか、小井手が勝手に使うからいけないんだよ」

「まあ、そうだけど～」

「僕、思ったんだけど、義丸さんは自信さえ持てば、いいお殿様になれると思うんだけどな」

「そうは申せ……劣等感を抱えている者には……なかなか自信など持てようはずがあろうか……」

「それ。そこなんだよね」

「なによ、まこっちゃん」

「義丸さんが自信が持つには、なにかきっかけがあればいいんじゃないかな」

「きっかけとは……どのようなことを申しておるのか……」

「うーん、それはまだわかんないんだけど、小井手、なにかいい案とかないの？」

「えっ……私？」

「それとさ、小夜ちゃんを強くするって言ってたけど、なんか試したの？」

「いや……まだ……」

「そっか。小夜ちゃんが強くなるのもいいんだけど、やっぱり義丸さんを強くする方が先だと思うんだ」

その後も三人は、義丸から劣等感を取り除き、強くなるために「ああでもない、こうでもない」と熱い議論を展開したのであった。

「ああ～……お腹空いたね」

約一時間が経ち、菜央がそう言った。

「どっか食べに行く？」

誠がそれに応えた。

「そうだね。小夜ちゃん、なにが食べたい？」

「わらわは……贅沢は申さぬ……」

「小夜ちゃん、この時代の食べ物、好きだもんね」

「へぇ～そうなんだ」

「家で出された物も、全部平らげるよ」

「そっか。小夜ちゃんってなにが好きなの」

「わらわが一番気に入っておるのは、焼き肉……とか申すものじゃ……」

「おお～肉食系女子だね」

「それと……ケーキという食べ物……あれは大変美味であるの……」

「そっか～、やっぱり時代が違っても、女子が好きな物って同じなんだね」

「それにしても……この時代の食べ物は……大変贅沢であるの……」

「そうだね」

「みなに食わせてやりたいの……」

　小夜は、財政難で苦しんでいる領民のことを想った。

「小夜ちゃん、行こうよ」

　菜央が小夜の手を、励ますように握った。

「ああ……そうじゃの……」

　そして三人は外へ出て、ファストフード店へ入った。

「小夜ちゃん、私と同じものでいい？」

「ああ、かまわぬ」

　菜央はチーズバーガーとポテトとコーラを注文し、誠はビッグバーガーとコーラを注文した。三人は席に着き、まさしく食べようとしていた時だった。

「なんだよ～！　俺はハンバーガー二個って言ったはずだぜ」

カウンターで若い男性が、店員に文句を言っていた。

「申し訳ございません、少々お待ちくださ い」

「ったくよ〜！　早くしろよ！」

その男性は、髪を金髪に染め、チンピラのような風貌だった。

「あの者は……なにを怒っておるのじゃ……」

「注文したのと違うのが出てきたんだよ」

菜央がそう言った。

「左様か……しかし、あのように怒鳴る程のことでもあるまい」

「まあね」

「でもああいうガラの悪いの、結構いるんだよ」

誠がそう言った。

「まだかよ！　早くしろよな！」

男性はまだ怒鳴っていた。そこで、あろうことか小夜がハンバーガーを持って立ち上がり、男性の傍まで行ったのだ。

「ちょ……小夜ちゃん！」

菜央が引き止めようとしたが、間に合わなかった。

「お主……」

小夜が男性にそう言った。

「はあ？　なんだよ、お前」

「たいそう腹が減っておるようじゃな……」

「へ……？　なに言ってんの。つか……お前、昔の人？　わはは」

男性はからかって笑った。

「その者をあまり困らせるでない……」

「はああ？　こいつが間違えたんだよ」

「間違いは誰にでもあろう……。そなたさえよければ、わらわのを食うがよい」

小夜はそう言って、男性にハンバーガーを渡そうとした。

「ちょ……小夜ちゃん。つーか、あの、なんでもないですから、すみませんね」

菜央が二人に割って入り、男性にそう言った。

「菜央、なにを申すか」

「小夜ちゃん……いいの……これは小夜ちゃんのバーガーだからさ」

「そうは申せ……この者は怒鳴っておるではないか……」

周りにいた客は、この騒ぎに注目していた。

そして小夜の言葉遣いに唖然としていた。

「お客さま……お待たせしました。申し訳ございませんでした」

そこで店員は、男性の注文通りの品を出した。

「まったくよ！　店員のミスで、なんで俺が注目されなきゃいけねぇんだよ！」

そう言って男性は、店員から乱暴に品を手に取った。

「お主……大概になされよ……」

「ちょ……小夜ちゃん……」

「はあ？　なんだよ。まだ文句あんのかよ！」

「この者は詫びておるではないか！」

「当然だろ、間違えたんだし」

「お主の態度はなんじゃ！　それが詫びておる者に対する態度か！」

「うるせぇよ！　つか、なんなんだよお前」

「領民は貧しくとも耐えて暮らしておるのじゃ。それをたかが品を間違えたくらいで、そのように怒る必要があると申すか！」

「知らね～」

男性は呆れて店を出て行った。他の客は更に唖然とし、小夜を見ていた。

「小夜ちゃん……席に戻ろう」

「左様か……」

「あの～、みなさん、この子は歴女なんですよ。だからこの言葉ね」

菜央は苦し紛れに客たちにそう言った。すると「歴女か～」という声があちこちで挙がり、中には「かっこいいね」と言う者もいた。

「お客さま、お騒がせ致しまして、大変申し訳ございませんでした」

店長らしき男性が、客の前でそう詫びた。

「小夜ちゃん、ああいう場合は、無視するのがいいの」

菜央がそう言った。

「菜央……なにを申すか。見過ごせと申すか」

「いやまあ……そうじゃないんだけど、やっぱりさ……」

「あの……お客さま……」

そこで店長が小夜に声をかけた。

「なんじゃ」

「先ほどは、ありがとうございました。もっと早くわたくしが対処すればよかったのですが、お客さまに不快な思いをさせてしまい申し訳ございませんでした」

「なにを申すか。礼には及ばぬ。それより、あの者を励ましてやるがよい。見たところ気落ちしておるようじゃ」

小夜は店員を見てそう言った。

「ありがとうございます。では、どうぞごゆっくりなさってください」

そう言って店長は、カウンターの奥へ行った。

「小夜ちゃん……すごいね……」

ずっと席に座って見ていた誠がそう言った。

「すごいとな……なにがすごいのじゃ」

「いや……普通、あんな場合は、見て見ぬふりをするんだよ」

「なんと！　そなたまで菜央と同じことを申すか」

「いや……小夜ちゃんの気持ちはわかるよ。だけどさ、ケガしたらどうするの」

「ケガ……？」

「あんなチンピラみたいなの、危ないんだよ」

「情けない……お主、それでも男《おのこ》か！」

誠は小夜にそう言われ、肩を落としていた。

「まあまあ、小夜ちゃん。ほら食べようよ」

「菜央……わらわは間違うておるのか……」

「いや……そうじゃないんだけど……」

「平成の世というのは……みな、このように情けない者ばかりであるのか……」

「小夜ちゃん……」

「わらわの父上も、兄上も……いや……女子《おなご》である母上も定も……理不尽なことは見過ごされんお方じゃが……」

「僕……先に帰るね」

誠がそう言って立ち上がった。

「まこっちゃん！　待ちなよ」

「また連絡するよ」

菜央が引き止めたが、誠は店を出て行った。

「小夜ちゃん……ちょっと言い過ぎだよ……」

「左様であったか」

小夜は自分は間違ってないという、言い振りだった
「あんなことで、ケガなんてしたら、割に合わないって」

「あんなこと？　菜央、あんなことと申すか」

「あんなことだよ！　あんなの日常茶飯事なんだよ！　そんなのにいちいち関わってたら、命がいくらあっても足りないの！」

「菜央……」

「それにさ、この時代で小夜がケガでもしたらどうするの？　それこそ死んじゃったらどうするんだよ！　もう帰れないんだよ」

「命が惜しゅうて……不条理なことを糺《ただ》せるわけがあるまい」

「ったく……昔と今では価値観が違うの」

「時代が変わっても……変わらぬものがあると、わらわはそう信じておる……」

寛永の十六歳と、平成の十六歳とでは、話が平行線のままなのは、当然のことであった。

六、誠、再び過去へ

「もしもし……まこっちゃん」

菜央は小夜が眠った後に、誠に電話をかけた。

「ああ、小井手か」

「あのさ、まこっちゃん、あんまり気にすることないよ」

「なんだよ、それ」

「いや……今日のことだけどさ……」

「ああ……別に気にしてないよ」

「そっか。それならいいんだけどさ」

「それよりさ、小夜ちゃん、強いじゃないか」

「え……」

「小井手は小夜ちゃんを強くするって言ってたけど、そんな必要ないよ」

「ああ〜……まあ、そうだね」

「それにしても、昔の十六歳って、あんなにしっかりしてんだね」

「まあねぇ……」

「今は友達同士でも、言いたいことも言えない時代なのにさ」

「私とまこっちゃんは、言いたいこと言ってるじゃん」

「小井手とは幼稚園の頃からの付き合いだし、そりゃそうさ」

「ま、気にしてないいんだったら、いいんだ。じゃ、おやすみ」

「あっ、ちょっと待って」

菜央が電話を切ろうとしたら、誠が慌てて引き止めた。

「なによ」

「僕、また義丸さんに会って来ようと思ってるんだ」

「げ～～、また行くの？」

「だって、なんか心配でさ」

「そっかぁ……」

「義丸さんに強くなってもらうきっかけとか、探しに行くつもりなんだ」

「そんなの出来るの？」

「まあ、行ってみないとわからないけど」

「私も行こうか？」

「はあ？　小夜ちゃん、どうするんだよ」

「ああ……そうか」

「それでさ、マシンの設定を変えたんだ」

「へ……？　どういうこと？」

「これまでは、短時間しかいられなかったけど、時間を延ばしたんだよ」

「へぇ〜。まこっちゃんって、相変わらずすごいね〜〜！」

「それで義丸さんに会えれば、お城に置いてくれるかも知れないし。ダメだったらすぐに帰って来るし」

「そっか。あまり無茶したらダメだよ」

「わかってる。それじゃね」

こうして誠は再び「過去」へ行くことになった。

誠は小夜に「それでも男《おのこ》か」と言われたことを、実は気にしていた。

誠は世間のことには、全くと言っていいほど関心がなかったが、時折、理不尽なニュースを目にすると、少なからず心を痛めていた。

それでも「他人事」として捉えていた誠は、小夜の言動によって自尊心が傷ついていた。

そんな思いもあり、いつか小夜が元の時代へ戻った時に、義丸が傷つくのではないかと心配になり「過去」へ行く決意をしたのだ。


――――ここは久佐藩城内、城主の部屋……

「義丸……」

久佐の藩主である、光義《みつよし》が義丸を前に口を開いた。

「なんでござりましょう……父上」

「先日、間者が城内に忍び込んだと聞いたが、それはまことであるか」

「いえ、間者ではござりませんでした」

「ほう。では何者じゃ」

「旅の者にござりました」

「左様か……。なぜ旅の者がお前の部屋におったのじゃ」

「城下で困っておりまして、それでわたくしが連れて参ったのでござります」

「左様か。まあよい。なれど、旅の者とは申せ、安易に城へ上げるなど、ちと無思慮ではあるまいかの」

「はっ、仰せの通りにござります」

「まあ、そこが義丸のよいところではあるがの」

「……」

「お前は小さい頃から気が弱かったが、心優しい子でもあった。じゃがの、それは時として身を危険にさらすことになり兼ねぬ。よう心得られよ」

「はっ、しかと心得ましてござります」

誠が消えた後、城内では間者が忍び込んだと大騒ぎになっていた。

義丸は黙っていたが、義勝が光義に話したのだ。

その実、義丸は再び誠が現れないかと、期待していたからである。

「安貞」

光義の部屋を出て、義丸は安貞を呼んだ。

「はっ、若。御用にござりますか」

「わしは今から城下へ参る」

「はっ。馬を引きましょうか」

「それには及ばん」

「はっ。それでは早速」

そう言って安貞は、義丸の後を付いて行こうとした。

「お主はよい」

「は……?」

「わし一人で参る」

「若、それは無謀にござります」

「なにを申すか。義勝はいつも一人で出向いておるではないか」

「義勝殿は……」

「なんじゃ、申せ」

「いえ……若は、久佐の跡を継がれるお方ですぞ。それがしも付いて参ります」

「跡目とあらば、一人で城下へも行けぬと申すか」

「そうは申しておりませぬ。危険だと申しておるのです」

「もう戦乱の世は終わったのじゃ。領民も笑って暮らしておるではないか」

「は……はあ……」

「よいな。わし一人で参るゆえ、お主は付いて来ずともよい」

「若……」

安貞の不安をよそに、義丸は一人で城下へ出向いた。

義丸もまた、誠に言われたことが心に引っかかっていた。

「自信を持て」と言われたことが、意外にも義丸の後押しとなっていた。

城下へ入ると、町は相変わらず活気に満ちていた。

「皆の者、変わりはござらんか……」

義丸は勇気を振り絞って、領民に声をかけてみた。

すると女性たちは、ほぼ無視状態で、中には「子猿殿よ～」と小声で笑う者もいた。

義丸は心が折れそうになったが、なんとか堪え、通りを進んだ。

「義丸さん……義丸さん……」

うどん屋の陰から、義丸を呼ぶ声がした。

「あ……そなたは……」

そこには、誠が立っていた。

義丸はすぐに誠のもとへ駆け寄り、とても嬉しそうな笑顔を見せた。

「義丸さん、久しぶりですね。また来ましたよ」

「そなた……来てくれたのか……」

「はい、約束しましたからね」

「あ……そなた、名は何と申す」

「あ……それがしは、誠と申す」

「誠か……よい名じゃな」

「そうですか。かたじけない」

そう言って誠も笑った。

「歩かぬか」

義丸はそう言って誠を誘った。

「はい、そうしましょう」

そして二人は通りを並んで歩いた。

「小夜殿は、元気にされておるのか」

「はい、元気ですよ。っていうか……元気すぎますよ」

「左様か。それを聞いて安心したぞ」

「義丸さん」

「なんじゃ」

「それがしを、お城に泊めてくれませんか」

「え……なんと申した」

「だから、お城に泊めてください」

「宿は満杯であるのか」

「いえ……宿には泊まれないんです」

「なぜじゃ」

「お金……いや……なんだっけ。小判を持ってないんです」

「なんと！　銭も持たずに旅をしておるのか」

「ああ……銭って言うんですね。そうそう、銭を持ってないんです」

「あは……あはは！　誠は面白いのう」

意外にも義丸は、大声で笑った。

「めっちゃ受けてるんだけど……」

「なんと向こう見ずなやつじゃ。大胆じゃのう」

「それで……さっきの話なんですけど、お城に泊めてくれます？」

「そうじゃの。ああ、よいぞ。泊めてつかわすぞ」

「やった～！　かたじけない！」

それから誠と義丸は、団子を食べたり、現代でいうところの雑貨店へ入ったり、目一杯楽しんでいた。

「誠、お主とおると、わしは気分が良い」

「そうですか〜よかった」

「あれ嫌だ……子猿殿は、子分を従えてお出でですわ」

すれ違う女性がそう言った。

「ほんとだわ。猿山の大将になった気分かしらねぇ」

「結衣《ゆい》、聞こえるわよ……ぷぷ」

それを聞いた義丸は、下を向き肩を震わせていた。

「あの……お嬢さん方……」

誠が女性たちに声をかけた。

「なんでしょう」

「ちょっと酷いじゃないですか」

「酷い？　なにを仰ってるのでしょうか」

「畏れ多くもかしこくも、先の副将軍、あれ……違ったか。先のお殿様、義丸殿にあらせられるぞ！　皆の者、頭《ず》が高い！　控えおろうう〜〜！」

それを聞いた女性たち、そして周りで見ていた町人も呆気にとられていた。

「この紋所が目に入らぬかああ〜〜！」

そう言って誠は、タイムマシンを高く翳《かざ》して見せた。

「ええ〜〜？　これって、なんですか」

「なになに〜〜」

当然、目にしたことのないタイムマシンを、町人たちは珍しそうに見入っていた。

「誠……そちはなにをしておるのじゃ……」

義丸は誠の着物の袖を引っ張った。

「いや……なにって……この女性たち、失礼じゃないですか」

「誠……」

「見せて～～見せて～～」

誠は町人たちから、マシンを見せろと迫られていた。

背の低い義丸は、揉みくちゃにされていた。

「下がれ！　各々方、無礼であるぞ！　殿の御前であるぞ！」

「いや……若君ですけど……」

誠は町人に突っ込まれていた。

「ああ……若君の御前である。無礼である！」

「誠……もうよい……」

「義丸さん……」

「城へ参ろう」

「ちょっと待った」

「なんじゃ……」

「さっきのは、ちょっと冗談だったけど、通じなかったみたいだから改めて言うけどね」

誠は町人たちに向かってそう言った。

「きみたちは、ここの殿様のおかげで暮らせてるんだよね。この人はその跡取りなの。やがてお殿様になるんだよ。その人の向かって侮辱する言い方って酷いと思うんだけど」

するとと町人たちは、黙って聞いていた。

「義丸さんが、なにか悪いことでもしたの？　きみたちに嫌な思いをさせたりしたの？　ねぇ、さっきのお嬢さん、どうなの？」

誠は、結衣と呼ばれていた女性に訊いた。

「別に……悪いことなんて……ねぇ……」

結衣は一緒にいた女性にそう言った。

「うん……まあねぇ……」

もう一人の女性も、バツが悪そうにしていた。

「じゃあ、なんで義丸さんに酷いことを言うんだよ」

「それは……」

「からかって楽しんでるだけにしか見えないんだけど」

「……」

「義丸さんはいい人だよ。絶対にいいお殿様になるよ。だからもうからかうのは止めてくれないかな」

「誠……もうよい……」

「皆の者、騒がせて申し訳なかった。わしは城へ戻るゆえ、変わりのう暮らしてくれ」

義丸はそう言って歩き出した。

「んじゃ、きみたち、またね」

誠も後へ続いた。

二人を見送る町人たちは、一言も発することがなかった。

城へ入った義丸と誠は、どちらからともなく、笑みがこぼれていた。

「誠……あの啖呵はなんじゃ」

「え……啖呵？」

「控えおろう〜というやつじゃ」

「ああ〜、あれは水戸黄門ってテレビの番組で観たんですよ」

「また妙なことを……わしには解せぬ」

「部屋へ行ったら色々と教えてあげますよ」

「それは楽しみじゃのう」

その後、義丸は父、母、弟に誠を紹介し、泊めることの了承を得た。

その際、義勝は「また参ったのか！」と言い、仰天したのであった。

「義丸さん……」

七、義丸と小夜

「それでの……誠。お主は本当は何者なのじゃ」

部屋に入り、義丸は早速そう訊ねた。

「ちゃんと説明しますから、聞いてくれます？」

「ああ。申すがよい」

「それがしは、今から約四百年先の時代から来たんですよ」

「……」

「あっ、えっと〜。例えばですね、戦国時代ってあったじゃないですか」

「戦国時代……？　それはなんじゃ」

「ほら、織田信長とか知ってます？」

「おお……信長公にござるか。存じておるぞ」

「それって、今から百五十年くらい前になるかな」

「そうなるかの」

「義丸さんが戦国時代へ行って信長さんに会って『それがしは寛永から来たのじゃ』って言えば、信長さんは信じると思います？」

「俄かには信じ難いであろうの」

「そういうことなんですよ」

「なにを申しておる」

「だから、それがしが義丸さんで、義丸さんが信長さんなんです」

「なっ……お主はのちの世から参ったと申すか」

「そうなんです」

「そ……それは……まことか……」

「だからこれ」

誠はタイムマシンを見せた。

「前にも言いましたけど、これタイムマシンって言うんですけど、これで行きたい時代へ行けるんです」

「さ……左様か……」

「信じてくれます?」

「確かにお主は、わしの前から突然消えた。わしは忍びの者であったのかと思うておったが、忍びの者にしては……ふ抜けたやつじゃとも思うておった。いや……いくら忍びの者とはいえ、あのように跡形もなく消え失せることなど容易ではござらん。それゆえ……」

「ちょ……義丸さん」

「なんじゃ」

「んじゃ〜、これを見せます」

誠はそう言って、懐の中から巾着袋を取り出した。

「それはなんじゃ」

「ここには平成時代の道具が入ってるんですよ。あと、食べ物とか」

「ほほぅ……」

誠はまず、ボールペンを取り出した。

「それはなんじゃ……」

「これってボールペンっていって、字を書くときに使うんです。今でいう筆みたいなものですが、墨はいらないんですよ」

「ほう……筆とな……」

「あ、紙、くれます？」

「ああ……わかった」

義丸は机に置いてあった和紙を、誠に渡した。

「書きますよ」

誠は自分の氏名である「須藤誠」と書いて見せた。

「おお……これはこれは……」

「ね？　この時代にこんな道具ないでしょ」

「確かにの……それにしても……どのような仕組みになっておるのじゃ」

「うーん、説明は難しいから省きます」

「左様か……」

「それで、次はこれです」

誠はそう言って、スマホを取り出した。

「ほぅ……お主が持っておるタイムマシンとやらに似ておるの」

「はーい、義丸さん、こっち向いて〜」

「なっ……なんじゃ」

カシャ……

誠はスマホのシャッターを押した。

通信は出来ないが、充電分は使用できるようにしていた。

「ほら、これ義丸さんですよ」

義丸はスマホの画面を見せられ、自分の顔が映っているのを確認した。

「おおっ……これはわしではないか。なぜこのような奇妙なことが……」

「これが、それがしが生きてる時代の道具なんです。ちなみに写真っていうんですよ」

「左様か……なんとも摩訶不思議であるのう……」

「どうですか。これで、それがしがのちの世から来たって信じてくれますか？」

「ああ……信じるしかあるまい……」

「よかった。んじゃ、これあげます」

誠は板チョコを取り出した。

「これは……なんじゃ……」

「お菓子ですよ。美味しいですからどうぞ」

「……」

「あ……引いてますね。んじゃ、それがしが食べて見せます」

誠は板チョコを一口サイズに割り、口に入れた。

「ああ～美味しいな」

「さ……左様か……」

「はい、どうぞ」

誠は義丸の手に、一口サイズのチョコを乗せた。

義丸は戸惑いながらも、口に含んだ。

「おおっ……甘いのう」

「でしょ」

「もぐもぐ……ゴックン。あはは、これは美味であるのう」

「気に入ってもらえてよかった」

「これはなんという食べ物じゃ」

「チョコレートっていうんです」

「ほほぅ……チョコレートとな……」

「それでですね……義丸さん」

「なんじゃ」

「小夜姫さんのことなんですけど」

「おお、そうであった。小夜殿はどこにおられるのじゃ」

「平成の世です」

「……？」

「だから、それがしが住んでいる時代です」

「なっ……なんと申すか。あいや、待たれよ……。小夜殿がいかにして、平成の世へ参ったのじゃ……。あっ！　お主が連れ去ったのであるな！」

「いや……違うんですよ。実はですね……」

誠は菜央からタイムマシンを盗まれ、偶然この時代に飛んできたこと、その時に小夜に会って連れ帰ったことを話した。

「さ……小夜殿は……よほどわしを嫌うておるのじゃな……」

「そうかも知れないですけど、そんなに落ち込むことないですよ」

「なんと申すか……」

「それがし、義丸さんはいい人だと思ってるんです」

「お主……前にもそう申しておったな」

「はい。今もそう思ってますよ」

「左様か……」

「で、義丸さん。なんで一人で城下へ行ったんですか」

「そ……それはじゃな……実のところ、お主に自信を持てと言われ、わしもそう思うたんじゃ。それで出向いたというわけじゃ」

「そうなんですね。それってめっちゃいいじゃないですか」

「とは申せ……やはり領民は……あのようにわしを嫌うておる……」

「気にすることないですよ」

「誠……」

「領民は、目が曇ってるんですよ」

「なんと申すか……」

「義丸さんの中身が見えてないってことです」

「……」

「それがしが領民であれば、義丸さんが殿様になってくれるの喜びますよ」

「誠……お主は心根の優しいやつじゃな……」

「っていうか……実はそれがし、小夜姫に『お主はそれでも男《おのこ》か！』って怒られたんですよ」

　誠はそう言って笑った。

「なんと……小夜殿がそう申したのか……」

「それがし、ちょっと傷ついちゃって」

「左様か……」

「それで、小夜姫が戻った時、義丸さんにそんなこと言うんじゃないかと気になってね。それで戻ってきたんですよ」

「さ……左様であったか……」

「義丸さん。それがしに出来ることがあれば、なんでも言ってくださいね」

「うう……ううう……」

そこで義丸が泣き出した。

「義丸さん……」

「面目もござらん……このような情けない姿を……」

「いいじゃないですか。人間だし泣くことだってありますよ」

「わしは……もっとしっかりせねばの……」

「そうですよ。義丸さんなら出来ますよ」

「誠……お主はほんにええやつじゃ……」

義丸は、それまで孤独であった身の上を振り返り、涙が止まらなかった。

けれども誠が戻って来てくれたことで、多少なりとも孤独から解放される時間が訪れたことによる、涙でもあった。

――――その頃、平成の世では……


「誠が再び寛永に行ったとな……」

　小夜が菜央の自室でそう訊いた。

「そうなんだよ。義丸さんが心配だ～って」

「左様であったか……」

「小夜ちゃんは、心配じゃないの？」

「わらわは……あれ以来、義丸殿には会うておらぬ。それゆえ、気持ちも変わっておらぬ」

「そりゃそうだよね」

「それで、誠はいつ戻って来るのじゃ」

「さあ、わかんないな」

「左様か……」

　そこで菜央は、生真面目な小夜の心を解そうと、カラオケへ連れて行くことを思いついた。

「ねぇ小夜ちゃん、出掛けない？」

「どこへ参ると申すか」

「カラオケだよ、カラオケ」

「カラオケ……とな……」

「まあいいから。行けばわかるし」

そして菜央と小夜は、近所にあるカラオケボックスへ行った。

二人は店員に部屋へ案内され、とりあえずそれぞれに座った。

「ここは……なにをするところじゃ……」

「歌を歌うんだよ」

「歌……とな……。それは和歌か」

「あはは。違うよ。まあ見てて」

そう言って菜央はタッチパネルで選曲していた。

「えっと〜そうだな〜、あっ！　これにしようっと」

菜央が選曲したのは、安室奈美恵の『Ｈｅｒｏ』だった。

「これね、オリンピックのテーマソングだったんだよ」

「左様か……」

当然、小夜には理解不能だった。

イントロが流れてきたとたん、小夜は画面に見入っていた。

菜央は身振り手振りで立って歌っていた。

「菜央……ヒーローとは、どのような意味じゃ」

歌い終わった菜央に、小夜がそう訊ねた。

「英雄だよ」

「英雄とな……」

「んーと……勇気ある者のことだよ」

「……」

「勇敢な武士みたいなことだよ」

「左様か……。それで……その言葉じゃが……わかるように教えてくれぬか」

「歌詞ってこと？」

「菜央が歌っておった言葉じゃ」

菜央は英語の部分は省いて、日本語の部分をわかり易く教えた。

「左様か……そのような意味であったか……」

「まあ、小夜ちゃんと義丸さんで例えるなら、義丸さん、あなたは英雄ですよ、私が支えますから突き進んでください、みたいなことかな」

「さ……左様か……」

小夜は少々、戸惑っている様子だった。

「菜央……」

「なに？」

「今の歌を、もう一度歌ってくれぬか」

「うん、いいよ」

そして菜央は再び『Ｈｅｒｏ』を歌った。

小夜は、まるで歌詞を噛みしめるように、菜央の顔をじっと見つめていた。

そしてまた「歌ってくれ」と何度もせがむのであった。

小夜は、義丸のことを考えていた。

そして、嫌いだからという理由で逃げて来た自分を、少し恥じていた。

「菜央……」

「な〜に」

「わらわは……間違うておったのかの……」

「ん？　どういうこと」

「わらわは……身勝手であったのかの……」

「でも、義丸さんのこと、嫌いなんでしょ」

「それはそうじゃが……」

「もっと自然体でいいんじゃないの」

「……」

「向こうへ戻って、義丸さんに会って自分の気持ちを確かめたらいいんじゃない？」

「さ……左様か……」

「つか……小夜ちゃんって、ずっと昔の言葉だよね」

そう言って菜央は笑った。

「そうは申せ……やはり今の言葉は……わらわには向いておらぬ」

「あはは。ま、いいんじゃない」

そしてこの後、菜央はヒットナンバーを何曲も歌った。

八、疑い

誠の扱いは、中井藩内で団子屋を営んでいる領民の息子と、義丸が決めた。

財政の豊かな久佐の領内を、一目見たくて旅に出たということにした。

義丸の両親は、さして疑うこともせず、むしろ義丸と小夜が夫婦《めおと》になる上でプラスになるとも考えていた。そんな中、義勝だけは誠のことを懐疑的に見ていた。

「若……」

部屋にいた義勝に声をかけたのは、幼いころから義勝の世話をしてきた家臣の松永宗範《まつながむねのり》だった。

「宗範か、入れ」

「はっ」

宗範は静かに障子を開け、中へ入った。

「それで……調べはついたのか」

「そのことにございますが、中井へ使いの者を差し向けたところにございます」

「左様か」

「はっ」

「それで、いつ戻るのじゃ」

「おそらく……三日後にございます」

「あい、わかった。戻れば直ぐに知らせよ」

「はっ」

義勝は九分九厘、誠を間者と見ていた。

果たして中井の領内に、団子屋があるのか。

あるとすれば、須藤誠という倅《せがれ》が存在するのか。

存在したとしても、その団子屋自体が怪しいのではないかと、義勝は使者を送ったのだ。

「あはは、誠はほんに面白いやつじゃのう」

義勝の部屋の前を、義丸が笑いながら通った。

「そうですかね」

「その、早口言葉とやらを、もう一度申してみよ」

「ええ〜またですか。えっと、言いますよ」

そこで誠は「坊主が屏風に上手に坊主の絵を描いた」と、早口で言ってみせた。

「あはは、他にはござんらんのか」

「えっと〜、かえるぴょこぴょこ　みぴょこぴょこ　あわせてぴょこぴょこ　むぴょこぴょこ」

「あはは、わしにも教えてくれぬか」

「いいですよ。かえるの方ですか?」

「左様じゃ」

「かえるぴょこぴょこ　みぴょこぴょこ　あわせてぴょこぴょこ　むぴょこぴょこ」

「かえるぴょこぴょこ　みぴょこぽこ　あわせてぽこぽこ　むぽこぽこ」

「あはは、義丸さん、ぜんぜん言えてないですよ」

「あはは、左様じゃの」

そう言いながら、二人は通り過ぎて行った。


「若……」

それを聞いていた宗範は、義勝の不機嫌そうな顔を見た。

「兄上は……まったく……誠に気を許すにも程があろう」

「左様にござりますな……ぷっ……」

宗範は今しがたの早口言葉が頭をよぎり、思わず笑ってしまった。

「なにを笑うておる」

「いえ……申し訳ございません……」

「あのような、くだらぬ遊びが面白いと申すか」

「いえ……決してそのような……」

「なんじゃ。むぽこぽこなどと。むぴょこぴょこであろうが」

「わっ……若……ご勘弁を……」

宗範は笑いをこらえるのに必死だった。

「宗範！　不謹慎であるぞ！」

「ははあぁぁ……」


それからしばらく、義丸と誠の間で早口言葉がマイブームになっていた。

二人のやり取りを耳にした家臣や侍女の間でも、少しずつ流行り始めていた。

「誠さま、わたしくにも早口言葉とやらを、お教えくださいませぬか」

侍女の雪《ゆき》が、廊下を歩いている誠にそう言った。

雪は、久佐藩城内に上がってまだ日が浅く、十五歳という若さだった。

そして……とても美人だった。

「雪さん、すごく気に入ったみたいですね」

「はい……面白くて……」

「んじゃ～、えっと、そうだな。これなんかどうですかね」

そして誠は「隣の客は　よく柿食う客だ」と言った。

「隣の……?」

「隣の客は　よく柿食う客だ」

「隣の客は……よく……柿食う……客だ」

「あはは、雪さん、それでは早口言葉になりませんよ」

「そうでございましたな……」

雪は、誠に惚れていた。寛永の時代では、あまり見たことがない誠のひょうひょうとした人格に、珍しさも手伝って惚れてしまったのだ。

「これはどうですかね」

誠は「生麦生米生卵」と言った。

「これまた難儀にござりますな」

「そうですかね。意外と簡単ですよ」

「生麦……生米……生卵……」

「あはは。だからそれじゃ早口言葉になりませんよ」

「あはは……そうでございますな……」

「誠……」

そこに義丸が歩いてきた。

「あ、義丸さん」

「なにをしておったのじゃ」

「雪さんに早口言葉を教えてたんですよ」

「左様か。で、雪、申せたのか」

「いえ……無理にございました」

「あはは。なかなか難儀よのう。わしもまだ申せぬわ」

「あ……わたくし仕事に戻らねばなりません。これにて失礼いたします……」

雪は、ほんの少し誠の顔を見て、この場を立ち去った。

「誠……」

「なんですか」

「近日にの、剣術の披露会が催されるのじゃが……」

「それってなんですか」

「わしは……剣術が下手じゃ……」

「ああ……試合ですか」

「手合わせじゃ」

「それって誰が出るんですか」

「久佐藩からはわしと義勝。中井藩からは孝宗殿。牧田藩からは、篤成《あつなり》殿じゃ」

「へぇ～牧田藩って近所なんですか」

「久佐藩を中心として、右側が中井藩、左側が牧田藩じゃ」

「そうなんですね」

「わしは……二年前、大恥をかいたのじゃ」

　義丸は、とても悲しそうな顔をした。

「え……」

「わしは剣術が苦手じゃ。父上に出とうないと申したが、跡継ぎであるお前が出ずしてどうすると申され、わしは仕方のう出たのじゃ」

「そうなんですか……」

「それでの……現在は養子に出た篤成殿の弟君である篤慶《あつよし》殿と手合わせしたんじゃが、わしは竹刀を振り回すだけで、挙句の果てには……」

「果てには……？」

「篤慶殿の小手にやられたばかりか、その勢いでわしは竹刀を放り投げてしもうたのじゃ。それで……宙に浮いた竹刀がわしの頭に当たっての。その場におられた各藩の者に嘲笑《わら》われたのじゃ……」

「そうだったんですか」

「父上には、一体、日頃からなにを稽古しとるのじゃとお叱りを受け、母上も恥ずかしそうにしておった。わしはその後、稽古に励んだのじゃが、一向に上達せんでの。昨年は辞退したのじゃ」

「なるほど……」

「その披露会が、近日中に行われるのじゃ。わしはまた……あのような無様な姿を晒すかと思うと……気が引けてならん……」

「義丸さん」

「なんじゃ」

「それがしと稽古しましょうか」

「え……お主は剣術の心得があるのか」

「いやいや、ないですよ」

「え……それでどのようにして稽古すると申すか」

「そうですねぇ……一発勝負に賭けるしかないですね」

「一発勝負じゃと？」

「道場って、どこにあるんですか」

「わしは……道場では稽古を致しておらぬ」

「え……じゃ、どこで？」

「神社の境内じゃ」

「それって一人でですか？」

「左様じゃ……」

「ありゃりゃ……」

　義丸は道場へ行くと、みなに嘲笑《わら》われるのを嫌い、ずっと一人で稽古をしていた。家臣の安貞も同行していたが、自分の情けない姿を見られるのが嫌で、いつしか一人で境内へ出向くようになっていた。それゆえ、一向に上達せず、稽古に熱が入らないのも当然のことであった。

誠と義丸は竹刀を持ち、早速、神社へ向かった。


「ここじゃ」

義丸は境内に到着し、一本の杉の木に向かって「えいやー」と上段から振り下ろした。

「義丸さん、木を相手に見立てて稽古してたんですね」

「左様じゃ……」

「それじゃあ、ダメですよ」

「……」

「それがしは、剣術の経験などありませんけど、さっきも言ったように、一発勝負に賭けましょうよ」

「だから……どうすると申すか」

「そうですねぇ……物理的見地から考えると、あまり動き回らない方がいいと思うんです」

「左様か……」

「義丸さんって、目はいい方ですか？」

「目……とな……」

「うーんと、遠くまで見えます？」

「ああ、わしは目だけはよく見えるのじゃ」

「そうですか。それなら……」

誠は、義丸が一発勝負で勝てる作戦を編み出した。

義丸は自信がなさそうだったが、大恥をかくより、誠の案を呑むことにした。


そして二日が経った……

「若……使いの者が戻って参りました」

家臣の宗範が、義勝の部屋の前でそう言った。

「左様か、入れ」

宗範は障子を開け、急いで中へ入った。

「して……どうであったか」

「若の仰せの通りにございました……」

「左様か……やはりの……」

「団子屋はございましたが、須藤でもなく、ましてや誠という倅もおりませんでした」

「誠め……あやつ、やはり間者であったか……」

「いかが致しましょう……」

「兄上には申すな。黙って捕らえよ」

「ははっ……」

宗範は、誠が一人になる時を狙っていた。

そして夜になり、誠が厠《かわや》へ行く途中、使者として送られた家臣、茂松《しげまつ》が誠を羽交い絞めにし、猿ぐつわをはめて布を被せ、素早く外へ連れだした。

「宗範殿、連れて参りました」

「ご苦労であった」

「ううっ……ううっ……」

「お主……ようも義丸殿を欺いてくれたの」

「うっ……ううっ……」

そこで茂松は、誠の手を後ろに回し、紐で括った。

「宗範殿、こやつ、いかが致しましょう」

「そうじゃな……いずれ義勝殿が沙汰を下すであろうから、今日のところは土蔵へでも放り込むがよい」

「ははっ」

そして誠は土蔵に閉じ込められた。

とりあえず、布は外されたが、手と猿ぐつわはそのままだった。

「そこで大人しくするがよい」

茂松はそう言って、土蔵の鍵を閉めた。

誠は声を出そうにも出せない。

いや、出せたとしても届くはずもないと、暗闇の中でうな垂れていた。

「誠！　誠はおらぬか！」

義丸は厠から戻らない誠を心配して、城内を探して歩いた。

「おらぬ……どこにもおらぬ……」

「若、どうされました」

義丸の声を聞きつけた安貞が、慌てて走ってきた。

「誠がおらぬのじゃ！」

「なんと……」

「厠へ行くと申して、そのまま戻って来ぬのじゃ」

「左様にござりますか……それがしも、探して参ります」

安貞はそう言って、この場を立ち去った。

「誠……」

義丸は一旦、部屋に戻ることにした。

中へ入っても誠の姿はなかった。

「どこへ行ったのじゃ……」

そこで義丸は、タイムマシンを見つけた。

「あやつ……常に肌身離さず持っておったのに……大事な道具であろうに……」

義丸は、タイムマシンを手に取ってそう言った。

そして触れてはいけない「ボタン」に指が触れた。

「あっ！」

義丸がそう言ったかと思うと、まるで見覚えのない場所にいた。

「ここは……どこじゃ……」

そこは、誠の部屋だった。

九、義丸、平成へ来る

「こっ……ここは……どこじゃ……」

義丸は見覚えのない部屋の様子に、唖然としていた。

そして窓から外の景色を見た。

寛永とは全くの別世界が、そこに広がっていた。

「な……なんじゃ……わしは……夢でも見ておるのか……」

けれども義丸は、そこで誠の話を思い出した。

「あやつ……未来というところから来たと申しておったの……。さすればここは……未来なのか……」

義丸はタイムマシンの存在も忘れ、部屋を出ようとした。

タイムマシンは、誠の机の下に入り込んでいた。

カチャ……

義丸は恐る恐るドアを開け、辺りの様子を窺《うかが》った。

「だ……誰かおらぬか……」

義丸は一歩ずつ、階段を下りて行った。

「だ……誰か……おらぬのか……」

家には誰もいなかった。

「それにしても……ここがのちの世……日ノ本であるのか……。わしは一体……どうすればよいのじゃ……」

義丸は白い襦袢の寝間着を着ていた。

「刀も持っておらぬし……」

カチャ……

そこで玄関のドアが開いた。

「ただいま～」

誠の母親らしき女性が鍵を開けて入ってきた。

義丸は慌てて、廊下の隅に隠れた。

あの女子《おなご》は……誰じゃ……

この家の者か……

「誠～～！　いるの～～？」

階段の下から女性が叫んだ。

ま……誠と申したな……

さすれば、あの女子《おなご》は、誠の母親か……

ここは……誠の住まいであるのか……

「誠～～！　いたら返事くらいしなさいよ～～」

女性はそう言って、台所に立ち、なにか用事を始めた。

「まったく～どこ行ってんだか～～」

わしは……わしはどうすればよいのじゃ……

わしが姿を現せば……あの女子《おなご》は、驚くであろうの……

じゃが……このままでよいはずもあるまい……

そこで義丸は、姿を現す覚悟を決めた。

「まこっちゃ～～ん」

その時だった。

外で菜央が誠を呼んだ。

「あらあら……菜央ちゃんだわ」

そう言って女性は玄関のドアを開けた。

「あっ、どうも、おばさん、こんにちは」

「こんにちは。誠ね、どこか行ってるみたいよ」

「あ……そうなんですね」

「どこ行ったか知らない？」

「いや……知りません」

その実、菜央は知っていた。

電話をかけても出ないので、平成に戻っているのか確かめに来たのだ。

「そうなのね。上がって行く？」

「いや……いないんだったらいいです。また来ます」

菜央……と申したな……

確か誠は……菜央に道具を盗まれたと申しておった……

すると……あの女子《おなご》が、菜央か……

「あ……あの……」

そこで義丸は、姿を現した。

「ぎゃあ〜〜〜！」

振り向いた母親は、絶叫していた。

「おっ……おばさん、どうしたんですか！」

「菜央ちゃん……部屋の中に……お侍の幽霊が……」

「げ～、マジっすか！」

菜央は急いで玄関に入り、義丸の姿を見た。

「ぎゃ～～！　マジの幽霊じゃないですか～～！」

菜央と母親は、互いに抱きしめ合って震えていた。

「菜央……とか申したの……」

「ぎゃあ～～～！　しゃ……喋ってる！」

「落ち着かれよ。わしは幽霊ではござらぬ」

「ぎゃあ～～～！」

「わしは……誠を存じておる……」

「え……」

そこで菜央と母親は、少し気を取り直した。

「え……え……ええええ～～！　その見た目……もしや、あなた義丸さんっっ？」

菜央がそう訊いた。

「左様じゃ……わしは久佐の義丸じゃ」

「ちょっと、菜央ちゃん、なに言ってるのよ！」

「いや……おばさん、ちょっと待ってね。えっと～……その義丸さんがなんでここにいるの？」

「わしもわからぬ……」

「つか……まこっちゃんは？」

「誠は……どこかへ行ってしもうたようじゃ……」

「どこかって、ここから出かけたってこと？」

「いや……城内におらぬのじゃ……」

「げ〜〜〜！　で……タイムマシンは？」

「知らぬ……」

「は……はあああ？」

そして三人は、ようやくリビングのソファに座った。

母親は、なにがなんだか、狐につままれたように放心状態だった。

「誠は……久佐の城内に来ておったのじゃ。それでわしと共に暮らし……楽しゅうやっておったのに……ある夜、厠へ行くと申したまま、戻らぬのじゃ……」

「なんでそんなことに？」

「わしにもわからぬのじゃ……」

「そっ……そんなっ……」

「ちょっと、誠を返してよ！　誠はどこなの！」

母親は放心状態から、怒りモードに変わっていた。

「誠の……母上でござるか……」

「ござるとか、なのじゃ、とか、いい加減にして！　からかってるの？」

「あの……おばさん……」

「なによ」

「これには訳があって……」

「訳ってなにっ？」

「実は……まこっちゃん、タイムマシン作ってね。それで私も寛永とかいう時代へ行ったことがあるんです」

「は……はあぁ？」

「それで……まこっちゃんもそっちへ行ったんです」

「ちょ……待って……。菜央ちゃん、嘘をつくとおばさん、許さないわよ」

「嘘じゃないんだってば。ほんとの話なの」

「意味がわからないんだけど」

「寛永に行って、まこっちゃんは義丸さんと知り合ったの。それで義丸さんのことが心配だって言って、また行ったんです」

「なんで誠が寛永なんかに行くのよ」

「それは……」

　そこで菜央は、初めから順序立てて話した。

　母親は、再び狐につままれたようになっていた。

「それって……ほんとにほんとなの……？」

「はい、全部本当の話です……」

「誠……うう……ううう……」

　そこで母親は泣きだした。

「おばさん……」

「誠……きっと死んじゃったんだわ。そんなわけのわからないところへ行って……死んじゃったのよ……」

「母上……誠はまだ、死んだと決まったわけではござらん」

「……」

「城内で迷子になったやも知れぬ……」

「迷子って……」

「今頃、わしの部屋へ戻っておるやも知れぬ……だから……そのように気を落とされるでないぞ……」

「あなたにそんなこと言われる筋合いはないわっ」

「いや……それより義丸さん。マジでタイムマシン、どうしたのよ」

　菜央がそう訊いた。

「あの道具のことであるか……。わしはここへ来る前に、道具に触れたのじゃ。気がついたらここに参っておったのじゃ」

「ってことは……タイムマシンは城内ってこと?」

「ああ……恐らくそうであろうの……」

「ちょ……ちょっと〜〜どうすんのよ〜〜。小夜ちゃんだっているんだからね!」

「あっ……そうであったの。小夜殿はここにおられるのか」

「いや、私の家」

「そなたの……そうであったか。して……小夜殿は元気にしておられるのか」

「うん、元気だよ。ちょっと待ってて、連れて来るから」

「えっ……あいや、待たれよ」

「なによ」

「わしのこの格好は……無様であるゆえ……」

「そんなこと言ってる場合?」

「しかし……今は会いとうござらん」

「じゃ、どうすんのよ」

「どうすると申してもじゃな……」

「ここにいるつもり?」

「なに言ってるのよ、菜央ちゃん。こんなサルみたいな幽霊みたいなの、おばさん嫌だからね」

義丸は母親にそう言われたことで、時代を超えてまでバカにされたことが、かなりキツかった。

「わしは……どこへ行けども……時代が違うても……このように嘲笑《あざわら》われる身であるのか……」

「あ……ごめん」

母親は少しだけ反省した。

「いや……かまわぬ。わしはこのような星の下に生まれたのじゃ……」

「だから、ごめんって……」

「母上、気を落とされるでないぞ。誠はきっと生きておる」

「……」

「誠はええやつじゃ。こんなわしをどれだけ楽しませてくれたであろうか……」

「そ……そうなの……？」

母親は遠慮気味に訊いた。

「ああ……。誠は愉快な人間じゃ。わしがあのように声を挙げて笑うたのは、何年振りじゃったかのう……」

「そ……そう……ですか……」

「よい倅を持たれ、母上は果報者じゃ」

「義丸さん……でしたっけ……」

「左様じゃ」

「あの……さっきはごめんなさい。私、気が動転してて……」

「なんの。かまわぬ」

「ちょっと待ってて」

母親はそう言って誠の部屋へ行った。そしてすぐに、誠の服を持って下りてきた。

「義丸さん、よかったらこれ着てください」

「これは……なんじゃ……」

「現代の洋服です。そのままだと外にも出られませんからね」

「これは……母上、かたじけない……」

そして義丸は、母親と菜央に見えない場所で服に着替えた。

「ぷっ……やだ、義丸さん。ポロシャツ、前と後ろが逆ですよ。それと服が髪形と不釣り合いね」

二人の元へ戻ってきた義丸を見て、母親はそう言って笑った。

義丸が身に着けたのは、ブルーのポロシャツとジャージだった。

しかもサイズが大きかった。

「ジャージも長いわね」

そう言って母親は、裾をまくってあげた。

「これでよしと」

「母上……かたじけのうござる……」

「それで、義丸さん、うちに来る？」

菜央がそう訊いた。

「それは……」

義丸はまだ、小夜に会うことをためらっていた。

「義丸さん、今日はここに泊まりなさいな」

「母上……」

「誠の話を詳しく聞かせてもらわなくちゃね」

「左様か……」

「でも、おばさん」

「なに」

「おじさんが帰って来たら、どう説明するんですか」

「ああ、主人は出張中なのよ。だからしばらく帰って来ないの」

「そうなんですか」

「あっ、よかったら菜央ちゃんもここに泊まる？」

「え……いや、私は家に小夜ちゃんがいるんで……」

「小夜ちゃんも連れてくればいいじゃない」

「いや……それは義丸さんが……」

「え……？　小夜ちゃんと義丸さんって知り合いなの？」

「げ……おばさん……話聞いてなかったんすか……」

「ほら……気が動転してたから」

「ああ……そうでしたね」

そして義丸は、とりあえず誠の家に泊まることになった。

十、誠の策

カチャカチャ……

誠が土蔵の中でうな垂れていると、鍵を開ける音がした。

誠は、きっと義勝の下へ連れて行かれるのだろうと、ある程度の覚悟をした。

そして、僕は死ぬのかも知れない……との思いが頭をよぎるのであった。

ギギィ……

「誠さま……」

「ううっ……うう……」

「誠さま、ご無事なのですね……」

そう言って雪が、ろうそくの灯りで誠の顔を照らした。

「あっ……なんと酷いことを……」

猿ぐつわをされ、手を後ろで縛られている誠を見てそう言った。

雪はろうそくを置き、急いで縄を解き、猿ぐつわも外した。

「雪さん……どうしてここへ」

「義丸さまが、誠さまをお探しになっておられ、わたくしも探しておったのですが、茂松さまが誠さまを連れ去るところを偶然見かけたのでございます」

「そうだったんですか」

「さ、急いで外へ出ましょう」

「うん、ありがとう」

誠と雪は蔵の外へ出た。

雪は辺りを窺い、誠の手を引っ張って、なんとか番兵の目を盗み城を出た。

「雪さん、どこへ行くんですか」

「わたくしの家にございます」

「え……雪さんの家ってお城じゃないの？」

「わたくしの父は、久佐の家臣、今井《いまい》長《ちょう》兵《べ》衛《い》にございます」

「そうなんですか」

「御城下に家がございますので、そこへ参りましょう」

「そうですか。わかりました」

そして二人は並んで歩いた。

「誠さま、どうしてこのような事態になったのでございますか」

「それがしにもわからないんですよ。厠へ行こうとしたら、いきなり捕まえられて」

「茂松さまが誠さまを連れ去られたということは……おそらく義勝さまの指示の下で行われたのでございましょう……」

「えっ……なんで義勝さんがそれがしを……」

「さあ、それは……わたくしにもわかりませぬが……」

「そう言えば……よくも義丸殿を欺いてくれたなと、誰かが言ってましたよ」

「あ……それはきっと、宗範さまにございましょう」

「そうなんですか……」

「それにしても……誠さまが義丸さまを欺くなど……言いがかりにも程がございましょう……」

「ほんとですよ。それがしには全く思い当たりませんよ」

ほどなくして、雪の家に到着した。

「どうぞ、お入りくださいませ」

「はい……」

誠は雪の部屋へ連れて行かれた。

雪はすぐさま行燈に火をおこし、部屋は明るく照らされた。

「ただいま、寝間の支度を致しますゆえ……」

「あ……すみませんね」

雪は隣の部屋を開け、布団の用意をした。

「あの、それがしも手伝いますよ」

「いえ……誠さまはゆっくりなさってください。あんな目に遭われてお疲れでしょうし……」

「いえ、疲れてませんよ」

誠はそう言って雪を手伝った。

「雪……なにをしておるのじゃ」

そこに雪の母親らしき、美しい女性が入ってきた。

「母上……」

雪は少々、困った顔をしていた。

「この者は、どなたじゃ」

「母上……これには深い訳がございまして……」

「訳とな。申してみよ」

誠と雪は、母親の前に並んで座った。

「実は……この方は誠さまと申しまして、義丸さまのご友人にござります」

「ほぅ。ご友人とな」

「あ、それがし、須藤誠と申します」

「わたくしは雪の母で亜弥《あや》と申す」

「それで母上……」

雪は、誠が捕らえられ、土蔵に監禁されたこと、自分が助け出したことを話した。

「なんと！　雪。そなた、自分がなにをしたか、その意味がわかっておるであろうの」

「はい……」

「そなたのやったことは、義勝殿の意思に背くことであるぞ」

「……」

「雪、父上の立場をわかっておらぬようじゃの」

「母上……」

「誠どの」

「はい」

「そなた、義丸殿を欺いたのか」

「そんな！　それがしは、そんなことしてませんよ」

「ならばなぜ、お主は捕らわれたのじゃ」

「それは、それがしにもわからないんですよ」

「わからぬと申すか……」

「ほんとに、わからないんです」

「まあよい。今夜はここに泊まるがよい。なれど、明日には義勝殿へ引き渡すゆえ、承知いたせ」

「え……そうなったらそれがしは、殺されるかも知れません」

「それは今井の与《あずか》り知らぬことじゃ」

「母上……」

「雪、明日、義勝殿によう詫びられよ」

亜弥はそう言って、部屋を出て行った。

「誠さま……どういたしましょう……」

「どうって……それがしも、わかりませんよ」

「義勝さまに引き渡せば……きっと誠さまは……」

「でも、お母さんの話だと、それがしがこのままだと雪さんの家族に迷惑がかかるんじゃないですか」

「……」

「それがし、義勝さんに会って話してみますよ」

「誠さま……」

「雪さんや家族のことは言いません。それがしが一人で逃げたことにしますから、いいですね」

翌朝になり、雪と家人らが寝ている間に、誠は家を後にした。

そしてその足で城へ向かった。

誠は番兵にも知られていたので、あっさりと中へ入ることが出来た。

城内もまだ静かで、誠は義丸の部屋へ急いだ。

「義丸さん……」

そう言って静かに障子を開け中へ入ると、義丸の姿はなかった。

「え……義丸さん？」

誠は部屋を探してみたが、義丸の姿はどこにもなかった。

「うそ……義丸さん、どこへ行ったんだよ」

そして誠は、机に置いてあったタイムマシンのことに気がついた。

けれども、タイムマシンはどこにも見当たらない。

「え……ちょ……嘘だろ。まさか……」

机の上には、巾着袋しかなかった。

誠は袋の中も確かめてみたが、タイムマシンは出てこなかった。

「え……これって、義勝さんが盗ったのか？　いや……待てよ。そうだとしたら、なんで巾着袋は残ってるんだ……」

誠は考えに考えた。

義丸がいない、タイムマシンもない。

ということは、義丸は平成の世に行ってしまったのか。

義勝は自分に疑いをかけて捕まえた。

その際、タイムマシンを「証拠」として持ち去った。

考えられるのは、この二点しかないと誠は思った。

「え……待てよ……。この後、みんなが動き出す。すると義丸さんがいないことで大騒ぎになるよね……。ってことは……また僕が疑われるんだ……。これは、かなりヤバイ状況じゃないのか……」

誠は、義丸はなにかの用事で留守にしてるのだと、都合のいい思考を巡らしていた。

頼むよ……義丸さん、早く帰って来てよ……

そうだよ、きっと、朝稽古とかしてるんだよ。

試合で勝つ方法を教えたし、きっとその練習に行ってるんだよ……

で……僕はどうすればいいんだ……

宗範さんは、きっと蔵を確かめるに違いない。

でも僕はいない。

で……大騒ぎになって、僕を探すに違いない。

ああ～～……どうすればいいんだ……

「兄上……」

しばらくして、部屋の外で義丸を呼ぶ声がした。

げっ……義勝さんだ……どうしよう……

「兄上……起きておられますか」

「……」

「兄上……入りますぞ」

そこで障子が開いた。

「あっ……誠！　お主、なぜここにおるのじゃ！」

「え……あの……それがし……」

「おい！　宗範！　宗範はおらぬか！」

義勝は大声で宗範を呼んだ。

「おのれ……誠。どうやって蔵を出た」

「それは……なんというか……ささ～～っと……」

「なにを申しておる！　おのれ……舐めた真似を……。そこを動くでないぞ！」

義勝は刀に手をやり、誠を睨みつけ威嚇した。

「若っ！　なにごとにござりますか！」

そこに宗範が慌てて走ってきた。

「宗範！　お前、誠を捕らえたと申したな」

「はっ、仰せの通りにございます」

「では、これは一体どういうことじゃ！」

　そこで宗範は部屋を覗き、誠を見た。

「なっ！　誠！　お主、なにゆえ、ここにおるのじゃ！」

「そ……それがしは……」

「ええいっ！　小癪《こしゃく》な！」

　宗範は部屋へ入り、誠の腕を掴んだ。

「誠、兄上をどこへやった」

　義勝は誠の傍まで来て、義丸の居場所を訊いた。

　義勝は義丸の姿がないことに、とっくに気がついていた。

「それがしも、義丸さんを探していたんです！」

「この期に及んでまだ偽りを申すか」

「若、こやつ、いかが致しましょう」

「まず、兄上の無事を確かめるのが先じゃ。こやつを痛めつけ、なにが何でも吐かせよ」

「はっ」

　誠はまた土蔵に連れて行かれ、中へ入れられた。そして手を後ろで縛られた。

「さあ、申せ。義丸殿をどこへやった」

「それがしは、知りませんって！」

「なにを申すか、ええぃ！」

　そう言って宗範は、細い鞭で誠を叩いた。

「うっ……痛い！」

「当たり前だ！　早う申さぬと、何度でも叩いてくれるわ！」

「だから、知りませんって！」

「それにしてもじゃ、お主、どうやって蔵から出たのじゃ」

「どうって……それは……」

「やはり間者じゃな。そうとうの技を身につけておるようじゃな」

「間者じゃありませんって」

「なにをっ！　とぼけると申すか！」

「違いますってば……」

「まあよい。それより早う申せ。義丸殿はどこじゃ！」

そこで誠は、あることを考えついた。

上手く行くかどうかわからないが、急場しのぎにとりあえず試してみることにした。

「しっかしさ～、宗ピョン。ダッセーっよ。若っ若って、機嫌取りパネェのな。パリピーみてぇにパープリンぶっこいて、あげみざわ～ってか」

「はあ……？」

「あざーっす。ちわっす。あざまる水産。どうしよ平八郎の乱。とりま。エゴサ。パクツイ」

「なっ……お主……とうとう気がふれたか……」

誠はさすがに理解不能とわかり、次の策に出ることにした。

「宗範さん……」

「なんじゃ」

「早口言葉って知ってます？」

「お主……なにを申しておる……」

「城内で流行ってるでしょ」

「まあ……の」

その実、宗範は早口言葉を気に入っていた。

「言えたら、ここをどうやって出たか教えてあげますよ」

「なにっ！　それがしを試すと申すか！」

「はい、そうです」

「小癪な！」

「あ……言えないんだ」

「なにっ……」

「それでも武士？　情けないな～」

「なにを申すか！　早口言葉など造作ないわっ！」

「んじゃ、野田だな　野田だな　野田なのだな」

「なに……野田……？」

「だから、野田だな　野田だな　野田なのだな」

「野田だな　野田だな　のななのだな」

「あはは、間違ってますよ～」

「ううっ……」

「じゃ、これは？　バナナの謎は　まだ謎なのだぞ」

「バ……？」

「バナナの謎は　まだ謎なのだぞ」

「バナナの謎は　まだなのなのだぞ」

「あはは、これも失敗ですね」

「くっ……」

「んじゃ～、これは？　青巻紙、赤巻紙、黄巻紙」

「……」

「早く言ってくださいよ」

「うむ……青巻紙　赤巻まぎ　黄まきまぎ」

「あはは」

「ぷっ……わしはなにを申しておるのじゃ……」

宗範は思わず笑ってしまった。

誠は、宗範の気を緩めるには、あと少しだと思った。

「宗範さん、楽しい人ですね」

「なっ……なにを申すか……」

「義丸さんも、早口言葉が好きですよ」

「そのようであるの……」

「やっぱり、人生楽しくないとね」

「それはそうであるが……」

「義丸さんね、ずっとみんなに嘲笑《わら》われて、辛かったそうですよ」

「……」

「それがし、そんな義丸さんが気の毒で。でも義丸さん、それがしと出会ってよく笑うようになってくれました」

「……」

「ゆくゆくはお殿様でしょ。宗範さんも義丸さんを支えてあげてくださいよ」

「お主に言われるまでもないことじゃ」

「こんなそれがしが、義丸さんを攫《さら》うと思います？　ましてや欺くなんて」

「そうは申せ……」

「まあいいですよ。それがしを煮て食うなり焼いて食うなり、好きにすればいいです。でも、義丸さんが帰って来たら、宗範さん、どうなると思いますか」

「え……」

「義丸さんは黙ってませんよ」

「なんと申すか……」

それでも宗範は、誠を解放することがなかった。

けれども縄は解き、ろうそくも与え、そのまま蔵の扉を閉めた。

十一、主君と家臣

「小夜ちゃん……大変だよ……」

家に帰った菜央は、青ざめた表情で小夜にそう言った。

「菜央……一体、どうしたのじゃ……」

「義丸さんが来ちゃったよ……」

「え……なんと申した」

「だから、義丸さんがまこっちゃんの家にいるんだよ……」

「なっ……なにゆえ義丸殿が……」

「なんかさ、タイムマシンに触れちゃったんだって。それで気がついたらこっちに来ちゃってたみたい」

「それではなにか……誠も帰って参ったのか」

「それが……違うんだよ……」

「違うと申すか。なにゆえじゃ」

「まこっちゃん……どうやら向こうで行方不明になったみたいなんだよ」

「なにっ！　菜央……詳しく話してくだされ」

「いやまあ……詳しくったって、情報はそれだけなのよ」

「なんと……義丸殿が……ここに……」

小夜は呆然としていた。

「それでさ、今は小夜ちゃんに会いたくないんだってさ」

「わらわに会いとうないと……なにゆえであろうの……」

「義丸さん、白い着物着てて、無様だって」

「白い着物……ああ、それは寝間着であろうの」

「そうなんだ」

「左様か……寝間着姿をわらわに見られとうないんじゃの……」

「でも今は、まこっちゃんの服を着てるよ」

「左様か……」

「どうする？　小夜ちゃん、会いに行く？」

「そうは申せ……わらわもこの身なりじゃ……」

「それでいいんじゃないの？　お互いさまってことで」

そして翌日、菜央は小夜を連れて誠の家に行った。

ピンポーン
「はい」

「あ、おばさん、私。菜央です」

「ああ、どうぞ入って」

菜央と小夜は玄関のドアを開けて、中へ入った。

するとすぐに誠の母親である、和美《かずみ》が玄関まで歩いてきた。

「おばさん、昨日はどうでした？」

「うん、その話もするから、さっ、上がって」

「お邪魔します」

「あ……ちょっと待って」

和美がそう言って止めた。

「え……なんですか」

「小夜ちゃんもいるけど、いいの？」

「うん。小夜ちゃんにも義丸さんのこと話したし、いいんです」

「そっか。じゃ、どうぞ」

そして三人はリビングへ行った。

するとそこには、義丸が座っていた。

「あ……小夜殿……」

「義丸殿……」

二人はガチガチに緊張して、固まっていた。

「小夜ちゃん、座らせてもらおうよ」

「あ……左様か……」

菜央と小夜は義丸の正面に座った。

「小夜殿……元気でおられ、わしは安心いたしました」

「義丸殿も……」

小夜は義丸の「服姿」を見入っていた。

それは義丸も同様であった。

「な……なにを申せば……よいのか……」

「義丸さん、そんな緊張しなくていいよ」

「そうは申せ……」

「ほら～小夜ちゃんも、もっとリラックスしてさ～」

「そうは申せ……」

「小夜殿……リラックスという意味をご存じにござりますか」

「ああ……寛《くつろ》ぐことにございます……」

「左様か……。小夜殿はここの言葉も理解しておられるのでござりますな」

「ええ……まあ、僅かにでございますが……」

「はぁ〜〜これってまさに時代劇ぃぃ〜〜」

「菜央……なにを申しておる……」

「いや、私さ、歴女だし。こういう会話って萌え〜なんだよね」


「はい、お三人さん、お茶が入ったでござるよ」

そう言って和美は紅茶をそれぞれに出した。

「おばさん、なんか昨日と雰囲気が、全然違うんですけど」

「いやね、あれから義丸さんに誠の話を聞いて、なんか誠の違う面を見た気がしてね」

「へぇ〜そうなんですか」

「誠は、まあ年頃ということもあって、私にはあまり話なんてしてくれなかったし、性格も掴みどころがないし、なに考えてるのかわからないでいたのよ」

「なるほど」

「でも義丸さんの話を聞くと、誠って結構、正義感もあって優しいいし、で、信じられないんだけど、結構面白い子なんだなって」

「へぇ〜」

「左様じゃ。誠は実に面白いやつじゃ。わしは誠に何度も笑わされてな、楽しゅうござった」

「なんか、早口言葉で笑わせたらしいのよ」

「へぇ〜まこっちゃんが早口言葉ねぇ」

「かえるぴょこぴょこ　みぴょこぽこ　あわせてぽこぽこ　むぽこぽこ、じゃ」

「あはは、義丸さん、言えてないじゃん」

「ほんとよね、それを言うなら、かえるぴょこぴょこ　みぴょこぴょこ　あわせてぴょこぴょこ　むぴょこぴょこ、よ」

「おお、母上、さすがでござりますな」

小夜は、こんな明るい義丸を見るのは初めてだった。

とても自分と会った義丸とは思えなかった。

「でもおばさん……まこっちゃん、どうしたらいいですかね……」

「うん……それなのよね……」

「タイムマシンがないと、絶対に無理ですからね」

「まあ……あの子自身が作った物だし、責任は誠にあるのよ」

「でも私が勝手に使いさえしなければ、こんなことには……」

「もうそれを言っても仕方がないことよ。タイムマシンは向こうにあるんだし、きっと誠が見つけて戻って来るわ」

「すみません……」

「いいのよ。それより、今日は、義丸さんのカツラを買いに行こうと思ってるのよ」

「カツラ……あっ、そっか。このままだと違和感半端ないですもんね」

「素浪人みたいに、剃り込みが入ってなければ、後ろで括ってという手もあるけど、このまま後ろで括ると、赤穂浪士の討ち入りみたいになっちゃうでしょ」

「赤穂浪士、いいっすよね～！　主君の仇を討つために討ち入りを決起！　ああ～主君と家臣の深い絆。いいな～」

「主君の仇を討つ……それはなんの話じゃ」

　義丸がそう訊いた。

「いや、赤穂藩の主君である、浅野内匠頭《あさのたくみのかみ》が江戸城殿中で吉良上野介《きらこうずけのすけ》に刃傷沙汰を起こしたのよ」

「なっ……江戸城で刃傷とな……」

「まあ色々説はあるんだけど、内匠頭は吉良にずっと虐められてて。それで思い余って殿中でってことになってね」

「さ……左様か……して、続きを申してみよ」

「それで、理不尽なことで切腹させられた主君の仇を討つために、家臣たちが吉良の首を取るために討ち入りしたのよ」

「なんとっ……主君の仇を討つために……なんと忠義な家臣であろうか……」

「見事討ち入りは成功。それで江戸の町人たちは『よくやった』と大騒ぎでね」

「さ……左様か……」

「でもね、そのせいで、家臣の四十七士も切腹させられたのよ」

「なっ……なにゆえ、そのような……」

「当時の江戸幕府は五代将軍の……」

「ちょ……菜央ちゃん」

そこで和美が菜央の腕を引っ張った。

「え……あっ……ああ……そっか……」

「なんじゃ。いかが致した」

「いや、この話は、義丸さんや小夜ちゃんがいる寛永よりずっと後の話だし。ここで終わりね」

「さ……左様か……続きが聞きとうござるが、無理と申すか」

「うん、無理」

「それにしても……なんと忠義な家臣であろうか……」

「そうだよね」

「わしは……その者たちの無念を思うと……胸が痛いのう……」

「義丸さん……」

「わしは……わしは……」

そう言って義丸は涙を流した。

義丸は「江戸城内で刃傷」の意味を、十分理解していた。

浅野の切腹は至極当然ということも。

その影響で、家臣や家族も路頭に迷わされたであろうことも、想像に難くなかった。

けれども家臣たちは怯まず決起し、主君の仇を討つために吉良の首まで取ったことに、家臣の忠義心と主君を奪われた無念に思いを馳せるのであった。

「いや……浅野殿も無念であったろうが……家臣の無念は計り知れぬ……」

三人ともなにも口にできないでいた。

「いや……そのような忠義の者であれば、自身の切腹には躊躇《ためら》いなどあろうはずがあるまい。それより主君を失うた無念じゃ……労《いたわ》しいのう……」

「……」

「それに、家臣の家族……親戚縁者……様々な苦労をしたであろうの……」

「うん……」

菜央がそう頷いた。

「城主は家臣がいてこその城主じゃ。さぞや浅野殿のお心も同じであったはずであろうの……」

「……」

「菜央……」

「はい……」

「わしも城主となる身じゃ。よい話を聞かせてもろうた。礼を申すぞ」

そう言って義丸は菜央に頭を下げた。

「義丸さん、そんな、やめてよ」

「まあまあ、はい、その話はここまで。カツラを買いに行きましょう」

和美がそう言った。

小夜は、義丸のことを今まで誤解していたと思い始めていた。

そして家には義丸と小夜を残し、和美と菜央だけが出かけた。

「それにしても義丸さん、なんつーか、優しい人ですよね」

菜央がそう言った。

「そうなのよ。最初はびっくりしたけど、よくよく話してみると、私もそう思ったわ」

「小夜ちゃんも、義丸さんのこと見直したんじゃないですかね」

「そうね。それにしても、寛永の若様とお姫様が、この時代に、しかも私の家にいるなんて信じられないわ」

「あはは、そうですよね」

「さてと、どのカツラにしようかな～」

やがて二人は店に到着し、義丸に似合いそうなカツラを選んでいた。

「小夜殿……ほんに元気でようござりました」

家では義丸と小夜が、少しずつ話し始めていた。

「義丸殿も、お変わりなく」

「小夜殿は、着物もお似合いにござりましたが『服』とやらも、なかなか似合ってござりますな」

「義丸殿も、とてもお似合いにございます」

「わしは……誠の服が少々大きゅうござりますな」

そう言って義丸は笑った。

「そのような……。気になさることはございません」

「それより昨晩、わしは和美殿が用意してくださった夕餉《ゆうげ》を頂いたのじゃが、これがたいそう美味でござりましてな」

「左様でございますな。わらわも菜央の母上が拵《こし》らえた物を頂いておるのですが、とても美味しゅうございます」

「なんでも……ハンバーグと申すもので、わしらの時代にはないものにござりますな」

「義丸殿は、ハンバーグを食されましたか。あれも美味しゅうございます」

「それと、誠にはチョコレートと申すものを貰うて食べましたぞ」

「あれも美味しゅうございます。わらわはケーキが好物にございます」

「ほぅ。ケーキとな」

「口の中でクリームとやらが、溶けるのでございます」

「おお、それはわしも食うてみとうござりますな」

「そうでございますな」

小夜はコロコロと笑った。

こうして二人の気持ちは、次第に打ち解けていくのであった。

十二、策略

誠が作ったタイムマシンは、行きたい時代へ行ける。

ボイス認識という仕様になっており、行きたい年代さえ言えば、行ける仕組みだ。

元の時代へ戻るには、マシンの中心にあるボタンに触れさえすれば戻れるという、なんとも便利に作られていた。新たにボイスで年代を言わない限り、ボタンに触れれば、また同じ場所へ自動で行ける仕組みになっているのだ。

誠の母親である和美が、何日も誠がいないことに気がつかなかったのは、和美は墓参りを兼ねて実家へ帰郷していたからである。

義丸が誠の家に飛んできたのは、和美がちょうど実家から帰って来た時だったのだ。

――その頃、久佐藩では……

「義勝、義丸がおらぬとは、まことか」

藩主である光義が、義勝にそう訊ねた。

「はっ、左様にございます」

「あやつ……武芸の披露会から逃げおったな……」

「父上、そう考えられるのは、些《いささ》か早計にござります」

「早計とな。なにゆえじゃ」

「実は、誠のことにございますが」

「ほう、誠がいかが致した」

「あやつ、中井の間者にござります」

「なっ……なんとっ！　間者と申すか！」

「左様でございます」

「なにゆえ、間者とわかったのじゃ」

「宗範に調べさせましたところ、中井の団子屋には、須藤誠という人物はおりませんでした」

「お主……初めから誠を間者と疑うておったのか」

「左様でございます」

「なんと言うことじゃ……中井め……間者を送り込むとは、許せぬ……」

「……」

「して、誠はどこじゃ」

「蔵に閉じ込めております」

「左様か……。では義丸は中井に連れ去られたということか……」

「おそらく、そうに違いございませぬ」

「祝言が控えておるというのに、中井の意図が読めぬわ」

「兄上の居所は、ただいま、宗範が誠に吐かせておるところにございます」

「左様か……あい、わかった」

義丸と小夜の婚姻は、中井からの懇請《こんせい》であった。財政難で困窮しつつある藩事情を、なんとか回復するには、久佐の力を手に入れたかったのだ。

これまで中井と久佐は敵対関係にあったが、それを解消するには小夜を嫁がせる外なかったのである。それにもかかわらず、中井が間者を送り込んできたことに、光義の怒りは半端ないものになっていた。

そこで光義は早速、中井へ使いを差し向けた。

中井の本意を確かめるためだ。

「これはこれは、藤井殿ではありませぬか」

久佐の家臣、藤井安貞は、中井の城内にいた。

そう言って中井藩主、孝重は、ある種の不安を抱え、安貞を出迎えた。

「孝重殿におかれましては、お変わりなく……」

「して、今日は、なに用にござる」

「少々、お訊きしたいことがございまして、参った次第にございます」

そこで孝重は、小夜のことを訊かれるのではないかと焦った。

「ほう。訊きたいこととな……」

「不躾なことをお訊きしますが、どうぞご容赦くだされ」

この時点で孝重は、小夜のことだと確信した。

「孝重殿は、須藤誠という人物はご存じにございますか」

「須藤誠……？　はて、存ぜぬが」

「左様にございますか……」

「その……誠とやらが、いかが致したのじゃ」

「誠は、我が久佐藩に偽りを申して義丸殿に近づいた人物にございます」

「なんとっ……義丸殿に……」

「誠は、中井の領民と申しておりまする」

「なっ……！　中井の者であったか」

「領内にて、団子屋を営んでおると……。そこの倅と申しておりましてな……」

「なにゆえ、誠と申すものは、そのような偽りを……」

「孝重殿……」

「なんじゃ」

「本当に心当たりがござらぬのか……」

「安貞殿……なにを申しておる」

「ここまで申しても、わからぬようでござりますな……」

「なんじゃ、なにを申しておる」

「義丸殿は、攫《さら》われたのでござります」

「なっ……なんと！」

「それがし、誠が中井の間者と思うておるのでござります」

「なにっ！　無礼であるぞ！　口を慎まれよ！」

「殿も……そうとうお怒りにございましてな……」

「光義殿が……」

「それがしが、ここへ参ったわけをご理解いただけましたかな」

孝重の考えは、明らかに外れた。

当然、小夜のことを訊かれるものだとばかり思っていた。

そこで孝重は、ふと思った。

小夜も行方知れず。義丸も消えた。

これには、得体の知れないなにかが動いているのではないかと。

そこで思いついたのは、牧田藩のことである。

実は、牧田藩の若君である篤成は、小夜との婚姻を望んでいた。

けれども牧田藩に嫁がせては、藩財政の回復が見込めず、孝重は断ったのである。

それゆえ牧田の仕業ではないかと、孝重は思った。

「安貞殿」

「なんにございましょう……」

「実を申せば、小夜も行方知れずなのじゃ」

「えっ……なんと申されましたか」

「先日から、小夜の行方がわからぬのじゃ」

「なっ……なんとっ！」

安貞はその話に、驚愕していた。

「のう、安貞殿……」

「はっ」

「これは……なにかの策略ではあるまいか……」

「策略と申されますと……」

「わしは牧田の仕業ではないかと思うておる……」

「……と申されますのは……」

そこで孝重は、牧田と小夜の事情を話した。

「そうにござりましたか……」

「小夜と義丸殿の婚姻を潰すつもりではないかの……」

「確かに……それは一理ございますな……」

「して……その誠とやらは、今はどうしておるのじゃ」

「はっ、我が城内の蔵に閉じ込めております」

「左様か……誠は牧田の間者であったか……」

そこで孝重は、安貞と共に久佐へ出向くことにした。

「馬を牽《ひ》けぇ～～い」

馬で走ると、久佐までは一日で到着する距離だ。

孝重は家臣の多田雪之丞《ただゆきのじょう》を従え、全速力で久佐に向かった。


ギイィ……

蔵の扉が開いた。

「誠……飯を持って参ったぞ」

宗範がそう言って、蔵の中へ入ってきた。

「あ、どうも、すみませんね」

「のう……誠……」

宗範は、にぎり飯とタクアンを誠に手渡した。

「なんですか」

「もういい加減、吐いたらどうじゃ」

「だから……何度も言ってますけど、それがしは知らないんですって」

「まったく……強情なやつじゃ……」

「いやいや……知らないものは知らないんですよ」

「のう、誠よ」

「だから、なんですか」

「実を申せばそれがしは、誠を間者と思うておらぬ」

「でしょ」

「じゃが、義丸殿が消えたのも事実じゃ」

「それって、それがしが知りたいくらいですよ。消えた理由を」

「それに、お主、偽って義丸殿に近づいたであろう」

「あ……それはそうですけど」

「その訳を申せ。なぜ偽ってまで義丸殿に近づいたのじゃ」

「話しても、きっと信じてもらえないですよ」

「信じる信じぬかは、それがし次第じゃ」

「うわあ～、今の言い方、都市伝説っぽい……」

「都市伝説……？　それはなんじゃ」

「信じるか信じないかは、あなた次第ってやつ」

「はあ……？」

「あっ！　そうだ！」

「なっ……なんじゃ」

「義丸さんの部屋に、巾着袋を置いてあるんですよ。それがしの」

「ほう……」

「それ、持ってきてくださいよ。そしたら説明しやすいですよ」

「左様か……」

「あっ、それとお茶もください。おにぎりが喉に詰まりますから」

「さ……左様か……承知した」

　そう言って、宗範は蔵を出て行った。

　誠は意外にも、命の危険を感じていなかった。宗範が自分の味方になりつつあることや、
義勝も話せばわかる人物だと勝手に解釈していたからだ。

　それと、義丸の居所が判明しない限り、殺されることはないと思っていた。

「誠。これであるか」

　宗範は、巾着袋と竹筒を持って、戻ってきた。

「ああ、それそれ」

「これはなんじゃ」

宗範は巾着袋と竹筒を、誠に渡した。

「これはですね、ゴクゴク。ああ～お茶が美味しいですね」

「左様か。して、袋の説明をせい」

「ほら、これ、知ってます？」

そこで誠はボールペンを取り出した。

「なんじゃ……その棒のような物は」

「これって字を書けるんですよ」

「ほぅ……」

そこで誠は竹筒に「須藤誠」と書いて見せた。

「ほらね」

「おおっ……これは……どういった代物じゃ」

「こんなの見たことないでしょ」

「無論じゃ。で、それはなんであるか」

「だから……ボールペンだってば」

「ボ……ボールペン……」

「それとこれ」

誠は携帯電話を取り出した。

「おおっ、これまた奇妙な代物であるの……」

「は〜い、宗範さん、笑って」

「は……？」

「いいから、笑ってくださいよ」

「笑えと申しても……簡単に笑えるものではあるまい」

「そうですか。かえるぽこぽこ　みぽこぽこ　あわせてぽこぽこ　むぽこぽこ」

「ぷっ……誠……間違えておるぞ……ぷぷっ……」

カシャ……

「なっ……今の音はなんじゃ」

「これ見てください」

そう言って誠はスマホの画面を見せた。

「なっ……！　なんじゃこれは！　それがしの顔が……」

「これ、写真っていうんですけど、見たことないでしょ」

「ござらん……ござらんぞ！」

「それがし、実は、こんな道具が存在する時代からやって来たんです」

「……」

「あ……引かないでくださいよ」

「誠……なにを申しておる……」

「約、四百年先の時代から飛んで来たんですよ」

「それがし……病を患ろうておるのか……。年も年じゃし……とうとうお迎えが参ったのでござるな……」

「いや……違いますし。宗範さん、めっちゃ元気じゃないですか」

「そうは申せ……それがし、誠の申す意味が、まったく解せぬのじゃ……これは病としか思えぬ……」

「でもね、義丸さんにも同じことを説明したんだけど、義丸さん、信じてくれましたよ」

「なにっ！　義丸殿は、誠の申すことを信じておられるのか」

「はい」

「そうは申せ……四百年先……。それはのちの世のことと申すか……」

「左様です」

「な……なんということじゃ……」

「まだ信じてくれないんですか？」

「いや……信じるという問題ではござらん。誠……お主、間者の方が、まだましであるぞ」

「え……」

「殿は昔から、摩訶不思議な現象がお嫌いでな。お主のそれは、まさに説明のつかぬ摩訶不思議であるゆえ、殿の耳に入れば、おそらくお主は……即刻打ち首であろうの……」

「げ〜〜〜……」

「誠……その奇妙な道具は、それがしが預かるゆえ。そしてこのことは決して他言無用」

「え……」

「それがしは、お主を殺しとうない。ゆえに、承知致せ」

「は……はい……」

誠の考えとは、ある意味逆になり得るかも知れないことに、誠は肝を冷やすのであった。

十三、誠の危機と、義丸と小夜のほのかな恋心

「なにっ、孝重殿が参ったじゃと？」

光義は、家臣の茂松から知らせを受けた。

「はっ、左様にござります」

「なにゆえ……」

「お通ししても、ようござりますか」

「ああ、通すがよい」

光義は、孝重が自ら出向いてきたことで、とうとう本性を現したかと、事を構える覚悟でいた。

「殿。安貞、ただいま戻りましてござります」

「安貞、大儀であった」

「つきましては……話の成り行き上、孝重殿をお連れ致しました」

「そのようじゃの。入ってもらうがよい」

そして孝重は、光義の前に姿を現した。

「これはどうも、光義殿。お久しゅうございます」

孝重は畳に手をつき、深々とお辞儀をした。

「よう参られた。さ、面《おもて》を上げられよ」

「ははっ」

この二人は、明らかに上下関係がはっきりしていた。

「ちょうどわしも、そなたと話をしたいと思うておったところじゃ」

「ははっ、恐れ入ります」

「殿……その前に、誠をここへ連れて参った方がよろしいのでは……」

安貞がそう提案した。

「左様か。ではそう致せ」

「ははっ」

安貞はそう言って、この場を離れた。

「茂松、そちも下がってよい」

「ははっ」

茂松もこの場を離れ、光義と孝重、二人になった。

「のう、孝重殿」

「はっ」

「そなた、ようもこのわしを、欺いてくれたの」

「光義殿、その話をしに参ったのでございます」

「そのようじゃの」

「それは、とんでもない誤解にございます」

「ほう。誤解とな」

「実を申せば……娘の小夜も、行方がわからぬのでございます」

「なんとっ！　小夜殿も消えたと申すか」

「左様にございます」

「お主……義丸と小夜殿の婚姻を破談にされとうのうて、偽りを申しておるのではあるまいの」

「まさかっ……そのような偽りなど、申す理由がございません」

「左様か……」

「殿っ！　誠を連れて参りました」

障子の向こうで安貞がそう言った。

「左様か。入れ」

そこで安貞は障子を開け、手を後ろで括られた誠が姿を現した。

「なにをしておる。入れ」

呆気に取られて動けないでいた誠に、安貞が入るよう促した。

「あ……はい……」

誠は中へ入り、直ぐにその場に座らされた。

「誠……お主、中井の領民と申したな」

光義がそう問うた。

「え……まあ……」

「偽りを申すな！　もう調べはついておるのじゃ。お主、中井の間者であろう！」

「光義殿、それは誤解だと申したはずでございます」

孝重は慌ててそう言った。

「誠、孝重殿はこう申しておるが、それに相違ないか」

「それがし、中井の間者ではありません。それに孝重さんに会うの初めてですし」

「左様でござる。わしもこのようなふ抜けたやつ、見たこともございません」

「口裏を合わせておるのではあるまいの」

「滅相もございません。こやつなど全く存じません」

「それがしも同じです」

「殿……」

　そこで安貞が口を開いた。

「なんじゃ、安貞」

「それがし、孝重殿に妙な話を聞いたのでございます」

「妙な話とな。申してみよ」

　そこで安貞は、牧田の話をした。

「ほほう……そうであったか」

「安貞殿の申されたことに、相違ございません」

「ちょ……待ってくださいよ」

　誠は、また別の冤罪を吹っ掛けられたことで、慌ててそう言った。

「なんじゃ」

「それがし、孝重さんも知らないですし、ましてや牧田なんて知りませんよ」

「では訊くがの……お主は一体どこから参った」

「どこからって……」

「申せ！　申さぬと、叩き斬ってくれるわ！」

「おそらくこやつは、義丸殿と小夜の破談を狙って牧田が送り込んだのでございましょう」

「だから、知りませんってば」

――――その頃、平成の世では……


「えぇ～い！　えぇ～い！」

義丸は、家の庭で剣術の稽古に励んでいた。

「義丸さん、精が出るわね」

誠の母、和美はリビングの掃除に励んでいた。

「母上、近日に武芸の披露会がありましてな」

「へぇ～試合？」

「手合わせにござります」

「そうなんだ。それで頑張ってるのね」

「わしは、剣術が苦手にござります。しかし誠に勝つ方法を教えてもらい、その稽古をしておるところです」

「へぇ～誠が剣道をね」

「この策が、たいそう斬新でござりましてな」

「そうなんだ」

「いつ、寛永に戻ってもいいように、技を習得しておるのです」

「そっか。頑張ってね。後で、ジュースを作るってあげるからね」

「かたじけのうござります」

そして和美は、コードレス掃除機を持ち、二階へ上がって行った。

「えぇ～い！　えぇ～い！」

「おお～！　義丸さん、やってるね～！」

外垣から中を覗いた菜央が、そう言った。

「菜央殿……」

「おばさんは？」

「二階へ上がられたぞ」

「そっか～、じゃお邪魔しようかな～」

そして菜央と小夜が玄関から入ってきた。

「義丸殿……稽古にございますか」

「左様です。誠に教えてもろうた技を身に付けないといけませんゆえ」

「左様でございますか。わらわもここで拝見してもよろしゅうございますか」

「はい、そうしてくだされ」

そして再び、義丸は稽古に励むのであった。

小夜は、かつてオトオドした義丸が、こうして目の前で逞しく棒を振っていることに、心が少し弾むような思いがした。

「えぇ～い！　えぇ～い！」

「小夜ちゃん、義丸さん、かっこいいじゃゃん」

「菜央……なにを申すか……」

小夜は、ほんのり頬が赤くなった。

「いいじゃーん。将来のお嫁さんだもんね」

「菜央……まだ申すか」

「あはは、かわいいね～小夜ちゃん」

「もう……菜央は……」

「あっ！　そうだ」

「なっ……なんじゃ」

「義丸さんの稽古が終わったら、二人でデートしたら？」

「デ……デート……？」

「ああ～、えっと、二人で出掛けなよ」

「えっ……」

「もう出掛けるのって、平気でしょ？」

「そ……そうは申せ……」

「ほら～カフェに行ったら？」

「ああ……あの、たいそう美味しいパフェとやらがあるところじゃな」

「そうそう。行ってきなよ」

「そ……そうじゃの……」

そして稽古も終わり、和美は三人にジュースを作って出した。

「母上、かたじけのうございます」

義丸はそう言って、コップに手をやった。

「和美殿、遠慮のう、いただきます」

続いて小夜がそう言った。

「しかしまあ、ほんとに丁寧だねぇ～二人とも」

和美が感心したようにそう言った。

「そうですよね。昔の言葉っていいですよね～」

「誠なんかさ、ジュース作っても『ああ』としか言わないのよ」

「あはは、そりゃそうですね」

「まったく、気が抜けちゃうわ」

「義丸殿……」

「なんでござりますか、小夜殿」

「このあと……出掛けませぬか……」

「え……出掛けるとな。どこへ参ると申されるのじゃ」

「カフェ……にございます」

「カフェとは……」

「ああ〜〜、団子屋さんみたいな感じかな」

菜央がそう言った。

「おお……御城下へ参ると申されるのじゃな」

「左様でございます……」

「それはよいですな。是非、参りましょう」

「はい……」

そして三人はジュースを飲み終わり、義丸と小夜は出掛けることにした。

「義丸さん、はい、これ」

和美は義丸にお金を渡した。

「これは、なんでござりまするか」

「お金よ。これがないと、カフェに入れないのよ」

「左様か……」

「義丸さん、銭よ、銭」

菜央がそう言った。

「おお、そうであったか。母上、これはかたじけない……」

「いいのよ。気をつけていってらっしゃいね」

「和美殿……かたじけのうございます……」

「いいのよ、小夜ちゃん。楽しんで来てね」

和美は小さな財布も渡した。

そして義丸には、新しい服も購入していた。

義丸は自分にぴったり合うサイズの服を着て、とても嬉しそうにしていた。

そして「ベーシックショートウイッグ」という黒のカツラも装着した。

その際、小夜は「とてもお似合いにございます」と微笑んでいた。

「さて、掃除の続きをしなくちゃいけないわ」

二人を送り出した後、和美がそう言った。

「そうなんですね」

「誠の部屋なのよ～。でもちょっと休もうかな」

「おばさん、まこっちゃんがいなくなって、疲れてるんじゃないですか」

「いやまあ……そんなことないけどね」

「元気出してくださいよ～。まこっちゃんもうすぐ帰ってきますって！」

「うん、ありがと」

「じゃ、私はこれで。また来ますね～」

そう言って菜央は出て行った。

しかし、この後、とんでもない事態が起ころうとは、誰も知る由がなかった。

十四、義丸と小夜のデート

義丸と小夜は、街の中心地にある、賑やかなメイン通りに来ていた。

「おお、ここはまさしく城下町を思わせる賑わいぶりですな」

義丸は珍しそうに、立ち並ぶ店を眺めていた。

「左様でございますな。みな、楽しそうに笑っておりますな」

「領民が笑っておると、心が癒されますな」

「ほんに……左様でございますな」

「小夜殿、そのカフェとやらは、どこにございますか」

「あ……確か、あの店がカフェにございます」

小夜は以前、菜央と行ったカフェを指してそう言った。

「おお、あれにござるか。小夜殿、入ってみようではございませぬか」

「はい」

そして二人は、カフェに入ろうとしたが、中は満員で順番待ちの客が並んで立っていた。

そうとは知らぬ二人は、とっとと中に入ろうとした。

「あっ、ちょっとあんたたち、並びなさいよ」

二人で並んでいた女性客に、そう言って止められた。

「そなた、なんと申した」

義丸がそう答えた。

「え……なにっ……」

「ここへは入れぬと申すか」

「いやいや……なに言ってるの」

「わしらは、カフェとやらに参ったのじゃが、入ってはならぬのか」

「ぷっ……あはは、ちょっとなに～、あんた、昔の人？」

「左様じゃ。わしは寛永から参ったのじゃ」

「あはは、寛永ってなに～～」

「義丸殿……おそらく……並ばねばいけないのでは……」

「あはは、こっちの子も、なに～。殿、だって～！」

「小夜殿……この女子《おなご》は、なにを笑っておるのでござりましょうな」

「義丸殿……こちらへ……」

小夜はそう言って、店から離れたところへ義丸を連れて行った。

「おそらく、私たちの言葉に驚いているのでございますな……」

「左様か……なにも面白いことは申しておらぬのじゃが……」

「あの……義丸殿……」

「なんにござりますか」

「わらわは……菜央にここの言葉を習いましたゆえ、その言葉で話すことに致します」

「ほぅ。習われたとな」

「では、並びに参りましょう」

「あい、わかり申した」

そして義丸と小夜は、再びカフェに向かった。

「あの～……どこに並べはいいじゃん？」

小夜はさっきの女性に訊いた。

「は……？」

「だから、どこに並べばいいじゃん？」

「どこに並べばいいかってこと？」

「そうそう」

「一番後ろ」

そう言って女性は列の最後尾を指した。

「つーか、ありがとう」

「は……？」

「いや……つーか、ありがとう」

「まあ、いいけど」

義丸と小夜は、最後尾に並んだ。

「小夜殿……どうも通じておらぬように見えましたが……」

「左様でございますね……使い方を間違えたようにございます」

「まあよいではありませぬか。それより、パフェとやらを食べるのが楽しみでござりますな」

「左様でございますな」

「お客さま、お待たせしました。こちらへどうぞ」

約三十分後、義丸と小夜は席に案内された。

「ご注文をお伺いします」

席に着いた二人に、ほどなくして女性店員が訊ねた。

「パフェとやらを持って参れ」

義丸がそう言った。

「え……」

店員は明らかに引いていた。

「パフェ、でござる」

「は……はあ。なにパフェでしょうか」

「なにパフェとは、なんじゃ」

「フルーツパフェ、チョコレートパフェ、抹茶パフェ……」

「おおっ……お主、チョコレートと申したな。それを持って参れ」

「チョコパフェ、二つでよろしいですか？」

「ああ、左様じゃ」

義丸が小夜を見ると、小夜は下を向いて笑っていた。

「小夜殿、なにを笑うておるのじゃ」

「だって、義丸殿……パネェんだもん」

「は……？」

「面白うございます」

「なにが面白いのじゃ」

「だって……真面目な顔をして……パネェんだもん」

「パネェとは、なんじゃ」

「さあ……なんでございましたか……忘れちゃったんだもん」

「小夜殿……あはは。小夜殿も面白うござるな」

周りにいた客は、二人のやり取りを唖然として見ていた。

やがてチョコレートパフェが運ばれ、二人はとても美味しそうに食べていた。

「なんと、絶品でござるな」

「ほんに……とても美味しゅうございますな」

「のちの世は……このような贅沢品を食べておるのか」

「みなに、食べさせてやりとうございます……」

「小夜殿……」

「中井の領民は貧しく……食べる物にも不自由しております……」

「……」

「わらわが、こんな贅沢品を食すことで……領民に顔向けができませぬ……」

「小夜殿、そのようなことはござらん」

「義丸殿……」

「ここで贅沢品を食したことで、民は恨んだりせぬ」

「……」

「それより、寛永へ戻った時に、どう立て直すかが肝要じゃ」

「はい……」

「ここの者たちを見るがよい。みな、笑っておるではないか。中井の民も笑わせてあげようではないか」

「義丸殿……」

「わしは、久佐と中井の民、両方を笑わせて見せるゆえ、小夜殿もそのおつもりであられよ」

「はい……」

　これは事実上のプロポーズだった。

小夜は、そう言われたことで、義丸に嫁ぐ決意が固まったのである。

それから小夜は、義丸をカラオケに誘った。

小夜は数回、菜央とカラオケへ行き、安室奈美恵の『Ｈｅｒｏ』を覚えたのである。

「小夜殿、カラオケとは、なんじゃ」

「歌を歌うところにございます」

「ほう。歌とな。それは和歌でござるか」

「あはは、そうではございませぬ」

「なんであるか、楽しみじゃの」


カラオケボックスに入り、二人は部屋へ案内された。

その際、義丸は「案内《あない》致せ」「そちは下がってよい」などと言い、引き気味の店員の反応を見て、また小夜は笑っていた。

「小夜殿……この部屋はなんでござるか」

「ここで歌うのでございます」

「ほぅ、では、そうしてくだされ」

小夜はタッチパネルの操作も覚えていた。

「ああ、これじゃ、これ」

そして『Ｈｅｒｏ』を選曲した。

やがてイントロが流れてきたかと思うと、義丸はその音の大きさに驚いていた。

そして小夜は歌いだした。

小夜は、菜央に歌詞の意味を教えてもらったことで、まるで義丸のプロポーズに応えるかのように、その意味を噛みしめながら歌っていた。但し、英語の箇所はスルーしていた。

「おお、これが歌と申すものでござるか」

小夜が歌い終わり、義丸が感心しながらそう言った。

「左様にございます」

「なかなか、楽しゅうござるな」

「はい」

そう言って小夜は微笑んだ。

義丸は当然歌うことが出来ず、小夜も一曲しか歌えないので、直ぐに店を出た。

「そろそろ帰りますかな」

義丸がそう言った。

「左様でございますな」

「小夜殿、今日は、ほんに楽しゅうござった」

「わらわも楽しゅうござりました」

二人の姿を、真っ赤な夕日が照らしていた。

「朝日も夕日も……寛永と変わらぬな……」

義丸がしみじみとそう言った。

「左様でございますな……とても美しゅうございます」

「ほんにの……」

やがて誠の家に到着し、二人は中へ入った。

ブーン
二階から掃除機の音が聞こえた。

「母上は、まだ掃除をしておられたのじゃな」

「左様にございますな……」

そして二階の部屋では……

誠の母である和美は、いつになく念入りに掃除機をかけていた。

「ベッドの下もしなくちゃね～～ったく～～」

ブツブツ独りごとを呟きながら、コードレス掃除機を前後に動かしていた。

「次は～机の下だ～～」

掃除機の柄を机の下へ入れた時だった。

ガチャガチャガチャ
なにかを吸い込んだと思った瞬間、和美は見知らぬ部屋に立っていた。

「えっ……なにっ……ここっ！」

和美の手は、無意識に掃除機のスイッチを切っていた。

「ちょ……待って……私、さっきまで誠の部屋を掃除してたよね……。いや、ちょ……こってなんなの〜〜！」

和美は掃除機を置いて、部屋を歩き始めた。

「私って……夢を見てる……？」

そこで和美は頬っぺたをつねってみた。

「うわっ……痛いっ！」

和美はそっと障子を開けてみた。すると長い廊下が目の前に広がった。

「げっ……なんか……お城みたいなんだけど……。え……ちょっと待って……まさか……まさかよね……」

和美は誰かに見られてはいけないと思い、すぐに障子を閉めた。

そして押し入れの中に隠れることにした。

「うわっ……布団が……。まあいいか」

和美は布団と布団の間に、無理やり身を隠した。

「誠を蔵へ連れて行くのじゃ！」

部屋の外から大きな声が聞こえた。

「えっ……ま……誠……って言ったよね……。やっぱりここは……寛永なんだわ。うわっ……どうしよう……でも、誠……生きてたのね……よかった……」

けれども和美はどうしていいかわからず、しばらくそのままじっとしていた。

十五、和美、寛永へ行く

なかなか二階から下りてこない和美を不思議に思い、義丸は誠の部屋の前でそう声をかけた。

「母上……母上……」

「どうしたのでございましょう……」

返事がないことで、小夜がそう言った。

「母上、入りまするぞ」

カチャ……

義丸がドアを開けた。けれども和美の姿はどこにもなかった。

「おや……母上がおられぬぞ」

「他の部屋かも知れませぬ」

「ああ……そうじゃな」

そして義丸と小夜は、他の二部屋も開けてみたが、和美の姿はどこにもなかった。

「おかしいのう……先ほどは確かに、音がしたのじゃが……」

「わらわも聞きましてございます」

「左様じゃの……母上……どこへ行ったのであろうの……」

「義丸殿……ま……まさかっ……」

「え……」

「和美殿は……タイムマシンとやらで、寛永に行ったのではありませぬか……」

「あいや、待たれよ。タイムマシンとやらは、寛永にあるはずじゃが……」

「向こうにあると、勘違いされたのではございませぬか……」

「なんじゃと！　そ……それでは……こっちにあったと申すか」

「左様でございます……」

「な……なんとっ……。これは大変なことじゃ……」

「あ……わらわは、菜央を呼んで参ります」

「ああ……そうしてくださるか」

そして小夜は急いで菜央を呼びに行った。

「菜央、菜央！」

慌てて家に入った小夜を見て、菜央の母親の真紀も父親の昭彦も菜央も、何事かと驚いていた。

「小夜ちゃん、どうしたの？」

菜央が小夜に駆け寄り、そう言った。

「な……菜央……大変じゃ……」

菜央は慌てて小夜を自室へ連れて行った。

「義丸さんになんかあったの？」

「いや……そうではござらぬ……」

「じゃ、どうしたのよ」

「義丸殿とわらわが、家に帰った時には……和美殿は二階で掃除をされておったのじゃ……」

「うん、それで？」

「じゃが……なかなか下りて来られぬので、義丸殿と確かめに参ったのじゃが……和美殿はどこにもおられんかったのじゃ……」

「どういうこと？」

「おそらくではあるが……寛永に行ったのではないか……」

「え……えええ～～！　だって、タイムマシン、ないじゃん！」

「ないと思うておったが、実はあったのではないかの……」

「げ～～！　そんなっ」

「とにかく……一緒に来てくれぬか」

「あ……ああ、行く行く」

そして菜央と小夜は、慌てて階段を下り、家を出ようとした。

「あっ、お母さん」

「なに？　ちょっと……あなたたち、慌ててどうしたのよ」

「えっと、ちょっとまこっちゃんち行って来る。んで、泊まるから！」

「え……なに、いきなり」

「えっとね、まこっちゃんが、幕末のＤＶＤ買ったんだ。ほら、龍馬さんの。んで鑑賞会よ！」

「え……それなら明日でいいし、別に泊まることないでしょ」

「すぐに観たいの！」

「そう……。あ、それなら和美さんに電話しないとね」

「あああ〜〜、いいの。おばさん、出掛けてるし」

「あら……そうだったかな」

「そうだったのよ。んじゃ、行ってきます〜！」

　そして菜央と小夜は、慌てて家を出た。


　――その頃、和美は……


　ほどなくして、押し入れの襖をそっと開けた。

「やっぱりここは……寛永なんだわ……」

押し入れから出ると、誠の部屋ではないかと少し期待したのだが、敢え無く打ち砕かれた。

「どうしたらいいのかしら……」

自身のこともそうだが、誠が蔵へ閉じ込められていることが気になっていた。

蔵ってなによ……閉じ込められてるってなによ……

誠……なにかしたのかしら……

助けに行こうかな……

でも……この服だし……髪も短いし……

ああ……どうしよう……

和美は気が動転していて、自分がここに来たということは、タイムマシンがどこかにあるはずなのに、そこまで気が回らなかった。

そこで和美は掃除機を見た。

あ……あれを持っといた方がいいかな……

武器……？　になるかも。そして和美は掃除機を取りに行った。

「それで、妙な音がしたと申すのは、義丸殿の部屋だったのじゃな」

障子の向こうで誰かが話していた。

「はっ、左様にござります」

そこでいきなり障子が開いた。

「あっ！　お主……なにやつ！」

家臣の宗範は、呆然と立ち尽くしている和美を見つけて、そう叫んだ。

「え……ぎゃあ～～！　おっ……お侍～～！」

そこで和美は掃除機を振り上げた。

「ええい！　そのようなものを、振り回すでない！　大人しく致せ！」

「宗範殿、みなの者を呼んで参ります」

「そう致せ！」

「ちょ、ちょっと待って～～！　怪しいものではござらんっ！」

「ええ～い、小癪な！　それを置かぬと、斬り捨てるぞ！」

そう言って宗範は、刀に手をやった。

「ひぃぃ～～！　わっ……わかったでござる。わかったでござるから」

そう言って和美は掃除機を置いた。

「よいの、大人しく致せ」

宗範は少しずつ、和美にすり寄って行った。

「こっ……来ないでござる！　なにもしないでござるから」

「お主……どこから参った」

「どこからって……」

「それにその……奇妙な格好……童《わっぱ》のような頭。ますますもって、怪しい男《おのこ》じゃ」

和美の髪型はベリーショートだった。

おまけにTシャツを着てズボンを穿いていた。

そして、スッピンだった。

「げっ……あの、私、女ですけど！」

「なっ……なにっ！　女子《おなご》と申すか！」

「そうでござるよ、失礼ねっ！」

「まあ、どっちでもよいわっ。それより、そこを動くでないぞ」

「げ～～、どっちでもいいって、どういうことよっ！　セクハラで訴えてやるでござるよ！」

和美は、どうにかして逃げ出せないものかと、あの手この手で口撃していた。

自分がバカなことを言ってるのは、重々承知だった。

「セ……セクハラ……？」

「そうでござるよ！　セクハラでござる～～！」

「うーむ……近ごろ、それがしは……やはり病んでおるようじゃ……」

「宗範殿っ……」

そこに茂松が、他の家臣を従えて戻ってきた。

「さっさと、この童《わっぱ》を、蔵へ連れて行くのじゃ！」

「はっ」

そして和美はあっという間に捕らえられ、蔵へ連れて行かれることになった。

「ちょ……乱暴に扱わないでよでござるよ！」

「黙れ」

茂松がそう言った。

「ふんっ、あんた年はいくつでござるか」

「答える必要はござらん」

「見たところ……まだ若いでござるよ」

「黙れと申しておろうが」

「なによ～、偉そうに。私の方が年上なんだからでござるよ」

「ふんっ」

ほどなくして、蔵の前に着いた。茂松は鍵を開け、扉も開けた。

「ここで大人しくしておれ」

和美は身体を押され、その勢いで蔵へ入った。

そして扉が閉まった。

「ふんっ……こんなところに閉じ込めて、なによ～～！」

和美は中から扉をドンドンと叩いた。

「え……うそ……嘘だろ……」

後ろで声がした。

「え……？」

和美が振り向くと、そこには誠が座っていた。

「ぎゃあ〜〜〜！　まっ……誠っっ！」

「ちょ……なんでお母さんがここにいるんだよ！」

「誠おおおお〜〜〜！」

そう言って和美は、誠に抱きついた。

「げ……ちょ……離してってば」

「誠おお〜〜誠おお〜〜」

「お母さん、落ち着いてよ」

「無事だったのね、よかったあああ〜〜！」

「もう……苦しいから、離れてってば」

「うん……わかった」

和美は仕方なく誠から離れた。

「っていうか……お母さん、なんでここにいるのさ」

「知らないわよ。気がついたらここにいたのよ」

「気がついたらって……そんなはずないだろう」

「誠の部屋を掃除してたら、ここに来たのよ」

「僕の部屋を……？　えっ……どういうこと？」

「義丸さんと小夜ちゃんがデートに出かけた後、掃除しようと思ってさ」

「えっ……ええぇ〜〜〜！　義丸さん、やっぱり平成へ行ってたんだ！」

「え……うん、そうよ。最初はびっくりしちゃったわ。サルみたいな幽霊で」

「へ……？」

「でさ、誠、身体は大丈夫なの？　どこもケガしてない？」

「うん、平気。それよりさ、お母さんがここへ来たってことは、タイムマシンに触れたってことなんだよ」

「触れてないし、タイムマシンなんて見てないよ」

「いや、絶対に触れているはずなんだ」

「知らないって」

「ズボンのポケットとかに入ってない？」

「え……ズボンの中……？」

和美はポケットの中を調べたが、どこにもタイムマシンなどあるはずがなかった。

「ないわよ」

「おかしいな……。あっ！　掃除してたって言ったよね」

「うん」

「それって掃除機？」

「ああ、そうよ」

「それだっ！　きっと何かの拍子に吸い込んだんだよ」

「えっ……マジで？」

「それしか考えられない」

「ってことは……タイムマシンは掃除機の中にあるってこと？」

「そうなるね」

「げ〜〜」

「掃除機、どこにあるんだよ」

「なんか、広い部屋」

「そっか。義丸さんの部屋だね」

「え……あの部屋、義丸さんの部屋だったのね。義丸さん、誠の部屋で寝て窮屈だっただろうな」

「それより、掃除機を探さないと」

「え……探すって……」

「あんな奇妙な道具、絶対に没収されて、処分されるに決まってるよ」

「げ〜〜！　それってヤバイじゃないの！」

「それにしても、これはなんじゃ……」

義丸の部屋で宗範は、ずっと掃除機を眺めていた。

宗範は、ちょっと触れてみた。

「うーむ……解せぬ……新兵器でもあるまい……」

そして宗範は、掃除機の取っ手を握り、偶然スイッチを入れてしまった。

ブーン
「なっ……なんじゃ……」

ガラガラガラ……

中でタイムマシンがクルクルと回る音がした。

「あっ！」

ブーン……

「なっ……なんじゃ！　ここは……どこじゃ！」

そこは誠の部屋であった。

「ああ……それがしは……とうとう……黄泉の国へ参ったか……」

宗範は呆然とその場に座っていた。


「あれ……今、音がしなかった？」

リビングに座っていた菜央がそう言った。

「ほんに……音が聞こえたようじゃ……」

小夜がそう言った。

「もしや……母上が戻って参ったのではあるまいか！」

義丸がそう叫んだ。

三人は急いで階段を駆け上がり、誠の部屋のドアを開けた。

「あ……あああ～～～！　む……宗範……宗範ではないかっ！」

「わっ……若っ……！　若にございますか！」

「ええええ～～！　義丸さんの家臣？」

菜央がそう言った。

宗範は、義丸の妙な格好と頭を見て、驚愕していた。

「ああ……宗範は久佐の家臣じゃ」

「おおお……小夜殿ではないか……小夜殿……ここにおられたのでござりますな……」

宗範は、小夜を見ても同様に思っていた。

「左様じゃ……」

「宗範、お主、なぜここにおるのじゃ！　誠の母上はどこへ行った！」

「誠の母上……え……すると……あの童《わっぱ》が……」

ブーン
ガラガラガラ……

「ちょ……スイッチ切った方がいいよ。うるさいよ」

菜央がそう言い、掃除機に触れようとした時だった。

突然、宗範が掃除機と共に姿を消したのだ。

「むっ……宗範！　宗範！」

「えええ～～！　うそ……。宗範さん、寛永に戻っちゃったってこと？」

「義丸殿……タイムマシンとやらは……あの掃除機の中にあったのではございませぬか」

「そ……そうだよ！　小夜ちゃんの言う通りだよ。ガラガラ言ってたもんね。で、偶然、ボタンに触れちゃったんだよ！」

「ということは……タイムマシンは……誠の手に渡る可能性が残されておるということじゃ」

「そうだよ！　まこっちゃんなら、きっと見つけ出すよ！　んで、戻って来るよ！」

果てさて……そう上手く行くかどうかは、全て誠の手腕にかかっていたのである。

十六、吸引器

「ああっ！　ここはっ義丸殿の部屋ではないかっ！」

寛永に戻った宗範は、酷く頭が混乱していた。

ヒュ～ン……

そこで掃除機の充電が切れた。

「むっ……この奇妙な道具のせいで……それがしは悪夢を見たのじゃ……」

宗範は掃除機を置いて蹴っ飛ばした。

「いや……待て。義丸殿は……どこへ行かれたのじゃ……あっ……小夜殿もおられたの……見知らぬ女子《おなご》もおった……いやいや……あのような奇妙な格好をしておられたのは、果たして義丸殿、小夜殿であったのか……偽物ではござらぬのか……」

宗範は考えに考えた。

「誠は……四百年先の、のちの世から参ったと申しておったな……。するとあれはのちの世であったのか……。いや、そのような奇怪なことがあろうはずがない。じゃが……この奇妙な道具といい……誠が持っておった巾着袋といい……一体、これはどういうことじゃ……」

「宗範殿……おられますか」

障子の向こうで茂松の声がした。

「茂松か」

そこで障子が開き、茂松が入ってきた。

「童《わっぱ》は、蔵へ閉じ込めましたゆえ……」

「左様か。ご苦労であった」

「宗範殿……」

「なんじゃ」

「先ほどから気になっておったのですが、その奇妙な棒のような物は、なんにござりますか」

　茂松は掃除機を見てそう言った。

「これか……それがしにもわからぬ」

「あの童《わっぱ》が持って参ったのですか……」

「そのようじゃの……」

「このような奇怪な道具……殿の目に触れると厄介にございますぞ」

「ああ……確かにそうじゃ。早急に処分いたせ」

「ははっ」

　宗範は、実際に義丸に会ったにもかかわらず、夢だと決めつけていた。

　そして、和美が誠の母親であることも、すっかり忘れていた。

「義丸殿……それがしの夢枕に立たれたということは……もうこの世におらぬということか……なんたることじゃ……」

　宗範は障子を開けて、静かに部屋を出た。


「宗範！　宗範はおらぬか！」

　義勝が宗範を探して叫んでいた。

「ははっ、若っ、御用にござりますか」

宗範はまだ頭が混乱していたが、急いで義勝の下へ駆けつけた。

「なにやら、また変な間者が入り込んだと聞いたが、それはまことか」

「ははっ。左様でございます」

「して、蔵へ閉じ込めたとか」

「ははっ」

「どんなやつだったのじゃ」

「なにやら、妙な道具を携えまして、義丸殿の部屋におりましてでござります」

「妙な道具とな。それはいかなるものじゃ」

「長い棒のようなものにござりまして、音を発しておりました」

「ほう。鉄砲ではないのか」

「いえ……見たところ、砲身のようにはございませんでしたし、鉄でもございませんでした」

「左様か……。して、その道具はどこじゃ」

「茂松に処分させておるところにござります」

「なにっ！　わしがその道具とやらを確かめるゆえ、直ぐに持って参れ」

「ははっ」

あの後、誠がなぜ殺されもせずに、再び蔵へ閉じ込められたかというと……

誠がまさに追い詰められそうになっていた頃、宗範が孝重と光義の前に姿を現し「こやつを吐かせるには、それがしにお任せ下さらんか」と光義に頼み込んだのだ。光義も孝重も、誠を殺すか、それとも牧田へ出向き、事の真相を暴くといって聞かなかったが、宗範は「それは早計にございます。もし当てが外れていたら、起こさなくてもよい争いを起こすことになり兼ねませぬ。ここは義丸殿と小夜殿の居所を、こやつから聞きだすのが先決にござりましょう」と言って、ようやく説き伏せたのだ。

いわば誠は、宗範に命を救われたのである。


「誠、童《わっぱ》、飯を持って参ったぞ」

そう言って宗範は、蔵の扉を開けた。

「ぎゃ〜〜！　さっきの侍〜〜！」

「お母さん、落ち着いてよ」

「そんなこと言ったたって、誠。あんた平気なの？」

「うん。宗範さん、優しい人だよ」

「優しい？　かぁ〜〜っ！　誠っ、甘い、甘いわよ！」

「なんだよ」

「この侍、私のこと、男って言ったのよ！　しかも童《わっぱ》とか言ってるし。失礼ったらありゃしないわ」

「誠……飯を……」

宗範は和美の狂乱ぶりに圧倒されていた。

「ああ、すみませんね」

「誠……さっきこの、お……女子《おなご》？　のことを母と申したな」

「うん。この人、それがしの母なんですよ」

「なっ……それは……まことでござるか……」

「なに言ってんのよ～！　それってダジャレのつもり？　面白くないわよ！」

「は……？」

「お母さん、もういいから。それで宗範さん、訊きたいことがあるんですけど」

「なんじゃ、申してみよ」

「えっと、母が持っていた、奇妙な道具あったでしょ」

「え……ああ。あの棒のようなものでござるか」

「うん。それを、それがしに持ってきてくれませんかね」

「なにっ……それはならぬ！」

「どうしてですか」

「あれは、ただいま、義勝殿が確かめておいでじゃ」

「そうですか。じゃ、その後でいいんで、持ってきてくれませんかね」

「だから、それはならぬと申しておろうが」

「うっ……あっ……」

そこで突然、和美が胸を押さえて倒れた……フリをした。

「お母さん、どうしたの？　大丈夫？」

「そなた……いかが致した」

「うっ……私は……あの道具がないと……命が危ないでござるよ……」

「なっ……なにっ！」

「あれは吸引器でござるよ」

「きゅ……吸引器とな……それはなんじゃ……」

この辺りで誠は、和美が滑稽な演技をしているとわかった。

「わっ……私は……肺を患っておるでござるよ。あれがないと……もうすぐ死ぬでござるよ……」

「それはまことか！　これはいかん。待っておれ。直ちに持って参る！」

そう言って宗範は、義勝のもとへ走った。

「お母さん、この後、どうすんの」

「えっ……誠、演技だってこと、わかってたんだ」

「はあ～……当然だろ」

そこで和美はおにぎりを口に入れた。

「ん……んん。へぇ～結構美味しいじゃん」

「だよね」

そこで誠も頬張った。

「あんた、着物着てるけど、それって義丸さんの？」

「ううん。僕が買ったんだよ」

「えっ、ここで？」

「いや、向こうで」

「まあ～、いつの間に！」

「そんなこと、いいじゃないか」


ギギィ……

そこで扉が開いた。

すると義勝と宗範が立っていた。

「ぎゃっ……この人……誰っ！」

和美は、チョーかっこいい義勝を見て驚いていた。

「こちらは、義丸殿の弟君じゃ」

宗範がそう言った。

「えええ～～！　うっそ！　似てなぁ～～いでござるぅぅ～～」

「童《わっぱ》、口を慎め」

「まあよい、宗範。して、この童《わっぱ》が、胸を患ろうておるというのは、まことか」

「左様にござります」

「うっ……ううっ～～……」

「うう……若様……波があるのでござるよ……」

そこで和美は、また下手な演技を始めた。

「お主、さっきまで、元気であったではないか」

「うう……若様……波があるのでござるよ……」

「ほぅ、波とな」

「それより……早くその吸引器を……ううう……」

「左様か……。宗範、渡すがよい」

「ははっ」

義勝はそう言ったが、既に鯉口を切っていた。

「妙な真似をすると、斬るぞ」

「ひぃ～～……」

そして、宗範は和美に掃除機を渡した。

「うう……ううう……どうもでござる……」

和美はそう言って、掃除機の吸い込み口を取り外し、柄の部分に口をあてて吸い出した。

「フゥ～～……フゥ～～……ゲホッ……」

誠は笑いそうになったが、なんとか堪えた。

「ほぅ……そのように使用する道具であったか」

「そ……そうなんでござるよ。ほら、こうやって、フゥ～～……フゥ～～……」

和美は何度もそれを繰り返し、やがて口の周りは輪を描いて赤くなっていた。

「ぷっ……」

そこで宗範が笑ってしまった。

「宗範、なにを笑うておる」

「ははっ……」

「ぷっ……」

誠も、もう我慢の限界だった。

「ちょっと～、二人ともなにを笑ってるんでござるのよ～」

「その方……胸はもうよいのか」

義勝がそう訊ねた。

「あっ……吸ったら治りましたでござるよ」

「左様か……」

「それで……私、これがないと生きてられないんでござるの……」

「左様か……」

「これ、持っててもいいでござる?」

「ああ、かまわぬ」

「やった～～！　さすがイケメン王子だわ～～、心が広いっ！」

「……」

「若様は、年はいくつでござる？」

「わしは、十七にござる」

「げ～～！　十七！　誠と年子だわ～～でござるわ～～」

「宗範」

「はっ」

「この者ら……ここから出してやるがよい」

「えっ……よいのでござりますか」

「かまわぬ」

「ははっ」

義勝は、誠と和美の様子を見て、こんなバカな間者はいないと悟った。したがって、もう蔵に閉じ込めておく必要もないと思ったのだ。

「若、して……この者たち、どこへ連れて参りましょうか……」

「そうじゃな……少しばかりの銭を持たせて、城から追い出すがよい」

「ははっ」

「あの……若様～」

和美がそう言った。

「なんじゃ」

「着物も……貰えません？　でござるんですけど」

「左様か。宗範、童《わっぱ》に着物を用意致せ。それと草履もじゃ」

「ははっ」

そして和美は子供用の着物と草履を受け取って着替えた。

掃除機を布で包《くる》み、お金を持って誠と和美は城を出たのであった。

十七、壊れる

城を出た後、誠と和美は城下町を歩いていた。

「誠、これからどうするのよ」

「宿に泊まって、掃除機からタイムマシンを取り出さないとね」

「あ、そっか」

「えっと～、どこに泊まろうかな」

「それよりさ～、せっかく昔に来たんだし、色々と見て回ろうよ」

「お母さん、なに呑気なこと言ってるんだよ。早く帰んないと義丸さんと小夜ちゃんが待ってるんだからね」

「ああ……そうだったわね」

二人は適当な宿を探して歩いた。

すると、ちょうど良さそうな「島屋」という宿を見つけた。

「ここにしようか」

「そうね。でも、お金、足りるの？」

「多分。宿の人に訊いてみるよ」

「そうね」

そして二人は中へ入った。

「あの～……すみません」

誠が宿の者を呼んだ。

「はいはい～、いらっしゃいませ。お泊まりですね～」

恰幅のよい、肝っ玉母さん風の女性が現れた。

「部屋は空いてますか」

「はいはい～、空いてますよ。えっと、若旦那と奉公人ですね」

「げっ……ちょ……奉公人って……」

そこで誠は、和美の腕を引っ張って制した。

「じゃ、部屋をお願いします」

「ああ……その前にここで足を洗っておくれよ」

そう言って肝っ玉母さんは、水桶を差し出した。

「ああ～～！　これ、水戸黄門で観たことあるでござるわ～～」

「あはは、なんだい、水戸黄門って」

「決め台詞は、頭《ず》が高いっ！　控えおろうう～～！　でござるよ」

「おや……なんか、この前も、そんなこと言ってた若いあんちゃんがいたね」

あ……それ僕だけど、と誠は可笑しかった。

「へぇ～、それって助さんか格さんじゃないでござるか？」

「なんだい、助さん格さんって」

「ご老公様のお付きの人でござるよ」

「へぇ～」

「えっ！　ってことは、リアル黄門さまに会えるかも知れないでござるわ！」

「はいはい、さっ、足を洗っておくれよ」

「は～い」

そして誠と和美は、並んで足を洗ったあと、肝っ玉母さんに部屋へ案内された。

「若旦那と奉公人だから、部屋はどうします？　別にします？」

「げっ……まだ奉公人って言ってるでござるか！」

「え……違うのかい」

「わ・た・し・はっ！　奉公人でもないし、小僧でもないし、れっきとした女なのでござるの！」

「ええ～～！　おっ……女っ。へっえ～～、信じられないね」

「まったく……私は若旦那のご母堂でござるのよっ！」

「げ～～……」

「あの、ここの宿代っていくらなんですか」

誠は、至極冷静にそう訊いた。

「一人、百四十文だよ」

「えっと……足りるな。わかりました」

誠は財布を確かめてそう言った。

そして肝っ玉母さんは部屋から出て行った。

「ったくぅ～～なによ～～、失礼ねっ」

「まあまあ。それより掃除機を解体するよ」

「あっ……そうね」

「お母さん、障子閉めて」

「うん、わかった」

いよいよ、タイムマシンを取り出す時がきた。

誠は、ダストボックスを取り外し、中からゴミを取り出した。

「あっ！」

誠は思わず叫んだ。

「えっ、どうしたの？」

「な……なんだ……これは……」

「え……なによ、どうしたのよ」

「壊れてる……」

タイムマシンを取り出した誠は、それを和美に見せた。

タイムマシンは、何度もボックスの中で衝撃を受けたため、ほぼ、粉々状態だった。

「げっ……なによ……それ……」

「ど……どうしよう……これじゃ……帰れないよ……」

「えええぇ～～！　嘘でしょ。誠！　作り直して！」

「無理だよ……道具もないし」

「そっ……そんな！」

「ああ～～！　もう何も策がない。僕とお母さんは、ここで生きていくしかないんだ」

「そんな……嫌よ～～！　帰りたいっ！　お願い、誠なら絶対になんとかできるって。考えて、考えてよ～～」

「そんな……考えるっていっても、無理なもんは無理なんだよ」

「じゃあ……お母さん、この町で働くの……？」

「うん、そうするしかないね」

「誠はどうするのよ」

「僕だって、働くしかないよ」

「げ〜〜〜」

　その後、誠も和美も、夕食として出された食事は、殆ど喉を通らなかった。


「あら、若旦那、あまり食べてないね」

　お膳を下げに来た肝っ玉母さんがそう言った。

「ああ、すみませんね」

「美味しくなかったかい？」

「いえ、そんなことないですよ」

「朝餉《あさげ》は、もっといいもの作ってあげるからね」

「ああ、ありがとう」

「ああ〜さっぱりした」

　そこに厠から和美が戻って来た。

「母上も、あまり食べてないね」

肝っ玉母さんがそう言った。

「ああ〜……ごめんね」

「いや、いいんだよ。それより今夜はお祭りだよ。行って来たら?」

「へぇ〜お祭りかあ〜。誠、行かない?」

「うーん、まあそうだね」

「ここから近くの神社でやってるから」

「そうでござるのね。じゃ、誠、行こうでござるよ」

誠は、その神社を知っていた。

義丸がいつも一人で稽古をしていた神社だ。

義丸さん……もうすぐ大会があるんだよね……

僕、一撃必殺技、教えてあげたのに……

義丸さんが戻れなかったら……大会どころか、一生、平成で暮らすんだ。

ダメだ……。やっぱり戻してあげないと。

そして誠と和美は祭りに出かけた。


参道の両脇には、たくさんの露店が並んでおり、大勢の人で賑わっていた。

「誠、昔もこんなだったのね。平成も変わらないわね」

「そうだね」

二人は歩きながらそう話した。

「あ……誠さま……」

そこで侍女の雪が誠を見つけ、声をかけてきた。

「ああ、雪さん」

「お一人で、お出かけでございますか」

「いえ、母と一緒なんですよ」

「まあ……母上さまと……」

そこで雪は、誠の隣にいた和美を見た。

でもすぐに目を逸らし、他を探していた。

「いや、あの、私なんでござるよ」

和美は雪にそう言った。

「え……」

雪はまだ理解していなかった。

「え、じゃなくて、私が誠の母上でござるよ」

「ええっ……そなたが……母上さまにござりますか……」

「なによ〜〜、まったく、みんな私を見て、そんな風に言うんでござるんだから〜」

「雪さん、この人が、それがしの母ですよ」

「さ……左様でござりましたか……」

雪が勘違いするのも無理はない。

一体、この時代どこに、ベリーショートな母親がいようか。

おまけに、子供用の着物を着て、草履を履いているのだ。

「雪さんは、お一人ですか」

「いえ……その……」

「あっ、もしかして、好きな人と？」

「そっ……そんなことはございません……」

そこで和美はすぐに感づいた。

雪は誠のことが好きなのだと。

「ああ～、母はちょっと疲れたでござるよ」

「え……そうなの？」

「先に宿に帰るでござるよ」

「大丈夫？　それがしも帰ってもいいよ」

「なに言ってるでござる。あんたは雪さんと行っておいでででござるよ」

「母上さま……わたくしもお宿について参りましょうか……」

「な～に言ってるか！　あ……ござるか。じゃ、これにてさらばじゃ」

そう言って和美は、宿に向かって歩き出した。

「誠さま……よいのでございましょうか……」

「うーん、別にいいですよ」

「さ……左様でございますか……」

「せっかくだし、行きましょうよ」

「はい……」

雪は頬を赤く染め、誠の横に並んで歩いた。

「あの……誠さま……」

「なんですか」

「わたくし……耳に挟んだのでございますが……城をお出になったとか……」

「そうなんですよ。追い出されたんです」

そう言って誠は笑った。

「そのように伺ってございます……」

「まあ、仕方がないですね」

「では……今後は国へお帰りになるのでございますか……」

「まあ、そうですね」

「左様でございますか……雪は、淋しゅうございます……」

「雪さん……」

「あ……わたくし……なんと無礼なことを……」

「いえ、無礼なんかじゃありませんよ」

「また……久佐へお出でになられることはございますか」

「そうですね。そのうちに」

「左様でございますか……雪は……お待ち申し上げておりますゆえ……」

「雪さん、ありがとう」

「誠さま……」

誠は雪の気持ちを知った。

けれども誠には、それに応えるような気持ちは湧いてこなかった。

それより、どうやって元の時代へ帰るか。

そして、義丸と小夜を、ここへ戻すか。

そのことで頭が一杯だった。

そんな誠でも、雪の気持ちはいじらしく、記念として簪《かんざし》を買ってあげたのだ。雪は、涙を流して喜んでいた。


宿へ戻ると、和美は布団の上でボーッと座っていた。

「あ、誠、おかえり」

「うん、ただいま」

「どうだった？　雪ちゃん」

「どうって、別に」

「あの子、美人だね」

「そうかな」

「あの子、誠のことが好きだよね」

「っていうか、具合はどうなんだよ」

「あはは。っんなもん、嘘に決まってんじゃーん」

「やっぱり……」

「でもさ～、好きになったって無理だよね。所詮は寛永と平成だもんね」

「はいはい、わかったから、もう寝るよ」

「そうだね。寝るか」

「僕さ、もう一度、帰れる方法、考えてみるよ」

「えっ！　できるの？　やって～～やって～～」

「まだどうすればいいか、わかんないけど」

「お母さんも協力するからさ～～」

「いや……それはいい……」

「なによ～～！　これでもご母堂よ！」

「はいはい、じゃ、おやすみ～」

そう言って誠は布団に入り、和美に背中を向けて眠った。

けれども誠は、タイムマシンのことを考え、まんじりともしなかったのであった。

十八、長屋と会合

「起きたかい～」

肝っ玉母さんが、部屋の前でそう訊いた。

「ああ、はい、起きてますよ」

誠がそう答えた。

「じゃ、布団を上げて、すぐに朝餉《あさげ》にするからね」

肝っ玉母さんは、そう言って障子を開けた。

「あら、母上さんは、まだ寝てるのかい」

和美は口を開けて、思いっ切り寝ていた。

「母上、起きて」

誠が和美の身体を揺らした。

「うう……うん？　ぎゃあ～～！　なにっ、ここ！」

和美は寝ぼけて、自分の家ではないことに驚いた。

「母上、朝ごはん用意してくれるらしいよ」

「げっ……やっぱり現実だったのね……」

「なに言ってるんだよ。さっ、起きて」

「う……うん……」

「母上さん、よく眠れたかい」

肝っ玉母さんがそう訊いた。

「あ……いやまあ……眠れたけど。はあ～～それにしてもお腹空いたよ～」

「当たり前だよ。昨日、あんまり食べてないんだからね」

肝っ玉母さんは、誠の布団を片付けながら呆れていた。

「あっ……そうでござるよ。よーーしっ、起きるかでござるよ～～」

「あはは、面白いおっかさんだね」

和美は肝っ玉母さんを手伝った。

「おっかさん、あんたはいいよ。顔でも洗ってきたら？」

「いいでござるのよ。お客さんじゃないんだし」

「あはは！　あんたお客じゃないか」

和美はなんと、この宿屋で働こうと勝手に決めていたのだ。

「布団はここに仕舞うでござるね～」

「ちょっと、おっかさん、いいんだって」

「いいの、いいの。それよりあんた、名はなんというでござるか？」

「あたしかい。春ってんだ」

「春……まあ〜〜名前負けっていうのは、春さんみたいなことをいうのでござるよ〜」

「げっ……じゃあ、おっかさんは、なんていう名だよ」

「あたし？　あたしゃ〜和美ってんだでござるよ」

「ほぅ〜和美さんか。いい名じゃないか」

「そうでござるでしょ？　あはは！」

誠は和美を見て、バカだな……と呆れていたが、その反面、この危機に直面しても、ポジティブ思考で乗り越えようとする和美を逞しく思っていた。

やがて朝餉《あさげ》が用意され、誠と和美は、昨日の夕餉《ゆうげ》の分を取り返すように、全部平らげた。


「いやあ〜〜美味しかった！　ね、誠も美味しかったでしょ」

「うん。とても美味しかったよ」

「あのさ、お母さんね、ここで働こうと思ってるんだけど、どうかな」

「ええぇ〜〜！　もう働くところ決めたんだ」

「だってさ〜、お金だって無くなっちゃうんだし、働かないと食べていけないじゃん」

「そうだけどさ。でもここって従業員、募集してるの？」

「さあ、知らないけど。春さんに頼もうかなって思ってるのよ」

「まあ、いいんじゃない」

「それとさ、住むところよ」

「ああ……それなんだよね」

「どうする？」

「さて……どうするかな。不動産屋さんとかないだろし」

「それも春さんに相談してみるよ」

その後、和美は春に相談し、家は長屋の大家を紹介してくれて、そこに住めることになった。そして「島屋」で働くことも決まった。


「うひゃ〜、今日からここに住むのね〜。汚ぁぁ〜い」

誠たちの住まいは、城下町の外れにある長屋だった。

掃除道具や、台所用品、寝具などは、「島屋」の使い古しを譲り受けた。

「掃除機が使えれば、こんなの直ぐに綺麗になるのにな〜」

和美は掃除機のスイッチボタンを何度も押してそう言った。

「それじゃ、若旦那、家賃は三百文でいいからね」

大家の助三郎《すけさぶろう》がそう言った。

三百文は、現在の価格に換算すると、約七千円程度だった。

「やっす！」

和美は思わずそう言った。

「助さん、ありがとうでござるよ〜。さすが黄門さまの弟子でござるな〜」

「おっかさん、なにを言ってるんだい」

「いやまあ、こっちの話でござるよ」

「では、これで。なにかあったらいつでも言っておくれ」

そう言って助三郎は出て行った。

「助さん、優しいね」

「うん、そうだね」


それから和美は掃除を始めた。主婦の本領発揮だ。

誠は、ずっとタイムマシンのことを考えていた。

そして作った工程を、必死になって思い出そうとしていた。

この時代にも、僅かながらでも代用できるものがないかと考えたからだ。


——その一方、平成の世では……


「あのさ、お母さん」

翌日、家に戻った菜央が真紀にそう言った。

「あ、おかえり」

「あのさ……」

「なによ」

　真紀は出勤準備に手を取られていた。

「しばらく、まこっちゃんちに泊まることになったんだ」

「は？　なによ、それ」

「おばさん……出掛けてるんだけど、なんか、しばらく帰ってこれないみたい」

「え……和美さん、どこへ行ってるの？」

「えっと……実家……」

「あら、ご実家でなにかあったのかしら」

「さあ、わかんないけど。それで、ここは若い者同士ってことで、プチ修学旅行みたいな？」

「なに言ってるのか、さっぱりわからないわ。それよりお母さんは忙しいのよ。あっ、もう行かなくちゃ」

　真紀は時計を見てそう言った。

「あ、ごめん。で、そういうことだから、いいよね？」

「うーん、まあ誠くんなら安心だし、いいけど」

「やった〜ありがとっ！」

「じゃ、行って来るからね。あんた鍵閉めといてよ」

「は〜い。行ってらっしゃ〜い」

菜央は、義丸を一人にできないと考え、誠と和美が帰って来るまで、義丸の傍にいようと思っていた。


菜央は、自分と小夜の着替えを持って、誠の家に戻った。

「ただいま～」

「菜央……真紀殿は、どうであったか……」

小夜がそう訊ねた。

「うん、ＯＫよ！」

「左様か……大儀であったの……」

「わしのために……菜央殿に迷惑をかけ、面目ござらん」

「なに言ってんのよ～。三人でいる方が、楽しいじゃん」

「かたじけない……」

「それよりさ、まこっちゃんとおばさん、まだ帰ってないよね……」

「左様じゃ……なんの音沙汰もござらん」

「そっか。まあ、気長に待つしかないよね！」

菜央は精一杯明るく振る舞った。

ピンポーン
そこでインターホンが鳴った。

三人は思わず顔を見合わせ、誠と和美だ！　と胸を躍らせた。

「はいはいはい〜〜！」

菜央はそう言って、扉を開け玄関に飛び出した。

「あら……菜央ちゃんじゃない」

玄関先に立っていたのは、清水《しみず》という、近所のおばさんだった。

「あ……おばさん」

菜央の気持ちは一気に落胆した。

「須藤さんは？」

「あ、おばさん、出掛けちゃってて」

「誠くんは？」

「あ……まこっちゃんも一緒に……」

「そうなの。で、なんでここに菜央ちゃんがいるの？」

「ああ〜〜留守番頼まれちゃってて……」

「そっか」

「なんか用ですか？」

「ああ、夏祭りの話し合いがあるのよ」

「ああ……なるほど」

和美は自治会の役員をしていた。

「今夜なんだけど、それまでに帰って来るのかな」

「あ……無理……だと思います……」

「あら、そうなんだ。困ったな～言っておいたはずなんだけどなあ」

「それって……屋台とかの話ですか」

「ああ、うん、まあね」

「私が代わりに出ますよ」

「え……」

「それで、その内容をおばさんに伝えておきますよ」

「菜央ちゃん、大丈夫なの？」

「はい～！　もうバッチリ！」

「そっか、わかった。じゃ、今夜八時に集会所ね」

「は～い」

　そして清水は帰って行った。

　菜央は肩を落としてドアを閉めた。


「菜央……誠と和美殿ではなかったのか……」

　小夜がそう訊いた。

「うん、近所のおばさんだった」

「左様であったか……」

「菜央殿、気を落とすでない」

「義丸さん……」

「こういう時こそ、気をしっかり持たなくてはならぬぞ」

「うん……」

「わしもの、一時《いっとき》は気が動転しておったが、焦っても仕方がないことにござるゆえ、ここは、どしりと構えるのが肝要じゃ」

「うん、そうだよね」

「誠も和美殿も、同じであろうの。特に、誠のことであるゆえ、きっと今頃タイムマシンを必死で探しておるに相違ござらん」

「うん」

「笑うて待とうではござらぬか」

「そうだよね、そうだよね！」

「菜央……わらわも気長ごう待つゆえ……」

「あっ！　そうだ！」

「なんじゃ、菜央殿」

「今日さ、夜なんだけど、祭りの会合があるのよ」

「ほぅ、会合とな……」

「それで、私、行くことなんっちゃったんだけど、義丸さんも小夜ちゃんも行かない？」

「おお、のちの世の会合にござるか。それは立ち合いとうござるな」

「左様にございますな。わらわも今後の参考にしとうございます」

「よーーっし、決まりだね！」

そして夜になり、三人は「大変」な会合に参加するのであった。

十九、そして……会合

菜央たちは集会所へ到着し、中へ入ろうとした。

「菜央ちゃん、この子たちは？」

そこに後からきた清水が、義丸と小夜を見てそう訊いた。

「あ、この子たち、歴女と歴男。友達なんです。で、夏休みだから遊びに来てるの」

「そうなの。で、この子たちも参加するの？」

「うん。ダメかな」

「いやまあ……いいけど……」

清水は不思議に思っていたが、断る理由もなかった。

そして三人は中へ入り、二十畳くらいの和室に座った。

ほどなくして、役員全員が集まり、会合が始まった。

「え～、本日は誠にお忙しい中、お集まりいただき、ありがとうございます」

会長の真田《さなだ》が参加者に向かって挨拶をした。

「え～、それでは、本日の議題ですが、屋台を何台出すか、それを決めたいと思います」

「既に決まってるものとかあるんですか」

班長の飯田《いいだ》がそう訊ねた。

飯田は中年の男性で真田より年上だった。

そして、自治会で細かく区切られているA地区の班長だった。

「え～、現在決まってるのは、お渡しした事項書にもあるように、焼きそばと、金魚すくい、この二点です」

参加者は、それぞれに事項書を読んでいた。

「それでは少ないですよね」

清水がそう言った。

「はい。それで各班に於いて、屋台を出してくれる人を募集したいのですが」

「それって、役員の仕事なんじゃないですか？」

再び、飯田がそう言った。

「近頃、役員だけでは回らなくなってまして、やはり一般の会員にもご協力いただかないと……」

「それって、やる人なんていませんよ」

また、飯田がそう発言した。

「はあ……。それも承知してますが、このままだと祭りが盛り下がるというか」

「みんな忙しいんですよ。当日もそうですけど、屋台の準備なんて出来るはずがありませんよ」

飯田は、どちらかというと、行事の反対派だった。

各家庭では仕事に追われ、祭りどころではない事情をよく把握していた。

「飯田さんはそう言いますけど、やっぱりお祭りって伝統ですし、なにより子供たちが楽しみにしていますからね」

B地区の班長である、大森《おおもり》がそう言った。

大森は、小さな子供を抱える、専業主婦だった。

「じゃ、あんたが出せばいいじゃないか」

「私は……子供もまだ小さいですし、無理ですよ……」

「それを無責任と言うんだよ」

「え……」

「自分ではできない。でも人にはやってもらいたい。これを無責任って言うの。わかる？」

「そんな……私はただ、盛り上がればいいな……と思って……」

「これだから若い人は困るんだよ。言うのは簡単だよ」

「まあまあ……飯田さん」

そこで会長の真田が制した。

「とりあえず回覧で、募集をかけます。え〜、屋台の件はこれでいいですか」

「あの……ちょっとお待ちくださいませぬか」

そこで小夜が発言した。

菜央と義丸は、小夜を驚きの表情で見ていた。

「は……？　今発言されたのは、どなたですか」

「わらわにございます」

そこで参加者全員が、小夜に注目した。

更に、その言葉遣いに唖然としていた。

「えっと……きみは、誰ですか」

「わらわは中井小夜と申しまする」

「申しま……いや、きみって、役員じゃないよね」

真田は戸惑っていた。

「役員ではございませぬが、わらわの考えを申しとうございます」

「ちょっと、なんだよきみ！」

そこで飯田が怒鳴った。

「なんでございますか」

「誰だよ。ってか、ここは役員以外入ったらダメだし、ましてや発言するなんて、なにを考えてるんだ」

「左様にございますか……」

「まあ、出て行けとは言わないけど、黙ってて」

「ちょっと飯田さん、これといった解決策もないんだったら、この子の意見を聞いてもいいじゃないですか」

清水が小夜を擁護した。

「そうですよ。私もそう思います」

大森も賛成した。飯田はそう言われ、仕方なく引き下がった。

「そうですか、では、中井さんでしたっけ、どうぞ」

真田がそう促した。

「わらわは、祭りが何のために存在するのか、申しとうございます。祭りとは本来、神を祀り、神霊に供物や行為を奉げる儀式にございます。その文化がやがて一般へも広がって露店が立ち並ぶようになり、町人も、またそのお子たちも、祭りを愉しむようになったのでございます」

「は……はあ……」

真田はポカンと口を開け、呆気に取られていた。

「祭りの由来なんて、どうでもいいんだよ。今の現状をどうするかだろ」

飯田がそう言った。

「お主、どうでもよいと申すか」

「ってか、なんだよ、その言葉」

「言葉の問題ではございませぬ。お主は伝統を蔑ろにすると申すか」

「はあ？」

「町人が愉しみにしておる祭りを、たかが屋台ごときでなにを狼狽《うろた》えておるのか！」

「なんだよ！」

「大事なのは……民が喜ぶことであろうに……。お子たちは……大人がこのように情けない問答しておると知ると、さぞや……気落ちするであろうの……」

「だったら、きみがやればいいじゃないか」

「申すまでもないことじゃ。わらわは、民を喜ばせとうございます」

「ちょ……小夜ちゃん……屋台って、簡単じゃないよ……」

菜央がそう言った。

「いや、わしも小夜殿と共に、領民を喜ばせとうござる。なにをすればよいのじゃ。申せ」

義丸は真田に向かってそう言った。

「申せ……って。というか……きみたち、なんなの？」

「わしは久佐の跡継ぎである、義丸と申す」

「跡継ぎ……久佐……」

「ああ～会長さん、この子たち、歴女と歴男らしいのよ」

清水がそう言った。

「歴女……歴男……。まあいいですけど」

「会長殿。屋台を増やすには、どうすればよいのか、申すがよい」

「え……だから、さっきも言ったように、回覧で募集しますよ」

「それは、どういう意味じゃ」

「だから……屋台をする人いませんか～って、知らせるんですよ」

「ほう。知らせればよいのじゃな」

「そうですよ」

「あい、わかった。わしは早速、明日《みょうにち》より、その回覧とやらで知らせるゆえ、その際は、お主が案内《あない》致せ」

「えっ……私は仕事がありますゆえ……」

真田はいつの間にか、義丸や小夜の言葉に影響されていた。

「ちょ……義丸さん、回覧は隣の家に届けるだけでいいのよ……」

菜央がそう言った。

「ほぅ。届けるだけとな。それは造作ござらんの」

「でも、義丸さん？　だっけ。届けるだけでは効果がないのよ」

清水がそう言った。

「なんと。効果のないものを届けると申すか。それでは意味がござらんではないか」

「まあね。ほとんどの人が読みもしないのよ」

「これまた……なぜにそのようになるのじゃ」

「地域のことなんて、あまり関心がないっていうか。役員として集まってるここの人たちだって、仕方なくやってるのよ」

清水は、誰もが思っていることを口にした。

「左様か……。関心がのうござるか。藩主は一体、なにをしておる」

「藩主……まあいいけど。私だってそうよ。役員なんて順番で回ってくるだけで、自分からやる人なんて一人もいないのよ」

「左様か……。まあよい。そのような愚痴を申すより、屋台をどうするかじゃ。意味のない回覧とやらよりも、わしが直接出向くゆえ、どなたか案内《あない》してくれる者はおらぬか」

「ったく……義丸さんは……。わかった、私が連れて行くよ」

菜央がそう言った。

「左様か。菜央殿、かたじけない」

「義丸さま……無論わらわもお供致します」

「小夜殿。かたじけない」

「わかった、わかった。私もお供致しますよ。若様」

そう言って清水は笑った。

「それなら、わらわも行くでござる。えっと、子供も一緒だけど、いいよね」

大森もそう言って笑った。

「おお、これは、その方たち。まことにかたじけない」

参加者たちは、そのやり取りを見て、バツが悪そうな顔をしていた。

「わかりました。私は仕事で行けませんが、夜なら同行できますので、私も行きます」

真田もそう言った。

こうして義丸は、次の日から「家臣」を従えて、地域の家に出向くことになった。

「はあ〜〜、まったくう〜。義丸さん、あんなこと言って」

家に帰った菜央は、義丸にそう言った。

「なんじゃ、異論がござるか」

「いや、いいんだけど、屋台って大変なんだよ」

「大変と申しているだけでは、なにも始まらぬではないか」

「そりゃそうなんだけど〜」

「それに、民が愉しみにしておる祭りであろうが。動かずしてどうするのじゃ」

「それで、なにするつもりなの？」

「なにかよいか、案を出されよ」

「案……ねぇ……」

「あっ、義丸殿、大道芸はいかがにござりましょう」

「ほぅ。大道芸とな」

「わらわと、義丸殿で芝居をするのでございます」

「おお、詳しく話されよ」

「ああ～、それなら私も参加したい！」

「おお、菜央殿もぜひ、参加してくだされ」

「私、武家言葉使いたかったんだあ～」

「左様か、それは好都合じゃの」

「んじゃ、こんなのどう？」

菜央がそこで提案したのは、武家言葉を使って、時代劇を行うというものだ。

着物は貸衣装で借りることが出来るし、なにより「リアル若様、お姫様」を使わない手はないと思った。

菜央は早速、台本作りを始めることにした。

誠の部屋から適当にノートを選んで、戻ってきた。

「さあ～、どうすっかな～」

菜央は、宙を見上げて考えていた。

「源氏物語は、どうじゃ……」

小夜がそう言った。

「源氏物語ねぇ～、もっと簡単なのがいいんだけど。つーか、やっぱりオリジナルにしない？」

「オリジナルとはなんじゃ」

義丸がそう訊いた。

「誰かが作った物じゃなくて、独自のってこと」

「ほう、そうであったか」

「えっと～」

そこで菜央は、なにかを書き始めた。

菜央は、義丸と小夜には言わなかったが、ちょっとおもしろい構想が浮かぶのであった。

二十、石工の甚六

「さて～～朝ごはん、朝ごはん～～っと」

長屋に住んでから、二日目の朝、和美は土間で朝ごはんを作っていた。

　和美は火のおこし方、飯の炊き方を春に教わっていた。

「今日から、私も仕事よ～～」

　和美は誠にそう言った。

「頑張ってね」

「当ったり前じゃーん。それより誠は、タイムマシンの方、頼むわよ」

「うん、わかってる」

　誠はそう言って、土間へ下りた。

「なんか手伝おうか」

「なんのなんの。こんなの主婦の仕事よ。ちょっと面倒だけど、こつさえ覚えれば、どうってことないわよ」

「そっか」

「ああ～、掃除してね。ほら、ほうき、そこにあるから」

「うん」

　誠はほうきを持ち、畳の上を掃《は》いていた。

　やがて食事の支度も終わり、誠と和美は小さな座卓の上に、ご飯、みそ汁、小松菜の和え物、タクアンを並べた。

「いったたきま～～す」

　和美は大きな声でそう言い、手を合わせて箸を持った。

「いただきます」

誠は、静かにそう言った。

「誠、この後、どうするの？」

「僕は、タイムマシンの部品の代用品を探しに行くよ」

「そっか。気をつけてね」

「お母さん、あまり張り切り過ぎちゃダメだよ」

「わかってるって。でも、なんだろな、ちょっとワクワクしてるのよ」

「へぇ〜」

「だってさ……リアル黄門さまとか来るかも知れないでしょ！　あはは」

「はぁ〜……僕って、歴史に疎いけどさ、水戸光圀って、この時代、まだ子供とかじゃなかったっけ？」

「えっ！　そうなの〜〜？」

「黄門さまって、年取ってから全国を旅したんじゃないの？」

「げ〜〜……それなら、助さんにも格さんにも会えないじゃん」

「会えるわけないじゃん」

「なんだぁ〜、がっくしだわ」

「それより、義丸さん、どうだった？」

「ああ、それそれ、それよ〜」

和美は、なぜだが嬉々として喋り始めた。

「義丸さんって、サルみたいで、最初はボ～ッと幽霊みたいに立ってたのよ」

「ああ……寝間着のせいだね」

「そうそう。でもね、話をすると、とても優しい子だと思ったわ」

「そうなんだよ。それで意外としっかり者だし」

「なんかさ～、庭で稽古してたわよ」

「え……それって……」

「棒を持ってね『ええ～い、ええ～い』って、張り切ってたわ」

「そっか……義丸さん、稽古してたんだ……」

「あんたが必殺技を教えたそうじゃないの」

「うん、まあね」

「小夜ちゃんも、かわいくていい子ね」

「ああ、そうだね」

「平成の若者と、寛永の若者って、明らかに違うよね」

「まあ、ね」

　誠は思った。

　義丸は、いつこっちに戻ってもいいように、稽古をしているのだと。

　誠は、改めて責任を感じていた。

和美は、日頃から誠と話をすることなどなかったので、こんなに近くで誠が自分に話しかけてくれることに、喜びを感じていた。それが和美の「張り切り」の要因ともなっていた。


「さて、お母さんは仕事に行くね」

「うん、気をつけてね」

「では〜〜行って来るでござるよ〜〜」

和美はそう言って、手を振って出て行った。


「さて、僕も出掛けようかな」

誠は町の通りへ向かった。

部品の代用として、あれこれ見て回ったが、当然、使える代物など皆無だった。

「やっぱり無理かなぁ……。そもそも近代工具の代わりになる物なんてないしな……」

誠は休憩を取るため、団子屋に入った。

「いらっしゃ〜い」

若い女性が出迎えてくれ、誠は空いている席へ座った。

「えっと、団子をください」

「は〜い、お待ちを〜」

誠は肘をついて、通りを往来する人を見ていた。

みんな、楽しそうに話をしながら歩いている。

この人たちが幸せなのは、あの光義のおかげなんだと、誠は信じられないでいた。

なぜなら、光義は誠にとって恐ろしい人物だからである。

その一方で、自分が疑いをかけられたのは、当然であることも理解していた。

自分が同じ立場でも、きっとそうするであろうことも。

「お待ちどうさま～」

女性が団子を皿にのせ、お茶と一緒に運んできた。

「どうも」

「若旦那」

女性が誠に声をかけた。

「え……？」

「私のこと覚えてる？」

「え……いや、覚えてませんけど」

「私、若旦那にお叱りを受けた結衣《ゆい》ですよ」

「結衣……えっと……」

「ほら、控えおろうう～～の」

結衣はそう言って笑った。

「あ……ああ～～、あの時の」

「はい～」

「ここで働いてるんですか」

「私はここの看板娘ですよ」

「そうなんですね」

「あの時ね、私、若旦那に叱られて、最初は腹が立ったんですよ」

「あ……ああ」

「でも、よくよく考えてみると、私が間違ってたってわかりました」

「そうですか……」

「でも私はやっぱり、義勝さまが好きですけどね。あはは」

誠はそう言われ、あの日、自分が言ったことはよかったんだと改めて思った。自分のせいで、義丸の立場が悪くなってなくてよかった、と。

ほどなくして誠は店を後にした。


通りを抜け、長屋へ向かっている途中、ちょうど池を通り過ぎようとした時、一人の男性が池に向かって立小便をしていた。

「うぃ～、っとくらあ～」

男性は酔っぱらっていた。

誠は、いつの時代にも酔っぱらって立小便をする人がいるもんだと、半ば呆れていた。

男性はフラフラしながら、今にも池に落ちそうだった。

誠は気になって立ち止まって見た。

「ああ～～ああ～～！」

男性がそう言ったかと思うと、あっという間に池に落ちてしまった。

「げっ……嘘だろ……」

誠は直ぐに駆け寄って、男性に手を差し伸べた。

「ほら、掴《つか》まって！」

「ひぃ～～、俺は泳げねぇんだあ～～助けれくれえ～～」

男性がもがけばもがくほど、離れて行くばかりだった。

「マジか……」

誠は着物を脱いで、池に飛び込んだ。

そして男性を抱え、池の畔《ほとり》まで辿り着いた。

池自体はそれほど深くなく、誠の身長でも立てる程度だった。

「ひぃ～～……危なかった……。兄ちゃん、助かったよ、ありがとな」

男性は池から上がり、やれやれといった感じで、その場にへたり込んだ。

「大丈夫ですか」

誠も横に座った。

「ああ、心配ねぇ。うぃ～」

「そうですか、よかった」

「兄ちゃんが通りかからなかったら、俺は死んでたよ」

「そんな……」

「あ、兄ちゃんもずぶ濡れだな。俺の家、直ぐそこだから付いて来な」

「え……」

「そのままじゃ、帰れねぇだろよ」

「あ……はい」

そして誠は男性の家へ行くことになった。

男性の家は、誠が住む長屋とさほど離れておらず、長屋より、町の通りに近いところにあった。

「ここだ、入ってくれ」

「はい、お邪魔します」

「おお～～い、かかあ！　手ぬぐい持ってきな！」

男性がそう叫んだ。

「なんだよ～、大声で。ありゃま！　ずぶ濡れじゃないか」

そう言いながら、奥から女性が手ぬぐいを持って歩いてきた。

「おや、この若旦那、誰だい」

「この兄ちゃんは、俺が池で溺れてるところを助けてくれたんだよ」

「まあ～～バカだね。沈めとけばよかったんだよ」

「なに言ってやがる、かかあ」

「それにお前さん、また飲んでるね！」

「それがどうしたってんでぇ」

「まったく、昼間っから、かっくらってんじゃないよ！」

「うるせぇ、大きなお世話だ」

「若旦那、迷惑かけたね。これでお拭きよ」

女性は誠に手ぬぐいを渡した。

「ああ、すみませんね」

誠は身体を拭き、着物を着た。

「ありがとうございます」

誠はそう言って、手ぬぐいを返した。

「まあ～それにしてもドジなんだからね！　お前さんは」

「しょうがねぇだろうよ。滑って落ちちまったんだからよ」

「はあ～、いくつになっても手がかかるねぇ～」

「うるせぇ～かかあ！」

「若旦那、今、お茶を淹れるからね。ゆっくりしていきなよ」

「あ……はい、どうも」

「兄ちゃん、座んな」

　男性は座敷へ上がるよう促した。

「はい」

　誠は草履を脱いで、畳に上がった。

「ところで兄ちゃん、名はなんてんだ」

「あ、それがし、須藤誠と申します」

「ほう～、誠か。俺は甚六《じんろく》ってんだ。かかあは、千代《ちよ》」

「そうですか」

「誠は見かけねぇ顔だが、どこに住んでんだ？」

「それがし、この先の長屋に住んでいます」

「ああ～、助さんのところかい」

「はい、そうです」

「さあ～お茶が入ったよ」

　そう言って千代は、お茶を運んできた。

「若旦那、どうぞ」

「あ……どうも」

「かかあ、この旦那は、誠ってんだ」

「へぇ～いい名だねぇ～」

「どうも……」

「助さんところの長屋に住んでるらしいぜ」

「へぇ～近いじゃないか～。これからも良しなにしとくれよ」

「かかあ。今日の仕事は終わったぜ。飯だ、飯」

「またそれかい、お前さん」

「終わったもんはしょうがねぇだろ」

「嘘をお言い！　またさぼって帰ってきたんだろ」

「嘘じゃねぇってよ」

「まったく……聞いておくれよ、若旦那」

「え……」

「この人ったらね、去年、腕を折っちまってさ。それでろくに仕事も出来やしないでさ。受ける仕事は簡単な物ばかりでさ。そんなの儲かりゃしないのにね」

「はあ……」

「それでさ～、段々腐っちまって。懇意にしてくだすってたお寺や神社なんかからも、縁を切られる始末さ。まあ～呆れるやらなんやらで」

「うるせぇ、かかあ！　黙ってろってんだ！」

「あ～あ。若旦那、いい仕事ありませんかね？」

「仕事って、なにやってるんですか」

「石工《いしく》だよ」

「へぇ……」

「バカめ！　仕事くれぇ、俺が取って来るってのに、わかってねぇんだからよ」

「はいはい、せいぜいお気張りやすな」

そう言って千代は奥へ入って行った。


石工……

え……ちょっと待てよ……

石工……石工……

あ……あっ！　そうだ！

この手があったぞ！

誠は石工と聞いて、ある考えが浮かんだ。

「はぁ～まったくうるせぇったら、ありゃしないぜ」

「あの……甚六さん」

「お？　なんでぇ」

「石工の仕事なんですよね」

「おう、そうだぜ」

「あの……是非、頼みがあるんですけど」

「おう、なんでも聞くぜ。なんせ命の恩人だからよ」

「そうですか……あのですね……」

そこで誠は、あることを頼んだのであった。

二十一、中井孝宗

「いらっしゃ〜い」

和美は「島屋」の従業員として、張り切って働いていた。

たった今も、宿泊客が訪れたところだった。

「おお、なかなかよい宿じゃの」

若い男性が入り口に足を踏み入れたところで、そう言った。

「はい〜久佐一、自慢の宿でござるよ〜」

「おお、左様か」

「若旦那〜、足を洗ってくださいでござるよ〜」

「こらこら、和美さん。ござる言葉はいいから、普通に喋んなよ」

春が見かねてそう言った。

「いいじゃないのでござるよ〜」

「あはは、そなた、面白いやつじゃの」

「そうでござるか～、さっ、若旦那、足を洗ってでござるよ」

「ああ、そうじゃの」

「ああっ……若っ、こちらにござりましたか」

そこで若と呼ばれた男性を追いかけて、一人の家臣が入ってきた。

「意外に早う見つけたの。雪之丞《ゆきのじょう》」

「若……いい加減になさいませ。小夜殿がまだみつ……」

「雪之丞！　口を慎め」

若は、慌てて雪之丞を制した。

「ははっ」

和美は、変に思った。確かに雪之丞は、小夜殿と言った。

「さて、部屋に案内《あない》致せ」

足を洗い終わり、若が和美にそう言った。

「若っ……勝手なことをされては困りますゆえ」

雪之丞は、まだ狼狽《うろた》えていた。

「かまわぬではないか。一泊することくらい、造作ないことであろう」

「はぁ……」

この若と呼ばれた男性は、中井藩主の嫡男、孝宗《たかむね》である。

小夜がまだ見つからない上に、義丸もいなくなったことで、小夜の兄として久佐藩主、光義へのご機嫌伺いに城へ訪れた帰りであった。

「そなた、なにを見ておる」

和美はずっと孝宗の顔を見ていた。和美は思った。小夜と似ていると。

そしてイケメンであることも、確認したのであった。

家臣の雪之丞は、やれやれといった風に、孝宗の後に続いた。

「こちらでござるですよ～」

和美は二人を部屋へ案内した。

「おお、この部屋は中庭も見えて、よい佇まいじゃ」

孝宗は刀を置き、畳の上に座った。

「若、殿が心配なされますぞ」

「案ずるな。馬が機嫌を悪うしたと申せばよい」

「そのような……」

「そなた、和美と申したか」

「はい～和美でございますでござるよ～」

「あはは。すまぬが、茶を持ってきてはくれぬか」

「はい～ただいま～」

和美は土間へ戻った。

あの若様は、小夜ちゃんのお兄さんだわ……

どうしよう……言うべき？　言わざるべき？

言っても信じてくれないだろうし……

でも、心配してるんだろうし……


和美は二人分のお茶を淹れて、部屋に戻った。

「お待たせしましたでござるよ～」

和美は障子の前でそう言った。

「入るがよい」

「はい～」

和美は障子を開け、中へ入った。

「どうぞ～」

二人にお茶を出し、和美はその場に座ったままだった。

「和美とやら……なにをしておるのじゃ」

孝宗は不思議そうな顔をしてそう言った。

「え……なにとは、なんでござるぅ～？」

「あはは、もう下がってよいと申しておるのじゃ」

「あら、そうでござるでしたか～」

「あいや、待たれ」

「なんでござるですか～」

「そなた、なぜ童《わっぱ》のような頭をしておるのじゃ」

「げ～～若様、それ言う～～？　でござるぅ～～」

「あははは、ほんに面白いやつじゃ」

「まあ、人それぞれでござるよ～」

「左様か。まあよい。では下がってよいぞ」

「はい～」

そして和美は部屋を出た。

けれども、中が気になって二人にばれないように、聞き耳を立てていた。

「若……おふざけにも程がございまするぞ」

「よいではないか。明日《みょうにち》、一番で発《た》てばよい」

「それにしても……義丸殿も、まだ見つからぬようでしたな……」

「ああ……。光義殿の辛労《しんろう》ぶりは、見ておれんようじゃった」

「光義殿もそうにございましたが、小夜殿は……今頃、どこにおられるのでございましょう……」

「二人で駆け落ちでもしたのではないのか……」

「駆け落ち……いえ、若。その理由がございませぬ」

「そうじゃの。ほんに、どこへ行きおったのじゃ……」


やっぱり、めちゃ心配してるじゃん……

せめて生きてることだけでも、知らせてあげたいけど……

そんなこと言ったら、今度は中井の蔵に閉じ込められそうだし……

どうしようかな……


「あの～……」

和美が二人に声をかけた。

「和美か……まだおったのか……」

そう言って孝宗が障子を開けた。

「そなた……もしや聞き耳を立てていたのではあるまいな」

「とっ……とんでもございませんでござるよ～」

「若、この者、怪しゅうございませぬか。へんな言葉を使っておるようですし」

「和美、なにか用か」

「あのですね……ちょっとお話ししたいことがあるんでござるよ……」

「話とな……」

「私、仕事中でござるんで、終わったら話したいんでござるんですけど」

「話とは、なんじゃ」

「その……小夜殿のことでござるんです」

「なっ……小夜のこととな！　なにゆえそなたが小夜を存じておる！」

そこで孝宗の顔色が変わった。

「ほらぁ～やっぱりね。そういう反応だから、話すの躊躇《ためら》ったのよっ」

「なっ……なにを申すか！」

「ちゃんと落ち着いて聞くんだったら、教えてあげる」

「若っ、こやつ、ますますもって怪しゅうござりまするぞ」

「なによ～、こやつとか童《わっぱ》とか、私はあんたたちより、ずっと年上なのっ！　礼儀を弁えられよ！」

「なっ……」

雪之丞は、言葉に詰まった。

「多分さ、若様の母上より、私の方が年上よっ！」

「……」

「で、小夜ちゃんのこと、聞くの？　聞かないの？」

「わかり申した。そなた、仕事を終えた後、ここに参るがよい」

「なによ～参るがよいっ！　って。来てくださらぬか、でしょ～！」

「むむっ……」

「まあいいわ。来てあげるけど、このことは内密でござるよ……」

「わかり申した」

「ええ〜〜！　ここで、そちも悪よのうぅぅ〜とか言うんじゃないの？　あはは〜〜」

孝宗と雪之丞は、絶句していた。和美にとって、これは作戦であった。

ちゃんと話を聞いてもらうために、こちらにイニシアチブがないと、信じて貰おうにも無理だと考えたからだ。誠がここにいたら、当然反対したであろうことは言うまでもない。

やがて和美は仕事を終え、約束通り、孝宗の部屋へ行った。


「もしもし……」

和美は障子の前で、神妙に口を開いた。

「むっ……和美か」

孝宗がそう答えた。

「そうでござるよ……」

「入れ」

和美は障子を開け、急いで中へ入った。

「それで和美……早速であるが、小夜のことを話すがよい」

「話す前に言っておくでござるんですけど、私を捕まえたり、ましてや斬ったりしないと約束できるでござる？」

　和美は、孝宗が横に刀を置いているのを確認した。

「それは聞いてからの話じゃ」

「ええ〜〜！　それだったら言えないでござるんですけど〜」

「なにを申すか！」

「その横に置いてある刀でござるんですけど、もっと遠くに置いてくれない？　でござるんですけど」

「そなた……なにゆえ、話をじらしておるのじゃ」

「じらしてるんでは、ないでござるよ。ほら、早く」

　それでも孝宗は動かなかった。それどころか、今にも刀を掴みそうな勢いだった。

「ちょっと、雪之丞！　ぼさ〜っとしてないで、若様から刀を遠ざけるでござるよっ！　ってか、あんたも刀を置きなさいよっ！」

「なっ……お主、先ほどから無礼にも程がござるぞ！」

　雪之丞が怒鳴った。

「若様さ、小夜ちゃんのこと、聞きたくないの？」

「あいや、待たれ。和美、そなたが小夜のことを存じておるというのは、まことか？」

「はあ？　なによ〜、私が嘘をついてるって言うでござる〜？」

「では訊くがの……小夜の特徴を申してみよ」

「特徴〜〜？　えっとね〜小夜ちゃんは目が大きくて、口は小さくて、あっ！　そうそう、ここにホクロがあるのよ」

和美はそう言って、右腕の肘の近くを指した。

小夜は、確かにその部分にホクロがあった。

「なっ……」

「若、まことにござりまするか」

「ああ……確かに小夜は、腕にホクロがござる」

「でしょ〜。しかもちょっと大き目よね」

「むむっ……そなた、そこまで存じておるということは……やはり小夜を……」

「だからさっきから、そう言ってるじゃないでござるよ」

「左様か……」

「で、刀を遠くに置かないと、言わないでござるからね」

「あい、わかった。雪之丞、そちの刀も向こうへ持って行くがよい」

そう言って孝宗は自分の刀を雪之丞に渡した。

「ははっ」

雪之丞はそれぞれの刀を、手の届かないところまで持って行った。

「それでじゃ、和美。小夜はどこにおるのじゃ」

「絶対に大声挙げたりしないでござるか……」

「無論じゃ」

「結論から言うとでござるけど、小夜ちゃんも義丸さんも生きてるでござるよ」

「えっ……左様か！」

「ほらほら……早速大きな声だして、いけないでござるよ……」

「あ……ああ……」

「それで、小夜ちゃんと義丸さんは一緒にいるでござるよ」

「なっ……やはり……駆け落ちしおったか……」

「あはは、駆け落ちぃ～～？　っんなバカな。『矢切の渡し』じゃあるまいし」

「矢切……」

「駆け落ちじゃないでござるよ。これには訳があってでござるの」

「なんじゃ、申せ」

「信じられないかもだけど、小夜ちゃんも義丸さんも、ここからずっと遠くの平成ってい
う時代にいるでござるよ」

「平成……？」

「今は寛永でしょ」

「ああ、左様じゃ」

「平成って元号でござるのよ。んで、今から三百年？　いや……四百年くらい、のちの世
にいるのよ」

「なっ……なにを申すかと思えば……。そのような馬鹿げた話でわしを騙そうとしてもそうはいかぬぞ」

「ほらね、やっぱり信じてくれないいんじゃん」

「信じよと申す方が無理というもの」

「だったらこの話は終わりでござるね」

「そうはいかぬ！　小夜を連れて参れ！」

「私さ～、あんたたちが心配してるから話してあげたのに、これだもんね～。まあ～頭が固いったらありゃしないわっ！」

和美は、自分を棚に上げていることに、気がついてなかった。

あれほど大騒ぎしていたにもかかわらず……である。

「それでさ、なんとかここへ帰れる方法を、探しているところなのでござるよ」

「方法……とな」

「それとね！　私はその、平成から来たのでござるの！」

「なっ……そなた、自分がなにを申しておるのか、わかっておらぬようじゃな」

「なによ～それ」

「そなた……憐れよのう……」

「はああ？」

「そなた……病んでおるのじゃの……」

孝宗はあまりのことに、和美が小夜の特徴を話したにもかかわらず、そのことはすっかりどこかに飛んでいた。そして和美のことを、精神的に病んでいる病人と思ったのだ。

「やっぱり信じられないよね。まあ、仕方がないでござるわ。でもま、小夜ちゃん生きてるし、んで、めっちゃ元気はつらつオロナミンCだから、安心しててござるよ」

そう言って和美は部屋を出ようとした。

「あいや、待たれよ」

「なによ～、もう話は終わったのでござるの！」

「義丸殿の特徴も、申してみよ」

「はあ？　どうせ言ったって信じないんでしょ」

「申してみよ」

「義丸さんは、背が低くて、顔はサル。んでさ、今度いつだっけか、剣術の披露会があるらしくて、一所懸命稽古してるわよ」

孝宗は絶句した。

まさに和美の言う通りだからである。

「んでさ～、義丸さんは小夜ちゃんに嫌われてたんだけど、今ではまあ～、仲睦まじくやってるわよ。ここに戻って来れたら二人は結婚するよ」

孝宗はもう、眩暈がしそうだった。

「それじゃ、私は帰るね」

そう言って和美は部屋を出た。

残された孝宗と雪之丞は、ただ茫然と座っているしかできないのであった。

二十二、地区回り

町内の祭りが行われるのは、地区の中心に存在する中央公園だった。

中央公園を取り囲む形で、A、B、C、Dと、四つの地区に区分されていた。

菜央たちは、まず手始めにA地区を回ってみることにした。

清水と大森は、それぞれ手分けしてB地区、C地区を回っていた。

昼間とあって、殆どの家が留守だった。

「やっぱりみんな仕事だよね」

菜央がそう言った。

「そうは申せ、まだ訪ねておらぬ家もあろうが」

義丸がそう訊いた。

「そうなんだけど～」

「菜央殿、もう諦めたでござるか」

「いや、諦めてないけど～」

「では、次へ参ろうではないか」

「うん、そうだね」

そして三人は、やや古めの日本家屋を訪ねることにした。

ピンポーン
「はい……」

インターホンに出たのは、年を取った男性の声だった。

「あの～、私、自治会から依頼されて来たんですけど」

「そうですか……ちょっと待ってください」

男性はインターホンを切り、玄関を出て門扉まで歩いてきた。

「なにか御用ですかな」

菜央は、訪ねてはみたものの、お爺さんには屋台は無理だと思った。

「あの、夏祭りのことなんですけど」

「はい……」

「屋台をですね、やっていただく人を探しているんですけど、えっと、他を当たりますんで、いいです」

「ちょっと待ちなさい」

「え……」

「屋台とは、縁日で並ぶ露店のことですかな」

「ああ……そうですけど」

「数が不足してるんですか」

「ええ、まあ……」

「それなら、わしの知り合いに頼んでみてもいいですぞ」

「えっ……そうなんですか！」

「これはようござった。菜央殿、やはり訪ねてよかったではないか」

義丸がそう言った。

義丸の言葉に、老人は興味を示した。

「そちらの方、なかなか若い方には珍しい話し方ですな」

「ああ、わしは歴男とやらに、ござりましてな」

「ほぅ……そうですか」

老人は意味がわからなかった。

「この小夜殿も、歴女にござりますぞ」

老人は小夜を見た。

「左様にございます。わらわは歴女にございます」

「ほほほ……これはええですなあ」

老人は、歴女、歴男の意味はわからなかったが、義丸と小夜に好感を持った。

「あなたたち、時間はありますか」

「え……まだ回らないといけないんですけど」

菜央がそう言った。

「そうですか……それは残念です」

「なにか御用にございますか……」

小夜がそう言った。

「いや……用というわけでもないのですが、わしは一人で暮らしておりまして」

「まあ……左様にございましたか」

「少しだけでも話が出来ればと思ったのですが、いや、時間がないのでしたら、仕方がありません」

「時間ならございますゆえ。そうじゃの、菜央」

小夜は菜央に訊いた。

「え……ああ、まあ」

「そうですか。よかったら中へ入りませんか」

「おお、これは、かたじけのうござる。菜央殿、小夜殿、入らせてもらおうではないか」

「はい、義丸殿」

「え……マジで……」

菜央は、他も当たらないといけないし、ここで時間を使いたくなかった。

「さあ、どうぞ」

男性は門扉を開け、三人を中へ入れ、玄関まで案内した。

「さあ、遠慮なく入ってください」

男性はそう言って玄関を開け、三人に入るよう促した。

やがて三人は和室に通され、義丸と小夜は、どこかしら懐かしさを感じていた。

「お主、名はなんと申す」

座布団に座って義丸が男性に訊ねた。

「ほほほ……わしは五十嵐《いがらし》徳兵衛《とくべえ》と申す」

徳兵衛は、義丸に合わせて笑った。

「ほぅ、徳兵衛殿にござるか。わしは久佐義丸と申す」

「義丸さんですか。いい名ですな」

「左様か」

「わしの先祖は武家の出でありましてね。その言葉、なんともいいですなぁ」

「おお、武家と申すか。どこの藩の者じゃ」

「千種《ちぐさ》藩です」

「左様か。では、そなたのご先祖は家臣であったのじゃな」

「そうです。とはいえ、下級武士でありましたがな。ほほほ……」

「よいではござらぬか」

「そのため、収入が少なく、副業で食っていたそうです」

「ほう、副業とな」

「御城下で子供たちに、剣術を教えていたそうです」

「おお……剣術とな」

「わしも、その血を引いてるんですよ」

「と、申すのは」

「わしは、数年前まで剣道を教えてました」

「さっ……左様かっ！」

「義丸さんも、剣道を？」

「左様じゃ。なれど、わしは剣術が苦手での……」

「そうですか……」

「義丸殿……」

そこで小夜が口を開いた。

「なんじゃ」

「徳兵衛殿に、義丸殿の剣術を見てもらってはいかがでございましょう」

「おお、それは名案じゃの」

「試合でもあるんですか」

「左様じゃ。わしは誠という友に一撃必殺技を教えてもろうたんじゃが、それを見てくださらぬか」

「ほぅ……一撃必殺……面白そうですね。いいですよ」

「義丸殿、ようございましたな」

「えっと……お取込み中、悪いんだけど、屋台の話をしたいんですけど」

菜央がそう言った。

それから屋台の話に移り、徳兵衛の知り合いに頼むことになった。

「それにしても、義丸さんも、こちらのお嬢さんも、まるで過去からこっちへ来たと思えるような、若様と姫君に見えますね」

「左様じゃ！　わしは寛永から参ったのじゃ」

「ほほほ……冗談ですよ」

「じ……冗談とな……」

「だって、そんなことあるわけないじゃないですか」

「あるのじゃ！　わしも小夜殿も、寛永から参ったのじゃ！」

「小夜殿……そうですか。小夜さんって名前なんですね」

「はい……わらわは中井小夜と申します」

「そうですか。でもお二人とも、なんでそんな言葉遣いなんですか」

「だから申しておろうが。わしと小夜殿は寛永から参ったのじゃ」

「ほほほ……まあいいでしょう。それで、義丸さん、いつ稽古しますか」

「ああ……そうであった。わしはいつでもよいぞ」

「わしも、いつでも都合はつきます」

「左様か……ではまた、出直して参るゆえ」

「はい、いつでもどうぞ」

そして三人は徳兵衛の家を後にした。


それから三人は、毎日、各家庭へ出向き、屋台のお願いに駆け回っていた。

その際、当然、義丸と小夜の妙な言葉遣いに、殆どの人が引いていた。

そんな中、ある家庭を訪問した時のこと。

「あああ〜〜！　お前、あの時の！」

そう言ったのは、以前、ファストフード店で、小夜に叱られた金髪のチャラ男だった。

そのチャラ男は、D地区に住んでいたのだ。

「あ……そなたは、なんでもござらぬことに怒鳴っておった男《おのこ》じゃな！」

小夜も驚いてそう言った。

菜央は、しまった……と思った。

「ああ〜、ごめん。もういいから」

菜央はそう言って、義丸と小夜を連れて帰ろうとした。

「小夜殿、この者を存じておるのか」

「存じておるもなにも、この者は、男《おのこ》の風上にも置けぬやつ。そうであろう!」

義丸がそう言った。

小夜はチャラ男にそう言った。

「けっ、うるせぇよ!」

「ちょ……小夜ちゃん、もういいじゃん」

菜央が小夜の腕を引っ張った。

「なにしに来たんだよ!」

「あの、もういいから。帰るし」

「お主、屋台をする気はござらぬか」

義丸がそう言った。

「はあ? 屋台ってなんだよ」

「ちょ……義丸さんも……やめてよ」

菜央は義丸の腕も引っ張った。

「よいではないか。この者も、ここらの町人であろう」

「そうだけどさ……」

「ならば、話をせねばの」

「義丸さん……空気読んでよ……」

「なにを申しておる。それで、お主、祭りがあるのを存じておろう」

　再び義丸はチャラ男にそう言った。

「つか……この女もそうだけど、お前もなんだよ。申すとか、おろうとか、頭おかしいんじゃねーの」

「そう申すな。お主、わしと年が変わらぬように見えるが、いくつじゃ」

「はっ。バッカじゃねぇの」

「ここは、若い者が力を貸す時であろう。どうじゃ、屋台をやってみる気はござらんか」

「くっだらねー。チョーめんどいわ」

「義丸殿。このようなふ抜けた男《おのこ》に屋台など出来るはずもございませんぞ」

　小夜が追い打ちをかけた。

「小夜殿。そう申すでない。領民あっての主君じゃ。みな仲良うせんとの」

「義丸殿……」

「して、どうじゃ。わしの話を聞き入れてはくれぬか」

「や～だね」

「そう申すな」

「嫌だってんだよ！　つか、帰れよ！」

「左様か……。残念じゃの……せっかくみなで楽しゅう祭りが出来ると思うたが……無理と申すか」

「……」

「わしの……力不足であった」

「そうそう、力不足。そんな程度で人の心は動かねぇよ」

「左様じゃな……お主の申す通りじゃ」

「んじゃね～」

そう言ってチャラ男は、玄関のドアを閉めた。

「義丸殿……」

肩を落とす義丸に、小夜が辛そうに言った。

「面目ござらん……」

「左様なことはございません……」

「まあよい。これも勉強じゃ」

「……」

「領民の心を掴むのは、並大抵ではないのう」

義丸はそう言って、明るく笑った。

小夜も、そんな健気な義丸が、愛おしくてならなかった。

そして小夜は、気持ちに任せて対立するしかなかった自分を恥じた。

それは菜央も、ほぼ同様であった。

波風立てない、臭い物に蓋をして目を逸らしてきた自分を恥じていた。

二十三、宗範の訪問

「ちょっと〜、誠〜〜」

和美が仕事から帰ってきた。

「おかえり」

「おかえりじゃないわよ〜」

和美は慌てて座敷へ上がった。その際、足を滑らせて転んでしまった。

「アイタタ……」

「なにやってんだよ。大丈夫？」

「こんなのいいのよ。それよりさ、小夜ちゃんのお兄さんに会ったのよ！」

「えっ！　どういうこと？」

「お客として来たのよ！」

「え……」

「中井藩の若様よっ」

「ちょ……お母さん、まさか、余計なこと言ったんじゃないだろうね」

「言ったわよ」

「だってさ～、若様も雪之丞も、小夜ちゃんのこと心配してたんだもん」

「雪之丞って誰だよ」

「家臣よ、家臣」

「ああ……あの人か」

誠は以前、久佐藩主光義と、中井藩主孝重の前で、間者と疑われた際に、孝重に同行していた雪之丞に会っていた。

「それでさ、気の毒だから小夜ちゃんのこと話したのよ。でもさ、ぜっんぜん信じてくれないのよ」

「そんなの当たり前じゃないか」

「でも、私が小夜ちゃんの特徴を話すとびっくりしてたわよ」

「バカだな！　なんで話したんだよ」

「だってさ～、せめて生きてるってことだけは知らせてあげたかったのよ」

「まったく……そんなこと言ったって、混乱するだけじゃないか」

「うん、すごく混乱してたわよ」

「もう言っちゃったものはしょうがないよ。でも、これからは誰にも言わないでよ」

「うん……わかったわよ……」

「それより僕さ」

「げっ……マジで？」

「なによ」

「いい案、思いついたんだ」

「えっ！　それってタイムマシンのこと？」

「うん」

「えええええ～～～！　さっすが～～。ね～、どんなの？　ね～」

「言わないよ」

「げ～～なによ～～！」

「だってお母さん、すぐに喋っちゃうし」

「言わない！　絶対に言わないから、教えてよ～～～！」

「ヤダ。言わない」

「もう～～ご母堂に言えないでござるか～～！」

「あはは、そうでござるよ」

「ったくぅ……。そのうち話してよ」

「気が向いたらね」

「はぁ～～！　さてと、ご飯作んなくちゃね！」

　そう言って和美は土間へ下りた。

「あ、それと、これ。宿のあまり物、貰って来たから」

　和美は袖の中からタクアンを取り出した。

「そうなんだ。よかったね」

「さーてと～」

和美はご飯を炊く準備をし、包丁で野菜を切り始めた。

「僕も手伝うよ」

「ああ～、それなら、井戸へ行って水を汲んできてちょうだい」

「わかった」

誠は水桶を持って、井戸へ出かけた。

井戸へ着くと、近所の住人らが集まって話をしていた。

「あら～、若旦那～」

同じ長屋に住む、菊《きく》という女性が声をかけてきた。菊は、イケてない長屋の男連中の中で、誠のように爽やか系男子に会うのは初めてであった。

「菊さん、こんにちは」

「水汲みですか」

「はい、そうです」

「偉いわねぇ～、うちの弟なんて、手伝いなんてしないのよ」

「そうですか」

「ねぇ、若旦那～」

「なんですか」

「今度、一緒に団子屋さんへ行ってくださいな」

誠は、雪といい、この菊といい、この時代の女性は結構、積極的だなと思った。

「ああ、また今度ね」

「ほんとですよ？」

「はい、わかりました」

誠は、当然行く気などなかったが、無下に断ると今後のためにもよくないと考え、そう言った。

「よかった～、では、若旦那、お先に失礼しますね」

そう言って菊は、洗い物を抱えて長屋に帰って行った。

ほどなくして誠も家に戻り、汲んできた水を、水がめに入れた。

「誠、ありがとね」

「うん」


ガラガラ……

そこで玄関の扉が開いた。

「ぎゃ～～！　あの時のお侍っ！」

和美は持っていた包丁を、侍に向けた。

「あ……宗範さん……」

そう、そこに立っていたのは、久佐の家臣である、松永宗範であった。

「誠……入ってもようござるか」

「あ、はい。どうぞ」

「ちょ……お侍～～なにしに来たのでござるよ～～」

「母上、危ないじゃないか」

そう言って誠は、和美の包丁を取り上げた。

「む……童《わっぱ》は、相変わらずじゃの……」

「まだ童《わっぱ》と、言ってるでござるか～～」

「まあまあ。で、宗範さん、よくここがわかりましたね」

「お主らがどこに住んでおるかなど、すぐにわかる」

「そうなんですね。さ、上がってください」

誠はそう言って、宗範を座敷に上げた。

「それで、なんか用でも？」

誠は宗範の前に座った。

「ああ……お主に渡さねばならぬものがあっての。それで参ったのじゃ」

「渡すもの……？　なんですか」

「これじゃ」

そう言って宗範は、懐から巾着袋を取り出した。

「ああ〜〜、これ、それがし忘れてましたよ」

「そうであったか」

「わざわざ持ってきてくれたんですね。かたじけない」

「いや……礼には及ばぬ」

そう言って宗範は、袋を誠に渡した。

「ふぅ〜ん、お侍さん、わざわざ持って来てくれたんだでござるか」

和美は「とりあえず」、お茶を淹れて座敷に上がった。

「どうぞでござるよ」

和美は宗範の前に、湯飲みを置いた。

「かたじけない」

「宗範さん、その後、お城の様子はどうですか」

誠がそう訊いた。

「義丸殿が未だに戻らぬゆえ、殿や奥方様は、たいそう落ち込まれておってな……」

「そうですか……」

「それより……誠……」

「なんですか」

「それがし……いよいよこの世に別れを告げねばならぬ……」

「えっ！　どういうことですか」

「ある日のことじゃった……。それがし……悪い夢を見ての……」

「はぁ……」

「義丸殿が……夢枕に立たれた日があったのじゃ」

「え……」

「それがしは……ああ、童《わっぱ》の命綱である、吸引器とやら申すもの、あれを手に持ったんじゃが……」

「なによ～～！　私は童《わっぱ》じゃないいって言ってるでござるよ！　私は、誠のご母堂って何度言えばわかるんでござるのよ～～」

「いいから、母上は黙っててよ」

「ふんっ、なによ～」

そこで和美は仕方なく、口をつぐんだ。

「それで続きをどうぞ」

誠がそう言った。

「それでじゃ……吸引器とやらを手に持った瞬間……見知らぬ部屋で座っておってな」

「げ……マジで……」

「と思うたが早いか、義丸殿が目の前に現れたのじゃ。それになんと、小夜殿もおられた……」

「……」

「ああ……見知らぬ女子《おなご》もおったの……。それでの……それがしは、夢と思うとるのじゃ」

「夢じゃないと思うんですけど……」

「そうは申せ、義丸殿も小夜殿も……奇妙な格好をしておられての……さらに義丸殿は、頭に変なものを被っておいでじゃった……」

「げ〜〜〜、お侍さん！　あんた平成へ行ってんじゃ〜〜んでござるよ」

　和美は大声で叫んだ。

「なっ……なんと申すか……」

「義丸さんの服とカツラ、私が用意したでござるよ」

「服とカツラ……それはなんでござるか……」

「ほら、私がここへ来た時、変な格好してたでしょ。あれよ、あれでござるのよ」

「うむ……解せぬ……」

「宗範さん、それって夢じゃないですよ」

「なっ……誠までそのように申すか」

「それがし、前に、四百年先の時代から来たって言ったでしょ」

「え……ああ。そう申しておったな……」

「んで、宗範さんは、吸引器で四百年後の時代へ、一瞬で飛んで行ったんですよ」

「一瞬で……まあ……確かに一瞬ではあったが……」

「それで、義丸さんも小夜ちゃんもいなくなったのは、四百年後の時代にいるからなんです。んで、宗範さんが座ってたのは、それがしの部屋なんですよ」

「……」

「だから、宗範さんが見たのは、夢でも幻でもないんですよ」

「そ……そうは申せ……」

　そこで和美は「はぁ～……」とため息をつき、また口を開いた。

「もう～～！　お侍っ！　これだけ説明してもわからないのでござるか～～！　私はね、義丸さんの世話もしたし、話もしたのよっ！　義丸さんの特徴言ってあげようか？」

「なにを申しておる」

「義丸さん、背が低くてサルみたいでござるよ」

「なっ……無礼であるぞ！」

「だってそうでしょ？」

「そ……それは……」

「んで、剣術も下手でさっ」

「なっ……」

「そんなこんなを、私が知ってるわけないでござるよ」

「それは……そうであるが……」

「だから、誠の話は本当なの。もういい加減認めなさいよっ！」

「そ……そうは申せ……」

「もう〜〜！　そうは申せ、そうは申せばっかり言って、もう申さなくてもいいでござるのよっ！」

「誠……」

　そこで宗範は、改めて誠にそう言った。

「なんですか」

「お主の話は……まことにござるか……」

「はい、そうです」

「左様か……。では、義丸殿は……その、のちの世にて生きておいでなのじゃな」

「はい、生きておられますよ」

「左様か……。そうであったか……。あれはやはり、義丸殿であったか……」

「はい……」

「して……義丸殿は、ここへ戻って来られるのか」

「それは……まだなんとも言えません」

「なっ……なんじゃと！」

「それがし……義丸さんや小夜ちゃんが、ここへ戻って来れるよう、考えている最中なんです」

「さ……左様か……」

「それで、それがしと母上も、のちの世に戻らないといけませんし」

「のちの世……のう……」

宗範は、まだ信じ難いといった様子だったが、自分が実際に見た義丸と小夜のこと、見知らぬ部屋のことや誠の話などを併せて考えると、もう信じるしかないと思っていた。

一応、和美のことも考えの中には少しだけ含まれていた。

「誠……謂れのない嫌疑で蔵に閉じ込めたこと、悪うござった」

「宗範さん、そんな、いいですよ」

「それと……銭は足りておるのか」

「はい。頂いたお金もまだ残ってますし、母が働いてくれてますし、大丈夫です」

「左様か……」

「宗範さん、ご飯、食べてってくださいよ」

「え……」

「そうでござるよ～、宗ちゃん」

和美は笑ってそう言った。

「む……宗ちゃん……とな……」

「宗ちゃんは、宗ちゃんでござるよ～。ってか、宗ちゃんっていくつなのでござるぅ？」

「それがし……四十にござる……」

「げ～～四十！　めっちゃ老けてるでござるよ～～！　あはは。しかも私より年下だしぃ

〜〜」

「え……わっ……いや、母上殿は、いつくにござるか」

「ええ〜〜女性に年齢聞くのって失礼でござるよ〜〜！　でも教えてあげるでござるよ。私は四十三でござるよ〜」

「なっ……そうであったか……若こう見えるな」

「きゃ〜〜ほんとっ？　嬉しいな〜〜！」

そう言って和美は、土間に下りた。

「のう、誠……」

「なんですか」

「のちの世の母とは……みな、あのようにござるか……」

「ああ……そんなことないですけど」

「そなたの母上は、強うござるな」

宗範はそう言って笑った。

二十四、須藤誠一郎

カチャ……

菜央たち三人が、誠の家で屋台のことや時代劇のことを話し合っていると、突然、玄関の鍵が開いた。三人は一斉に注目した。

「あ〜疲れた」

そう言って一人の男性が入ってきた。

「え……おじさん……」

菜央がそう言った。

そう、誠の父である誠一郎《せいいちろう》が出張から帰ってきたのである。

「あ、菜央ちゃん、来てたの。で……その二人は友達かな？」

誠一郎は義丸と小夜を見て、さして違和感を持たなかった。

「和美〜」

そこで誠一郎は和美を呼んだ。

「あっ、まだ仕事か」

誠一郎は独り言を呟いていた。

「菜央ちゃん、誠は？」

誠一郎は、旅行鞄をリビングに置いた。

そしてスーツの上着を脱ぎ、ネクタイを外してダイニングの椅子に掛けた。

「まこっちゃんは……」

「ん？　二階にいるの？」

「いえ……その……」

「どうしたの？」

義丸も小夜も、黙っていた。

「あの、おじさん……」

「なんだい」

「話があるんですけど……」

「え……ちょっと、なにかあったの？」

菜央はもう、本当のことを話すしかないと覚悟を決めた。

「あの……落ち着いて聞いてくれますか」

「え……まさか、誠になにかあったのか！」

誠一郎は、菜央の横に座り、不安げに訊いた。

「まこっちゃんね……タイムマシン作ってね……それで、最初に私が勝手にそれを使って寛永って時代に行ってしまったんですけど、今度はまこっちゃんが行って……まだ帰って来てないんです……」

「……」

「それで……おばさんも……そっち行っちゃってて……まだ帰って来てないんです……」

「それって、本当の話？」

「はい、本当です……」

誠一郎は、意外にも落ち着いて話を聞いた。

「それ、いつの話？」

「えっと……私が最初に行った時は、二週間くらい前かな……」

「それで、誠と和美がいなくなったのはいつ？」

「まこっちゃんは、十日くらいになるかな。んで……おばさんは、一週間前くらい……」

「そっか……」

「それでね、この子たち……寛永の若様とお姫様なの……」

菜央は義丸と小夜を紹介した。

「え……向こうからも来たの？」

「うん……姫さんは私が連れて来たんだけど、若様は偶然こっちに……」

「ま……マジか……」

誠一郎はそう言われて、まじまじと二人を見ていた。

「わしは久佐藩の跡継ぎである義丸と申す」

「わらわは中井孝重の娘で小夜と申します」

「どっひゃ～」

誠一郎はそう言って、のけ反っていた。

「おじさん……この話、信じてくれます？」

「ああ……うん、まあね」

「えっ！　マジっすか！」

「誠がタイムマシン作ってたのは、知ってるんだよ」

「え……そうだったの？」

「いや、まさかほんとに完成するとは思ってなかったけど」

「よかった……信じてくれて、よかった……」

「おじさんもさ、それ系、好きなんだよ」

「へぇ〜」

「まあ、誠は僕の影響かな」

「そうだったんだ……」

「それで？　和美と誠はいつ帰って来るの」

「それが……」


そこで菜央は事の経緯を説明した。

「え……そんなことになってたんだ」

「でも、まこっちゃんのことだから、きっと見つけて帰って来ると信じてるの」

「それにしても、掃除機か……」

「きっと吸い込んだのよ」

「和美らしいな」

「おばさん、向こうで大丈夫なんでしょうかね」

「あはは、和美は結構、楽しんでるかも知れないよ」

「おじさん……笑う余裕とか……すごいですね」

「和美は、逆境になればなるほど対応できる力を持ってるんだよ」

「そうなんだ……」

「だから、間違いなく泣き叫んだり、落ち込んだりしてないと思うよ」

「そっか……よかった……」

「あ、僕は、誠の父親で誠一郎です。よろしく」

誠一郎は、義丸と小夜にそう挨拶をした。

「父上殿……誠と和美殿は、必ず帰って参ると、わしも信じておるゆえ」

「わらわもそう信じてございます……」

「そこで頼みがあるのでござるが、誠がタイムマシンを持って帰るまで、わしをここに置いてくださらぬか」

「はい、いいですよ」

「左様か……かたじけのうござる……」

「そっか、義丸くんは、若様なんだね」

「左様にござる……」

「年はいくつなの？」

料金受取人払郵便

新宿局承認

7552

差出有効期間
2024年1月
31日まで
（切手不要）

郵便はがき

1 6 0-8 7 9 1

1 4 1

東京都新宿区新宿1－10－1

(株)文芸社

愛読者カード係 行

ふりがな お名前				明治　大正 昭和　平成	年生　　歳
ふりがな ご住所	□□□-□□□□				性別 男・女
お電話 番　号	（書籍ご注文の際に必要です）	ご職業			
E-mail					
ご購読雑誌（複数可）			ご購読新聞 新聞		

最近読んでおもしろかった本や今後、とりあげてほしいテーマをお教えください。

ご自分の研究成果や経験、お考え等を出版してみたいというお気持ちはありますか。

ある　　ない　　内容・テーマ（　　　　　　　　　　　　）

現在完成した作品をお持ちですか。

ある　　ない　　ジャンル・原稿量（　　　　　　　　　　　　）

書　名				
お買上 書　店	都道 府県	市区 郡	書店名	書店
			ご購入日	年　　月　　日

本書をどこでお知りになりましたか？
1.書店店頭　2.知人にすすめられて　3.インターネット（サイト名　　　　　）
4.DMハガキ　5.広告、記事を見て（新聞、雑誌名　　　　　）

上の質問に関連して、ご購入の決め手となったのは？
1.タイトル　2.著者　3.内容　4.カバーデザイン　5.帯
その他ご自由にお書きください。
（　　　　　）

本書についてのご意見、ご感想をお聞かせください。
①内容について

②カバー、タイトル、帯について

弊社Webサイトからもご意見、ご感想をお寄せいただけます。

ご協力ありがとうございました。
※お寄せいただいたご意見、ご感想は新聞広告等で匿名にて使わせていただくことがあります。
※お客様の個人情報は、小社からの連絡のみに使用します。社外に提供することは一切ありません。

「十九にござる」

「そっか。まだ若いんだね」

「誠は十六にござるな」

「うん。同世代だね」

「左様にござるな」

菜央は、心底安心した。

ここで誠一郎が混乱し、義丸を追い出したらどうしようかと思っていたからだ。

それにしても、誠一郎の対応に、菜央は驚くばかりであった。

誠一郎は、普通のサラリーマンであるが、大学は理学部の物理学科を出ている。

したがって、物事を考えるにあたっては、常に理論が先行するのだ。

むしろ感情論など邪魔な存在でしかなかった。

それゆえ、今回のことも、あっさり納得したという訳だ。

和美や誠の安否は、もちろん気になっていたが、誠一郎は誠を信じていた。

それと和美の性格である。

転んでもただでは起きない逞しさを、誠一郎は知っているので、それが安心材料となっていた。

ピンポーン

そこでインターホンが鳴った。

「はい」

誠一郎が直ぐに出た。

「あ、ご主人ですか」

「はい、どちらさまですか」

「小井手です」

菜央の母親だった。

「あ、菜央ちゃん、来てますよ」

「はい……知ってます」

「どうぞ、入ってください」

そして菜央の母親、真紀が中へ入ってきた。

「菜央、あんた、いい加減にしなさいよ」

真紀は、ズカスガとリビングまで歩いてきた。

「なに……」

「一体いつまで、ここにお邪魔してるつもりなの」

「あ……そのこと……」

「まあまあ、小井手さん、掛けてください」

誠一郎がそう促した。

「はい……すみません」

そう言って真紀は菜央の横に座った。

「それに、小夜ちゃん」

「はい……」

「こんなこと言いたくないけどね、ご両親は心配してないの？」

「え……それは……」

「須藤さん、もうこの子たちね、ずっとこちらにお邪魔してて、帰って来ないんですよ」

真紀は誠一郎にそう言った。

「あはは、僕は構いませんよ」

「それと……こちらの……」

真紀は義丸を見てそう言った。真紀はまだ、義丸のことは知らなかった。

「わしは久佐の義丸と申す」

真紀は、歴女ならぬ歴男かと、少々引き気味だった。

「そうですか……。それより菜央、もう帰って来なさい」

「でも……」

「でももへちまもないの。それと小夜ちゃんのご両親に連絡するから。小夜ちゃん、電話番号教えてくれる？」

「わらわは……」

「小井手さん」

誠一郎が改めてそう言った。

「はい」

「というか、菜央ちゃん、もう本当のことを話した方がいいよ」

「え……でも……」

「菜央、本当のことってなんなの」

「いや……それは……」

「えっ……もしかして……小夜ちゃんって、家出したの？」

「いいえ、違いますよ」

誠一郎がそう言った。

「須藤さん、なにかご存じですの？」

「はい。僕もさっき知ったばかりなんですけどね」

「え……それってなんですか」

「菜央ちゃん、話した方がいいよ」

「うん……あの、お母さん、落ち着いて聞いてね」

「え……ちょっと……なに……？」

そして菜央は、事の経緯を全部話した。

「ちょ……なによそれ。そんなことあるわけないじゃないの」

「だから……信じてくれないと思ったから、言わなかったんだよ」

「嘘でしょ……絶対に嘘よ……」

「小井手さん、俄かに信じ難いとは思うんですけど、僕は本当のことだと思いますよ」

「須藤さん……」

「タイムスリップって、理論上では可能なんですよ」

「可能って……そんな……」

誠一郎は、アインシュタインの一般相対性理論や、クルト・ゲーテル博士、キップ・ソーン博士などが提唱した理論を滔々《とうとう》と展開した。

当然、菜央や真紀にも、ましてや義丸や小夜にも理解不能であったことは、言うまでもない。

「それで……和美さんと誠くんは……今も寛永にいるのですか……」

「はい、そうですね」

「須藤さん、なんでそんなに落ち着いてられるんですか」

「うーん、落ち着いているわけではないですけど、ここで慌ててもしょうがないですからね」

「そうですけど……」

「お母さん、これで信じてくれた？」

「え……うん……まあ……」

「真紀殿……偽りを申して、悪うございました……」

小夜がそう言って詫びた。

「え……ああ。いえ、いいのよ。そんな事情なら、仕方がないものね」

「わらわの父上、母上、兄上も……どれだけ案じておるとか思うと……」

「そりゃそうよ。それで、どうやって帰るの？」

真紀は菜央にそう訊いた。

「まこっちゃんと、おばさんが帰ってこない限り、小夜ちゃんも義丸さんも帰れないのよ」

「そうなんだ……」

「今は、まこっちゃんたちが帰って来るの待ってるのよ」

「そっか……」

「小井手さん」

誠一郎がそう言った。

「はい……」

「このことは、誰にも言わない方がいいですよ」

「え……ああ、もちろんです。言っても信じてもらえないでしょうし」

「変に知れたら、大騒ぎになることもありますからね」

「はい……」

それから真紀と菜央と小夜は、家に帰った。

「義丸くん、お腹空いてないかい？」

「わしは平気でござる」

「そんな、遠慮しなくていいからね」

「……」

「僕がなにか作ってあげるよ」

「左様か……かたじけのうござる……」

誠一郎はキッチンへ行って、冷蔵庫から適当に材料を取り出し作り始めた。

「わしにもなにか手伝わせてくだされ」

「あはは、いいって。義丸くんは座ってて」

「さ……左様か……」

義丸は、誠と誠一郎が似ていると思った。

押しつけがましくない優しさと、特殊な状況に於いても動じない強さが似ていると思うのであった。

二十五、特訓

そして翌日、義丸は一人で徳兵衛の家を訪ねた。

義丸はインターホンを押すことで、家の者が出て来ることも覚えていた。

ピンポーン
「はい……」

「あ、徳兵衛殿でござるか。わしじゃ、義丸にござる」

「ああ、義丸さん。ちょっと待ってくださいね」

インターホンを切り、直ぐに徳兵衛が出てきた。

「徳兵衛殿。先日の約束通り、わしの剣術を見てもらいとうて参ったでござる」

「ほほほ……そうですか。まあ、お入りなさい」

「かたじけない」

義丸は徳兵衛に案内され、家の中へ入った。

「お茶でも淹れますから、掛けて待っててください」

徳兵衛はそう言って、台所へ行った。

「徳兵衛殿！　気遣いは無用じゃ」

案内された和室から、義丸がそう叫んだ。

「いえいえ！　なにもないのですよ」

義丸は、年を取った老人が、一人で家に住んでいることを不思議に思っていた。

「どうぞ」

徳兵衛はお盆に湯飲みを乗せて戻ってきて、それを義丸の前に置いた。

「かたじけない……」

義丸は深々と礼をした。

「よく来てくれました。わしは嬉しいですよ」

「左様か……」

「年寄りの一人暮らしは、淋しいものですよ」

「なにゆえ、一人で暮らしておるのじゃ」

「息子や娘は結婚し、とうに家を出ました。孫もおります」

「左様か」

「家内には先立たれ、今はわし一人、というわけですよ」

「みなで一緒に暮らさぬのか」

「昔はそうでしたけどね、今は核家族といって、バラバラになりました」

「ほう……左様であったか……」

「こんな話、年寄りの愚痴でしかありませんな」

「そうではござらん。年老いた者が一人で暮らすなど、危のうござる」

「まあ、そうですけどね」

「わしの城……いや、家では父上、母上、弟、家臣、侍女……大勢の者がおるがの」

「ほほぅ……義丸さんは裕福なご家庭のお生まれなんですな」

「まあ……そうじゃの」

「あ、剣術でしたね。そろそろ行きますか」

「どこへ行くと申すか」

「道場です」

「左様か……。では参ろうか」

そして徳兵衛に連れられ、義丸は近くの道場へ向かった。

体育館の中へ入り、徳兵衛は係員に防具と竹刀を二本借りて、ホールへ入った。

「おお……ここは広うござるな」

義丸は広いと言ったが、第二ホールは比較的小さい方だった。

そこには誰もいなかったから、そう感じたのかも知れない。

「そうですね」

徳兵衛は義丸に防具を付けてやり、竹刀を渡した。

「さあ、やってみてください」

「あい、わかった」

そこで義丸は、誠から教わった一撃必殺技を披露した。

「えぇ〜い！　えぇ〜い！」

「はいはい、そこまで」

そう言って徳兵衛が止めた。

「どうでござるか」

「悪くないですが、それでは勝てませんな」

「さ……左様か……」

「今の技は、誰かに習ったのですか」

「左様じゃ。誠という友人に習うたんじゃ」

「ああ……そう言ってましたね」

「改良が必要でござるか」

「誠さんって、剣術の経験者じゃないですね」

「ああ、そう申しておった」

「まあ、いいでしょう。義丸さん、わしに掛かって来なさい」

「おお、左様か。ではっ」

そう言って義丸は、徳兵衛に振り掛かって行った。

すると、なんともあっさりと竹刀を投げ飛ばされた。

「ううっ……徳兵衛殿……かなりの腕前にござるな」

「さあ、何度でも掛かって来なさい」

「あい、わかった！」

それからしばらく、打ち合いが続いた。

徳兵衛は一発も義丸に打たれることなく、それと徳兵衛は一発も義丸に打たなかった。

ただ防戦一方で対処していた。

「義丸さん」

そこで徳兵衛も義丸も面を外した。

「なんでござるか」

「その必殺技を使うには、まず基礎をやりましょう」

「基礎とな……わしは基礎は習うておるぞ」

「いえ、義丸さんは基礎からです」

「さ……左様か……」

それから徳兵衛は打ち方の基礎を義丸に教えた。

同時に足の動かし方や、踏み込み方なども教えた。

「あっ！　これは五十嵐先生ではありませんか！」

そこに防具と竹刀を携えて、胴着を着た一人の男性が入ってきた。

「おや……石田《いしだ》くん。久しぶりですね」

「お珍しい。今日はどうされたのですか」

「うん、ちょっとね」

そして男性は義丸を見た。

「あ……この人と稽古ですか」

「ほほほ……まあ、そうかな」

「それなら、私も相手していただけませんか」

「いやいや、わしはもう引退したんですよ。石田くんの相手にはなりませんよ」

「そんな……先生。そう言わずにお願いします」

「いやいや、結構。それより石田くん」

「はい」

「この子と一戦、どうですかな」

「はぁ……」

石田は、背が低くてなんとも頼りなさそうな義丸を見て、少々戸惑っていた。

石田の身長は、一八〇を超えていた。

「義丸さん、石田くんと交えなさい」

「左様か……あい、わかった」

「え……なに……」

「石田くん、気にしなくていいから」

「あ……はい……」

「ああ、石田くん、受けるだけにしてくださいよ」

「は……はい……」

そして義丸は面をつけ、石田と向かい合った。

「えぇ〜い！　えぇ〜い！」

義丸は掛け声だけは一人前だった。

義丸の竹刀は、石田のどこにも入らせてもらえなかった。

「はい、それまで」

徳兵衛がそう言って止めた。

「ハアハア……」

義丸は息が上がっていた。

「義丸さん」

「な……なんでござるか……」

「どうして身体の小ささを利用しないのですか」

「え……」

「どうして正面から行くのですか」

「そ……それは……」

「小回りを利かせなさい」

「小回り……とな……」

「それと、むやみやたらに動かないこと。小回りは一瞬だけでいいです」

「左様か……」

「石田くん」

「はい」

「今度は打ってみてください」

「はい、わかりました」

そして再び打ち合いが始まった。

義丸はあっという間に、面、小手、胴を打ち込まれていた。

「義丸さん、相手をもっとよく見て」

「左様か……」

義丸が動こうとすると「動くな！」と徳兵衛が怒鳴った。

「我慢なさい！　ギリギリまで我慢するのですよ」

「あ……あい、わかった……」

こうして徳兵衛の特訓は、二時間に及んだ。

「ハアハア……」

義丸は疲れ切っていた。

「義丸さん、家でも基礎をやりなさい」

「さ……左様か……ハアハア……」

「石田くん、ありがとう」

「いえ……とんでもないです」

「では義丸さん、帰りましょうか」

「ハアハア……さ……左様か……」

そして徳兵衛と義丸は体育館を後にした。

「義丸さん」

「なんじゃ……」

二人は帰る道すがら、ポツポツと話をしていた。


「なにも迷うことなどありませんよ」

「え……」

「勝つとか負けるとか考えてはいけません」

「なにを申すのじゃ……」

「ただ、相手に一撃を食らわす。それだけを考えなさい」

「さ……左様か……」

「そのためには相手の動きをよく見る。無駄な動きはしない」

「……」

「義丸さんの身体を有効に使う。小さい相手はやりにくいものですよ」

「……」

「ただし、面には気を付けなさい」

「左様か……」

「また、いつでもいらっしゃい」

徳兵衛は家の前まで来てそう言った。

「徳兵衛殿……かたじけのうござる……」

「なんの。わしは楽しかったですよ」

そして徳兵衛は家の中に入って行った。

それから義丸は、時間だけはたっぷりあるので、誠の家の庭で基礎練習を重ねた。

そしていよいよ、祭りの日が迫っていた。

二十六、芝居

「んじゃ～最初から始めるよ」

菜央と義丸と小夜は、誠の家のリビングで芝居の稽古をしていた。

「じゃ、義丸さんのセリフからね。はいっ！　スタート！」

義丸はリビングの椅子に座っていた。

「今宵も月がきれいよのう……」

「左様にございますな……」

「小夜……わしはそなたに申せば成らぬことがあるのじゃ……」

「なんと仰せですか……わらわは聞きとうございませぬ」


「えっと……ここで私よね」

菜央がそう言った。

「若！　姫！　大変でございますぅぅ～～！」菜央が二人に駆け寄った。

「なんじゃ、菜央。いかがいたした！」

「江戸から将軍様が来られましてでございますぅぅ～～！」

「なっ……なにっ！　将軍様とな！」


「んで……ここで将軍様登場だね。でもおじさんは仕事だから、ここは私が代役で」

当初は、三人劇にするつもりだったが、誠一郎も加わってくれることになったのだ。

菜央は「おほんっ」と咳払いをした。

「お主が義丸か……」

「ははあっ……」

と……こうして稽古は順調に進むのであった。


「よーしっ。これでなんとかいけそうだよね」

菜央がそう言った。

「左様じゃの」

義丸は笑ってそう言った。

「わらわは、コーヒーを淹れて参ります」

「いいよ、小夜ちゃん。私がやるって」

「よいのじゃ。わらわもだいぶ、覚えたであるぞ」

「そっか。じゃお願いね」

そして小夜はキッチンへ行き、インスタントコーヒーを作った。

その姿は現代の女子となんら変わりがなく、誰が見ても平成の女子であった。

「それにしても、夏休みもあと一週間で終わりかぁ」

「ほう、それが終わればどうするのじゃ」

「学校へ行くのよ」

「学校とな……」

「ああ～、寺子屋みたいなもんよ」

「ああ……手習塾であるか」

「ん？　そうそう」

「左様か……よいことじゃの」

「夏休みが終わるまでに帰って来なかったら、どうしよう……」

「誠のことでござるか」

「うん、そうなのよ」

「確かにそうでござるの。それにしてもまだ、タイムマシンは見つからぬようじゃの……」

「コーヒーが入りましてございます」

小夜がカップにコーヒーを入れ、トレーで運んできた。

「小夜ちゃん、ありがとう」

「かたじけのうござる」

小夜は菜央と義丸にカップを差し出し、自分もソファに座った。

「なんの話にございますか」

小夜がそう訊ねた。

「まこっちゃんがね、まだ帰ってこないなぁって話」

「ああ……左様であるな……」

「つーかさ……こんなこと言いたくないんだけど……もしかして……もしかするんじゃな

いのかな……」

「もしかとは……なんじゃ」

義丸がそう訊いた。

「いや……その……」

「なっ……菜央殿。誠が死んだと申すか！」

「いや……そうは言ってないけど……」

「申しておるではないか」

「まあ……死んでなくても、ケガをしてるとか……病気とか……」

「……」

「だってさ、どう考えても遅すぎるし、ほら、やっぱり、常に怪しまれると思うんだよね」

「まあ……確かに怪しまれるであろうの……」

「まこっちゃんって、厠へ行ったきり、帰ってこなかったんだよね」

「左様じゃ……」

「厠に落ちたとか？」

「まさか……そのようなことはござらんであろう……」

「そのあと、義丸さんはこっちへ来たんだよね」

「左様じゃ」

「ああ〜〜……情報が足りなさ過ぎるよね」

「あ……菜央」

小夜が口を開いた。

「なに、小夜ちゃん」

「ほら……宗範殿がこっちへ参ったではないか」

「ああ、うん」

「あの時、宗範殿は、誠の名を申しておったではないか」

「ああ……確かにそう言ってたよね」

「それで……童《わっぱ》が母上とか……申しておったぞ」

「ふむふむ……ってことは、少なくともまこっちゃんとおばさんは会ってるってことよね」

「そうに違いござらぬ」

「でも……童《わっぱ》って……。ああ……あのベリーショートなら仕方ないか……」

「ベリー……？」

「ああ、ほら、おばさん、髪、短いでしょ」

「左様じゃの……」

「いずれにせよ、誠と和美殿が戻って参るのを待つしかあるまい」

義丸がそう言った。

それから三日後、いよいよ祭りの当日を迎えた。

結局、屋台は十台並ぶことになり、それなりに祭りの体裁が整っていた。

夕方から中央公園には、続々と地域の人たちが訪れていた。

菜央たちの時代劇は、ちょっとした特設ステージが用意されていた。この際、自治会では予算がどうのとか、雨が降ったらどうするとか、面倒だとか反対意見も出されたが、清水や大森、なんといっても会長の熱意のおかげで実現にこぎつけたのだ。

屋台が十台出されたのも、清水、大森、会長の尽力が殆どだった。

特に会長は、仕事から帰ってからの地域回りだったので、自分の時間を殆ど自治会のために使っていた。


「おお……町人が、わんさかと参っておるの」

義丸が嬉しそうに言った。

「左様でございますな」

「義丸さん、小夜ちゃん、私たちは芝居の準備ね」

菜央がそう言って、三人で楽屋……といっても段ボールで仕切られた場所へ連れて行った。

そこには貸衣装の着物が置かれてあった。

小夜は煌びやかな着物を見て、目を輝かせていた。

「なんと……美しゅうございますな……」

そう言って義丸を見た。

「左様じゃな。それを寛永へ土産として持って参るか」

「ダメだよ～義丸さん。これ、借りてるのよ」

「おお、左様であったの」

そして三人はぼちぼちと着替えだした。

もちろん、菜央と小夜が着替えている時は、義丸は外に出ていた。

逆もまだ同じであった。

「ごめん、ごめん、遅くなったね」

そこに仕事から帰ってきた誠一郎が到着した。

「あ、おじさん、これに着替えてくださいね」

「うん、わかった」

ほどなくして誠一郎も着替え終わり、準備は整った。

「菜央～～」

そこに母親の真紀が走ってきた。

「あ、お母さん」

「はぁ～、間に合ったわ」

「お父さんは？」

「残業なのよ。だから来れないわ」

「そっか」

「あら～！　須藤さん、とてもお似合いですね」

真紀が誠一郎を見てそう言った。

「頭はこのままですけどね」

そう言って誠一郎は笑った。

そう、カツラのことはすっかり忘れていたのだ。

ところがなんと、義丸の髪型は地毛を使って、若様そのものになっていたのだ。

義丸は、近所の美容院でなんとか、髷を結ってもらったのだ。

公園に到着するまでは、頬かむりをしていた。

小夜も、おさげを解いて、長い黒髪を背中のあたりで括り、まさにお姫様になっていた。

やがて舞台へ上がった義丸と小夜を見て、観客たちは「おお～～！」という声を挙げていた。

「え～～、それではただ今より、時代劇『姫の争奪戦』を行います。みなさんどうぞ最後まで楽しんでください」

菜央が挨拶をして、芝居が始まった。

舞台中央に置かれたベンチに、義丸と小夜が座っているところから始まった。

「今宵も月がきれいよのう……」

「左様にございますな……」

「小夜……わしはそなたに申せば成らぬことがあるのじゃ……」

「なんと仰せですか……わらわは聞きとうございませぬ」

BGMは箏曲が流されていた。

「若～～！　姫～～！　大変でございますぅぅ～～！」

そこに舞台袖から、菜央が登場した。

「ああ～～菜央ちゃんじゃない！」と近所のおばさんが叫んだ。

「さっき、挨拶してたじゃないのよ」

横にいたおばさんが、呆れてそう言った。

「なんじゃ、菜央。いかがいたした！」

そして芝居は続いた。


「江戸から将軍様が来られましてでございますぅぅ～～！」

「なっ……なにっ！　将軍様とな！」

「お主が義丸か……」

そこに将軍に扮した誠一郎が登場した。

「ははあっ……」

義丸はその場にひれ伏した。

「して……わしの話は聞き入れるのであろうの……」

「将軍様……そのことにございますが……それがし……小夜を渡しとうのうござります」

「かっかっか！　なにを申すか！　お主、命が惜しゅうないと見えるな」

「そっ……そのような……」

「小夜……して、そなたの気持ちはどうなのじゃ」

「将軍様……小夜は……義丸殿を好いております……」

「なんとっ！　ようもぬけぬけと申しおったな！　ええいっ！　斬り捨ててくれるわ！」

誠一郎は、モップを振り上げた。

そこでどっと笑いが起こった。

これは、菜央がわざとそうしたのである。

「お待ちくだされ、将軍様！」

そこで菜央がそう言った。

「それは、モップにございます」

「えっ！」

誠一郎は、わざとらしくモップを手にしていたことに驚いて見せた。

「ああっ！　これはなんじゃ！」

「こっちの方がよいのでは……」

そう言って菜央がビニールで出来たオモチャの刀を渡した。これは菜央の持ち物である。

「おおっ、かたじけない……なっ……なんじゃこれは！　ふにゃふにゃではござらぬか！」

そこでまた、観客から笑い声が上がった。

「えぇ～い、小癪な。こうなったら腕ずくじゃ」

誠一郎が小夜に近づこうとした。

「お待ちくだされ！　将軍様！」

菜央がそう言って引き止めた。

「なんじゃ！」

「ここは、早口言葉で勝負なさってはいかがにございますか！」

「早口言葉……？」

「例えばですな、かえるぴょこぴょこ　みぴょこぴょこ　あわせてぴょこぴょこ　むぴょこぴょこ、にございます」

「ふんっ、造作もござらんっ！」

「それがしも受けて立つ！」

義丸がそう言った。

「では……将軍様から、張り切ってどうぞ！」

「うむ……かえるぴょこぴょこ　みぴょこぴょこ　あわせてぴょこぴょこ　むぴょこぴょこ」

すると観客から「おお〜〜」と言う声が挙がった。

「ではっ、若様！」

「かえるぴょこぴょこ　みぴょこぽこ　あわせてぴょこぽこ　むぽこぽこ」

「わっはっは！　わしの勝ちじゃ！」

「あいや、待たれい！」

菜央がそう言った。

「んじゃ〜これ。信長殿も信長殿なら、ねね殿もねね殿じゃ」

「むっ……」

「将軍様、言ってくだされ」

「あい、わかった。信長殿も信長殿なら、ねね殿もねね殿じゃ」

また観客席から「おお〜」という声が挙がった。

「では、若様っ！」

「信長殿の信長殿なら、ねね殿のねね殿じゃ」

観客からは「かわいい〜」という声が挙がった。

「はっは！　これでわしの勝ちじゃ。小夜はわしの嫁になるのじゃ！」

「あいや、待たれいっ！」

菜央がそう言った。

「なんじゃ、わしの勝ちであろうが」

「ここは、お客さんに決めてもらおうではございませんか！」

「なにっ、客とな。そのような者、どこにおると申すか！」

誠一郎はわざとらしく、あさっての方を向いていた。

「さて～お客さん、若と将軍様、どっちがよかったですかぁ～！　拍手をお願いしますっ。まず将軍様！」

そこで大きな拍手が巻き起こった。

「じゃ～若様！」

拍手は起こったが誠一郎より少なかった。

「ほれみい！　わしの勝ちであろう！」

「将軍様……」

そこで義丸が誠一郎にそう言った。

「なんじゃ」

「負けは潔よう認めるでござる」

「無論じゃ」

「ただ、ひとこと言わせてくださらぬか……」

「なんじゃ、申してみよ」

「小夜を大切にしてくだされ」

「むっ……」

「生涯……命尽きるまで、小夜を大事にすると……約束してくだされ……」

「む……無論じゃ……」

「わしは……わしは……」

そこで菜央は、驚いた。

義丸のセリフは「それがし、小夜のためとあらば、命も惜しゅうござらん」だった。

小夜も誠一郎も、戸惑っていた。

「わしは……必ず小夜殿を寛永に戻してやらねばならぬ……将軍様は……それができるのでございますか……」

「義丸……なにを申しておる」

誠一郎は、アドリブでそう言った。

「義丸殿……」

そこで小夜は義丸の肩に手を置いた。

「小夜殿……わしを信じてくれ。必ずそなたを寛永に……」

義丸は、平成の世で明るく振る舞ってはいたが、やはり心には重いものを抱えていたのだ。観客は、意外な展開に静まり返っていた。

「えぇ～い！　あい、わかった！　わしは小夜を諦める！　義丸、小夜を寛永へ連れて参るがよい！」

誠一郎がそう言った。

「そうそう！　若っ！　姫っ！　そうするのだ！」

もはや菜央は、現代語になっていた。

義丸は、涙を流していた。そんな義丸を見た菜央も、もらい泣きしてしまった。

そしてなぜか、観客席からは大きな拍手が起こり、芝居は幕を閉じたのであった。

二十七、謎の解明？

「誠一郎殿、菜央殿、小夜殿……面目もござらん」

誠の家に帰り、義丸は三人に頭を下げた。

「義丸くん、頭を上げなさい」

「そうだよ、義丸さん、謝ることないじゃん」

「左様でございます。義丸殿……頭をお上げくだされ……」

義丸はセリフを忘れたわけではなかった。

ただ、芝居といえど、気持ちが昂《たかぶ》り、ついああなってしまったのだった。

「誠や和美殿も、あちらで難儀しておろうに、それをわしは、ここでぬくぬくと暮らしておるのじゃ……」

「義丸さん……」

　菜央がそう呟いた。

「義丸くんの気持ちはわかるけどね、ここにいる間は、思いっ切り羽を伸ばせばいいんだよ」

「誠一郎殿……」

「向こうに戻ったら、それこそ大変でしょ」

「そうは申せ……」

「いいんだよ。こっちで色々経験すればいいの。美味しい物一杯食べて、英気を養って帰ればいいの」

「そうだよ、義丸さん」

「菜央殿……」

「それにさ、芝居、よかったじゃん」

「さ……左様か……」

「なんせ、リアル若様だもんね。これ以上の説得力ある？」

　菜央はそう言って笑った。けれども菜央の心は、義丸がかわいそうでならなかった。

　それは小夜にも同じように思っていた。

　こんな、わけのわからない平成に連れて来られて、二人は必死で耐えているんだと、改めてそう思うのであった。

そして翌日……

誠一郎が仕事に出かけた後、菜央と義丸と小夜は、リビングで寛《くつろ》いでいた。

「テレビをご覧の皆さま！　いよいよ本日、あの話題の石碑の謎が解明されるかもしれません！」

リビングでは、午後のテレビのワイドショーが映し出されていた。

菜央たちは、さして興味もなく、観るともなく観ていた。

「石碑かぁ～。ふーん、謎ってなんだろね」

「わらわにも、わからぬのう……」

「わしは、剣術の稽古を致す」

義丸はそう言って、棒を持ち庭に出た。

「義丸殿……ご精が出ますな……」

「なんの。これでもまだまだ足りぬくらいじゃ」

「左様でございますか……」

小夜は、義丸の稽古を見るため、縁側に座った。

「なんとこの石碑に刻まれた文字は、とても謎めいているのです！」

現地レポーターは、大袈裟に伝えていた。

「えっと、秋山レポーター。具体的にはなんと書かれてるんですか？」

スタジオの男性司会者がそう訊ねた。

「はい、それはですね、この後、カメラに映しますので、それまでお待ちください！」

「いやいや、伝えてくださいよ。秋山さん、あなた知ってるんでしょ」

「はい、私は見ましたが、やはりここは、実際に刻まれた文字をテレビをご覧の皆様に観ていただいてですね」

「なに～？　そんなに勿体ぶるようなものなの？」

「謎めいているんです！」

テレビは大袈裟に、石碑の文字のことを伝え続けていた。

「あ～あ……つまんないなぁ」

菜央はあくびをしながら、どうでもいいやと思っていた。

そしてキッチンへ行き、義丸と小夜のためにジュースを入れた。

「はい～、これ飲んでね」

菜央は二人にジュースを差し出した。

「菜央……かたじけのうござるな……」

「いいんだよ。それより義丸さん、張り切ってるね」

「左様じゃの……」

「義丸さん！　後で飲んでね」

「あい、わかった。えぇ～い！　えぇ～い！」

そして菜央はキッチンへ戻った。


「……むぽこぽこなんですよ！」

テレビからそう聞こえてきた。

「ん？　むぽこぽこって……」

菜央は、取り敢えずテレビの前に座った。

「それって早口言葉ですか」

司会者がそう言った。

「はい！　最後に書かれていたのは、この文字なのです！」

「はーい、わかりました。それでは一旦ＣＭです」

菜央は少し気になって、そのままテレビを観続けた。そしてＣＭがあけた。

「いやあ、それにしても、今、話題になってますよね～」

司会者がそう言った。

「そうらしいですね。でもなにが書かれているのか、まだ教えてくれないから、わかりませんよ」

ゲストのコメンテーターがそう言った。

「秋山さん！　現場の秋山レポーター！」

司会者がそう呼びかけた。

「は～い、こちら現場です」

「それでどうなんですか。どんな謎なんですか」

「え～、それではここで、専門家の先生にお越しいただいてますので、ちょっと話をお伺いしたいと思います。先生、具体的にはどういった謎なんでしょうか」

「え～、それはですね、あの石碑に彫られた文章といいますか、ある意味、暗号めいているんですよね」

テレビには、先生といわれる、髪がボサボサで白髭を生やした、いかにも学者という風貌の男性が映っていた。

「はい～、そうですね。私もそう思いました」

「それでですね、西暦とも思える漢数字が刻まれており、それが二千……」

「あっ、先生、それはもう少し後でお願いします」

「ああ、そうですか」

「ちょっと秋山さん！　なんか周りに大勢人だかりがいるんですけど！」

司会者がそう言った。

「あ……はい、はい、そうなんですよ。こちら、映ってますかね。もうすごい人だかりで、現場は混乱状態なんです！」

「見えてますよ。それで？　謎は何なんですか！」

「すごいな……」

コメンテーターがモニターを見て、ボソッと呟いた。

「先生、それで他に謎は？」

秋山が先生に訊いた。

「それでですね、誠の部屋に宝あり、という、この文言なんですよ」

「そうなんですよね～」

「え……誠……？」

菜央は思わずそう言った。

「宝とは一体なんなのか、これがキーワードなんです」

「はい～」

「それと、これが彫られた時代ですけどね、おそらく寛永の頃と思われるんです」

「おお、寛永といえば……江戸時代の初期？　くらいですか」

「え……寛永……？」

菜央は更に不思議に思った。

「家康が征夷大将軍になったのは、千六百三年、慶長八年ですよ。寛永が千六百二十四年ですから、まあ、初期といえば初期ですね」

「そうなんですね～」

「ちょっと、秋山さん！　そろそろ石碑を見せてくださいよ！　それと、石碑は城跡に建ってるんですよね！」

司会者がそう呼びかけた。

「あ、はいはい、そうなんです、久佐城跡なんですよ。それとですね、なぜ、このように大勢の人が集まってるかと言いますとね、あの、聞こえてます？」


「え……久佐……？　ちょ……なに……」

菜央は身を乗り出した。

「聞こえてますよ！」

「あ、はいはい、それでですね、先ほど先生も仰ってましたが、誠の部屋に宝あり、という文言。この宝が見つかるのは今日ではないかと、このように、大勢の方が集まってるんですよ！」

「それで、なんで今日なの？」

司会者が訊いた。

「はい〜、まさにそれなんですよ。それでは今から石碑をお見せしますね。あっ、カメラさん大丈夫ですか。えっと、アップでお願いしますよ。スタジオのみなさん、いいですか！　今から映しますので、よくご覧ください」

そしてカメラは石碑をアップで映した。菜央も思わず、画面を見入っていた。

——広く人々に知らしむべし　二千十八年八月二十六日　誠の部屋に宝あり
これを求めて　いまひとたびの出会いを叶えよ　かえるぴょこぴょこ　むぽこぽこ

「ご覧いただけましたか？」

「二〇一八年の八月二十六日って今日じゃないですか！」

司会者がそう言った。

「そうなんですよ！　まさに今日がその日なんですよ！」

「ちょ……なに……これ……」

菜央はそう呟いた。

「え……広く人々に知らしむべし？　なんのこと……。でも誠の部屋に宝あり……って……。出会いを叶えよ……」

菜央は慌てて、テレビを録画した。

「ちゃんと録れたかな……」

「秋山さん！　それで、みなさん宝探しにそこに集まってるわけですね！」

「そうなんです！　誠の部屋というのがキーワードなんですが、まさにここが謎なんです！」

「は〜い、わかりました。ではＣＭです」

「小夜ちゃん、義丸さん、ちょっと！」

そこで菜央は小夜と義丸を呼んだ。

「菜央……どうしたのじゃ」

まず小夜が菜央のところへきた。

「ちょっと……これ観てくれない？」

菜央はそう言って録画した画面を見せた。

「これは……あ、先ほど、騒いでおった者たちじゃな」

「うん……そうなんだけど……えっと、これ見て」

菜央は石碑がアップで映し出された部分で静止した。

「これはなんじゃ……」

「これね……寛永時代に彫られた石碑らしいんだよ」

「え……寛永？」

「それとね、誠の部屋に宝ありって書いてあるでしょ」

「なんじゃ、いかが致した」

そこに義丸が戻ってきた。

「義丸さん、これ見て」

「ん？　なんじゃ」

「この石碑ね、寛永時代に彫られた物なんだって」

「なにっ、寛永じゃと?」

「いい?　読むよ。広く人々に知らしむべし　二千十八年八月二十六日　誠の部屋に宝あり　これを求めて　いまひとたびの出会いを叶えよ　かえるぴょこぴょこ　むぽこぽこ」

「なっ……むぽこぽことな……これはわしが言い間違えた早口言葉ではないかっ!」

「そうなのよ……。ねぇ、これって……まさか……」

「菜央……八月二十六日と申せば……今日ではあるまいか」

小夜がそう言った。

「そう……今日なのよ。それでみんなこんなに大騒ぎしてるのよ。宝あり……ってことに……」

「誠の部屋と申すのは……誠のことではあるまいか!」

「そう……だよね、小夜ちゃん。そうだよね……これって……」

「菜央殿、誠の部屋になにかあるのではござらぬか」

「あっ……これってまこっちゃんからのメッセージなんじゃないかな」

「メッセージとな……」

小夜がそう訊いた。

「えっと……伝言ってこと。そうだよ、きっとそうだよ!」

「さすれば、誠の部屋へ参ろうではないか!」

義丸がそう言い、三人は先を争うように階段を駆け上がった。

そして急いでドアを開けて中へ入り、手あたり次第、手掛かりを探してみた。

「どこ……どこなのよ～～宝ってなに～～！」

しばらく探した後、菜央が机の引き出しの一番下を開けた時だった。

「あ……あああ～～～！　こっ……これだっ！」

「なんにござるか！」

義丸も小夜も、引き出しを覗きこんだ。

そこには「Time Machine試作品」と書かれたメモを挟んで、機械が置かれてあった。

それは完成品よりも、すこし分厚い程度で、見た目はほぼ同じであった。

「ぎゃあ～～～！　これよ！　これだったんだよ！」

「菜央殿、なんと書いてござるか」

義丸がそう訊いた。

「タイムマシンよ、タイムマシン！」

「なっ……タイムマシンとな！」

「まことにござるか、菜央」

「小夜ちゃん～～！　まことにござるよ～～ござるよ～～」

三人は大声を挙げて、飛び上がって喜んでいた。

「これで、まこっちゃんのところへ行けるし、戻って来れるよ！」

「おおお、ついに戻る日が参ったのじゃな！」

「ようございましたな……ほんに……ようございました……」

「んじゃさ、早速行こうよ」

「え……そうなれば……誠一郎殿が案ずるであろう」

義丸がそう言った。

「あっ、そっか。じゃ、手紙書くよ」

そう言って菜央は、机の引き出しから紙と鉛筆を取り出した。そして、こう書いた。


――――おじさんへ。タイムマシンの試作品が見つかったから、義丸さんと小夜ちゃんを寛永へ連れて行きます。一刻も早く戻してあげたいので、挨拶は省きました。それでまこっちゃんとおばさんを連れて帰ってきます。それまで待っててください。


「菜央……真紀殿はよいのか……」

小夜が心配してそう言った。

「ああ、お母さんに言うと、絶対にダメだって言われちゃうだろうし。んで、すぐにこっち帰って来るし」

「左様か……」

「んじゃ、手を繋いでね」

三人は手を繋いだ。

そして菜央は、年代と月日をボイスで認識させた。

考えてみれば、小夜の着物も、義丸の襦袢も置き忘れていることに気がついてなかった。

そう、三人は「洋服」なのだ。しかも義丸はカツラを被っていた。


「あっ……！」

菜央は、見知らぬ町へ来ていた。

「あれ……？　小夜ちゃん、義丸さん、どこなの？」

そう、小夜と義丸は平成に置いてけぼりにされたのだ。

そもそも試作品と書かれてあったのに、よく調べもせずに使ってしまったがため、菜央は一人寛永に来てしまったのだ。

「ちょ……なんなの……ここってどこ？　寛永？」

そこは久佐の領内だった。

「やだねぇ……渡来人だよ、あれ」

一人の女性が、菜央を見てそう言った。

菜央の髪は金髪に近い茶だった。

「渡来人とか言ってるし……ってか……ここってマジでどこなの……ってか……小夜ちゃ

ん……義丸さん……」

　菜央は辺りを見回した。

「ほうほう、渡来人かい」

「まあ～珍しいね」

　次々と菜央のもとに、町人が集まってきた。

「ひぃ～～……」

　菜央はビビった。

「それにしても何だねぇ……あんた話せるのかい？」

　また別の女性がそう訊ねてきた。

「アイアム～～……菜央～。ココハァ……ドコデスカァ」

「おや……こっちの言葉、喋ってるよ」

「ココハァ……ドコデスカァ……」

「ここは、江戸だよ、江戸。ぷっ」

　そう言って女性は嘘をついてからかった。

「エドォ……ウソデショ……」

　おいおい……マジか……

　中井でも久佐でもないのかよ～～！

二十八、万事休す

「義丸殿……」

「小夜殿……」

二人は誠の部屋で、手を繋いだまま呆然と立っていた。

「菜央は……消えてしまいましたな……」

「左様じゃの……菜央殿だけが寛永に行ってしもうたんじゃ……」

「義丸殿……確か、試作品とやら、書いてございましたな……」

「ああ、左様じゃ……」

「菜央は……ほんに、寛永へ行ったのでございましょうか……」

「わしにはわからんが……消えたのは確かじゃ……」

二人は気が抜けたように、その場にへたり込んだ。


――そして、菜央は……

「エドォ……エドデスカァ」

菜央はさっき、嘘を言った女性にそう訊いた。

「ちょっと、嘘を言ったらかわいそうじゃないか」

別の女性がそう言った。

「あはは、だってこの渡来人、おもしろいじゃないか」

「ったく……。それで、渡来人さん、どこへ行きたいのかね」

「ワタシハァ……クザニ、イキタイデース」

「ああ、久佐ならここだよ」

「ええええ〜〜〜！　マジっ？」

「そうだよ」

「あの、えっと、お城はどこですか！」

「お城へ行きたいのかい」

「はい、そうですっ！」

「なんか、さっきよりも流暢だね……」

「そんなのいいから、お城、お城を教えてください！」

「行っても入れないよ」

「んっもう〜〜いいんだってば！」

「ここの通りを真っすぐ行きな。そしたら見えるよ」

「そっすか！　あざーーっす！」

菜央の服装は、白のTシャツで侍が刀を持っている絵が描かれていた。

そしてジャージを穿いていた。

無論……裸足だ。

「くっそー痛いなぁ……」

菜央は走ってはみたが、足の裏が痛くて無理だった。

「とはいっても……草履買うお金とか持ってないし……」

菜央は少しずつ、城へと向かった。

町人は相変わらず菜央を「渡来人だ」と、珍しそうに見るのであった。

「ちょいと、あんた」

そこで一人の女性が声をかけてきた。

「はい？」

「あんた、ここの言葉わかるかい」

「ああ、チョーわかりますけど」

「そうかい、それならいいけどさ、あんた足が痛いだろう」

「ああ、そうなんです。なんせ裸足だからな～」

「うちへおいで。使い古しの草履があるからさ」

「えっ！　そうなんですか。もらえるの？」

「ああ、いいよ」

そして菜央は、女性の後を付いて行った。

しばらく歩くと、そこは町の外れにある家だった。

「ここだよ、入りな」

「は〜い」

「お前さん！」

「なんでぇ、かかあ！」

一人の男性が座敷に寝ころんでいた。

「ちょっと、奥から草履を持ってきておくれよ」

「なんだってんだ。そっちのは誰でぇ」

「この子ね、渡来人なんだよ。でさ、草履も履いてなくてさ。足が痛そうでさ」

「へぇ〜渡来人ねぇ。まあその頭じゃ、違げぇねぇやな」

「ほら、ごちゃごちゃ言ってないで、早く持ってきておくれよ！」

「うるせぇかかあだぜっ！　ったくよ〜」

そう言って男性は、奥へ行った。そう……ここは石工職人、甚六の家だったのだ。菜央はそうとも知らず、ぼ〜っと入り口で立っていた。

「あんた、名はなんてんだい？」

「私は、菜央です」

「へぇ〜日ノ本の名みたいだねぇ」

「ああ……そうっすね」

「ほらよ～これでいいだろう」

そこに甚六が汚い草履を持ってきた。

「はい、菜央さん。これをお履き」

「すみません、助かります～」

そして菜央は草履を履いた。

「これ、ほんとにもらってもいいんですか」

「ああ、かまわないよ」

「ありがとうございます」

「菜央さん、どこへ行くんだい」

「え、まあ、ちょっと」

菜央はお城へ行くと言えば、止められると思い、言葉を濁した。

「そうかい。まあ気をつけて行きなよ」

「は～い、お邪魔しました～」

そう言って菜央は表に出た。


「お前さん！　昨日、若旦那の頼み、ちゃんとやったんだろうね」

「当たりめぇよ！　なんせ誠の頼みだからよ」

え……今……誠って言った……？

菜央はそこで立ち止まった。

「まったくさ～、石碑に字を彫るなんてさ。なに考えてんだろうね、若旦那」

「別にいいじゃねぇか。誠はよ、泣いて喜んでたぜ」

「そうかい……あの若旦那が……」

「俺はよ、よほどの事情があると思ってよ、快く彫ってやったんだよ」

「まあいいさ。命の恩人への恩返しができたんだからさ」

命の恩人……え……まこっちゃん……なにがあったんだろう……

そっか……まこっちゃん……このおじさんに字を彫ってもらうの、頼んだんだ。

で……泣いて喜んだんだ……

「あのっ！　おじさん、おばさん！」

そこで菜央はまた、中へ入った。

「ひっ！　あんた、まだいたのかい！」

千代が驚いてそう言った。

「あの、その誠って人、どこにいるんですか！」

「え……あんた、若旦那の知り合いかい？」

「そうなんですよ！　知り合いも知り合いも……」

菜央はそこで泣きそうになった。

「誠なら、この先の長屋に住んでらぁな」

「どっ、どこですか！」

「かかあ！　連れてってやんな」

「あいよ。菜央さん、付いておいで」

そして菜央は、千代に長屋へ連れて行ってもらった。

しかし……菜央は、相変わらずドジである……

草履を履いたときに、タイムマシンを土間の上り口に置き忘れたのである。


「ほら、ここだよ」

ほどなくして二人は長屋へ着き、千代は、誠と和美が住む部屋を指してそう言った。

「おばさん、ありがとう」

「なんの。じゃ、あたしゃこれで。若旦那によろしく言っといておくれ」

そう言って千代は、家へ帰って行った。

ガラガラ……

菜央はそっと入口の戸を開けた。

「こんにちは……」

けれども家の中には誰もいなかった。

「あれ……留守かな……まこっちゃん！　おばさん！」

呼べども返事がなかった。

「どっか出かけてるのかな……まあいいか」

菜央は草履を脱いで、座敷へ上がった。

「ひゃ〜それにしても、古い家だなぁ〜」

菜央はごろんと寝ころんだ。

「あはは、雪さん、そんなことがあったんですね」

そこで誠の話し声がした。

「左様でございます、雪は、思わず笑うてしまいました」

「そりゃそうですよね。あれ……戸が開いてる」

誠は少し警戒しながら、顔だけ覗かせた。

「誠さま……どうなさいました？」

「うーんと、閉めて出たはずなんですよ」


「まこっちゃーーん！」

そこで菜央が立ち上がった。

「あ……あああ〜〜小井手！」

「まこっちゃ〜〜ん、来たよ〜〜私、来たよ〜〜」

「意外と早かったね」

「げっ……なによ、その落ち着きぶり」

「昨日の今日か。やっぱり日付を彫ってもらってよかった」

「あの……誠さま……こちらの方は……」

「ああ、この子、それがしの友人で、小井手です」

「げ……それがしって……」

「左様でございましたか……小井手さま、久佐のご城内にて侍女として勤めております、雪にございます」

「かぁ〜〜！　まこっちゃん、心配して損したわ！」

「なんだよ」

「彼女作っちゃって、結構楽しくやってたんだぁ〜〜」

「なっ……なに言ってるんだよ。バカ！　それより、マシンは」

「え……マシンって……えっ！　ない……ないっ！」

菜央は慌てて、ジャージのズボンも探したが、どこにもタイムマシンはなかった。

「ちょ……マジかよ！　嘘だろ！　思い出せ、どこでなくしたんだ！」

「ちょっと待って……えっと……あれ……どこだっけな……」

「つか……最初、どこにいたんだよ」

「えっと……なんか賑やかなところで、人もいっぱいいて……」

「どこだよ、行くぞ！」

「え……ああ……」

「雪さん、ごめん。それがし、行かないと」

「さ……左様にございますか……」

「ほら、小井手！　来いよ！」

菜央と誠は雪を放って、通りまで慌てて走って行った。

雪は、二人が並んで走って行く後ろ姿をずっと見ていた。

「それでどこだよ」

「えっと……この辺りかな」

町人たちは、また珍しそうに菜央を見ていた。

「ここに立ってたのよ……私」

「で、ここからどこへ行ったんだよ」

「えっと……あっ！　この草履くれた人の家だっ！」

「よし、そこかも知れない、行くぞ！」

菜央はそう言ったものの、あまり覚えてなかった。

「えっと……たしかここら辺……」

「なんて人にもらったんだよ」

「知らない……でも、その人たち、まこっちゃんのこと知ってたのよ」

「え……僕を知ってるっていったら……ああっ！」

誠はそう言って、甚六の家に向かって走った。

「ちょ……まこっちゃん！」

誠は菜央を置いて、先に走って行った。

「甚六さん！」

誠は勢いよく玄関の戸を開け、中へ入った。

「おや、若旦那、慌ててどうしたんだい」

「千代さん、ここに変な箱みたいなの、ありませんでしたか？」

「変な箱……あ、あのことかな」

「それ、どこですか！」

「甚六が『なんでぇ、これ』って言ってさ、そこらで遊んでる子供にあげてたよ」

「ええええ〜〜！　その子供って、どこへ行きましたか」

「え……どこって……」

そこで千代は表に出た。

「ああ、あのバカ、帰ってきたよ」

「え……」

そこで誠も外に出た。

「お前さん！　若旦那がさっきの箱みたいなの、探してるよ！」

甚六は「は？」といった風に千代を見ていた。

「だからさ、子供にあげたんだろう、さっきの」

「ああ～、あれか。おうよ、子供にやっちまったよ」

「甚六さん、その子供ってどこですか！」

「えっと～、あっちへ走って行ったけどよ」

「何歳くらいの子ですか？　男ですか、女ですか」

「おいおい、なんだってんだ。誠、なにそんなに慌ててんだ」

「来てっ！」

誠はそう言って甚六を引っ張って行った。

「お……おいおい、誠」

「どの子ですか、探してください！」

「探すたってよ……え～と、どれどれ」

甚六は、誠の焦りをよそに、呑気に辺りを見回していた。

「ああ、いたいた、あのガキでぇ」

甚六が指す方を見ると、五歳くらいの男の子が確かにタイムマシンを持っていた。

誠は全速力でその子のもとに駆け寄った。

「坊や、それをお兄ちゃんに返してくれないかな」

「え……」

男の子は誠を見上げていた。

「代わりのおもちゃ買ってあげるから、お願い、返してくれない？」

「おいら、これ貰ったんだもん」

「うん、わかってる。それよりいいの、買ってあげるから、ね」

そう言って誠は手を伸ばした。

「嫌だ！　これ、おいらのだぞ」

そしてその子の手が、まさしくボタンに触れようとしていた。

「ダメ！　ダメだよ、触っちゃダメ！」

「嫌だ〜〜！」

そう言って男の子は走って逃げた。

「待つんだ！　待って〜〜！」

誠が子供に追いついたとたん、一瞬にして子供の姿が消えた。

「なっ……！　し……しまった……」

誠は呆然と立ち尽くしていた。

「ちょ……まこっちゃん……ハアハア……私、足の裏を擦りむいてさ……」

そこで菜央がやっと追いついた。

「……」

「ちょ……まこっちゃん？」

「ど……どうしよう……」

「え……どうしたのよ」

「もうダメだ……万策尽きた……」

「なに……どうしたのよ！　つか、マシンはどこなの？」

誠は、その場にへたり込んでしまった。

果たして……子供は帰って来るのだろうか。

二十九、入れ替わり

「う……うわあ～～ん！」

義丸と小夜は、一階のリビングにいた。

すると誠の部屋から、子供の泣き声が聞こえた。

「なっ……子供が泣いておるぞ……」

「義丸殿、行ってみましょう……」

義丸と小夜は急いで階段を駆け上がった。

そして直ぐにドアを開けた。

「う……うう……かあちゃあ～～ん」

目の前に、薄汚い着物を着た子供が座っていた。

「坊よ……そなた、どこから参ったのじゃ」

義丸がそう訊いた。

「うわあ～～ん」

「申してみよ……どこから参ったのじゃ」

小夜がそう訊いた。

「うわあ～～～ん、かあちゃあ～～ん」

泣き続ける子供であったが、また突然姿を消した。

「なっ！　消えおったぞ！」

「あの子供……手にタイムマシンを持っておったではありませぬか……」

「こっ……これは……どういうことじゃ……菜央はなにをしておるのじゃ」

「ああ……誠に会えぬようでは……一体、どうなるのでございましょう……」

「はぁ～～……」

義丸と小夜は、再びその場にへたり込むのであった。


――――そして誠と菜央は……


「ま……まこっちゃん……」

菜央は誠の困惑ぶりに、なんと声をかけていいかわからないでいた。

「もう……もう……帰れないよ……」

「そんなっ……」

「あれが最後のチャンスだったんだ……。もうマシンはないんだ……」

「ごめん……私が置き忘れたりしなかったら……こんなことには……」

「それより小井手」

「なに……」

「おばさんには言ってあるのか」

「え……」

「ここに来ること、言ったのか」

「いや……言ってない……」

「もう二度と会えないぞ」

「……」

菜央も事の重大さに、全身から血の気が引く思いだった。

「うわああ〜〜ん、かあちゃああ〜〜ん」

誠と菜央の目の前に、再びさっきの子供が現れた。

「あっっ！」

誠は思わず、子供の腕を掴んだ。

「うわあ〜〜ん、こんなものいらない！」

子供はそう言ってタイムマシンを放り投げた。

「あああ〜〜！」

菜央は、急いでタイムマシンを拾いに行った。

「小井手！　ボタンに触るな！」

「ひぃぃ〜〜、はい……これ……」

そう言って菜央はマシンを誠に渡した。

「よ……よかった……よかった……」

誠は大事そうに、マシンを懐に入れた。

「坊や」

そこで誠は男の子に声をかけた。

「うわあ〜〜ん、なんだよ〜」

「あのさ、今日は時間がないんだけど、今度、おもちゃ買ってあげるから待っててね」

「おもちゃなんて、いらないやい！」

「そっか〜、んじゃ、団子屋へ連れてってあげるからね」

「え……ほんと？」

「うん、ほんとだよ」

そう言って誠は笑った。

「約束だよ！」

「うん、約束ね」

そして男の子は、走って行った。


「さて、時間がないな」

「なに……まこっちゃん」

「これさ、試作品だから、時間設定、短いんだよ」

「え……そうなんだ」

「僕、今から母に会って、事情説明するから」

「ちょ……どういうこと？」

「んじゃ」

誠はそう言って歩き出した。

「ちょっと、まこっちゃん、待ってよ」

「なに？」

「なにって……どこ行くのよ」

「母が働いてる宿屋」

「え……おばさん……働いてるんだ……」

「それじゃ」

誠は再び歩き出した。

「ちょ……まこっちゃんってば！」

「なんだよ」

「私、どうすればいいのよ」

「勝手にすれば」

「え……ちょっとなに怒ってんのよ」

「きみさ、最初は僕からマシンを盗んでおいて、今度はこの失態だよ」

「え……」

「もう二度と帰れなかったかも知れないんだぞ！」

「まこっちゃん……」

「普通、置き忘れるか？　あり得ないよ」

「ごめん……」

「とにかくもう時間がないんだ。僕は母のところへ行く」

「じゃ……私も行く……」

「ふんっ……」

誠は怒っていた。今度こそ、もう終わりだと絶望していたからだ。

その理由が、置き忘れということに、腹の虫が収まらなかったのだ。

菜央は、トボトボと誠の後に続いた。

「こんにちは」

誠は「島屋」へ入った。

「おや、若旦那、いらっしゃい」

春が出迎えてくれた。

「母はいますか」

「ああ、おっかさんなら、たった今、帰ったところだよ」

「そうですか。では、これで」

「あ、ちょい待っとくれ」

「え……あの、時間がないんですけど……」

「余りもんだよ。取って来るからさ」

「はい……」

そして春は奥から、大根を一本持ってきた。

「はい、持っていきな」

「ありがとうございます」

誠は礼を言って、外に出た。菜央は、しょんぼりして待っていた。

「来いよ」

「え……」

「家に来いって」

「え……あ、うん！」

ほどなくして家に到着し、誠は中へ入った。

「ただいま」

「おかえり～誠、どこ行ってたのよ～」

「お母さん、僕、今からタイムマシンで平成に戻るから」

「えっ……えええ～～～！　やったわ～～帰れるのね～～！」

「いや……違うんだよ」

「え……なに？　なにが違うのよ」

「僕一人で戻るんだ」

「ちょ……え……ヤダ～～！　嘘でしょ～～！」

「嘘じゃないんだよ。僕じゃないとダメなんだよ」

「ちょっと～～！　ご母堂を置き去りにするでござるか～～！」

「いや、これなんだけどさ」

そこで誠はマシンを取り出した。

「おおお～～！」

「これね、試作品なんだ。んで、一人しか行けないんだよ」

「えっ……」

「それで、もう時間がないんだ」

「えええ～～ヤダ～～ご母堂も連れてって～～！」

「お母さん、約束するよ。僕がこれを作り直して戻って来るから、それまで待ってて」

「ヤダああ～～！　お母さん、一人になっちゃうじゃない～～！」

「一人じゃないよ」

「え……なに言ってるのよ～～！」

「いつまでも、そんなとこで突っ立ってないで、入れよ」

誠は外にいる菜央にそう言った。

「え……誠、誰なの？　え……もしかして宗ちゃん？」

「あはは、んなわけないだろう。ほら、入れって」

そこで菜央がやっと入ってきた。

「え……えええ～～～！　なっ……菜央ちゃんじゃない！」

「おばさん……こんにちは……」

「いやいや……こんにちはって……ちょっと菜央ちゃんどうしたのよ！」

「はぁ……」

「小井手、母を頼むよ。話は聞いてたよね」

「うん……」

「必ず戻って来るから。約束する」

「まこっちゃん……ごめんね……」

「もういいって。それじゃ、僕は行くから」

「誠おおおお～～必ず帰って来てよ～～待ってるから！　あ、それとお父さんにもよろしく言っといて！」

「うん、わかった」

　そして誠はタイムマシンのボタンを押し、あっという間に、和美と菜央の前から姿を消した。

「あああ……行ってしまった……誠おおお……」

「おばさん……私がいるから、元気出して」

「菜央ちゃん……うう……ううう……」

「おばさん……」

「菜央ちゃんがいてくれて、おばさん安心だわ～」

「まこっちゃんを信じて待ちましょう」

　――その頃、平成の世では……

「おおっ……やっと帰ってきた……」

誠は自室にいた。

「ふぅ〜〜……やれやれ……」

誠は部屋を出て階段を下りた。するとリビングには、義丸と小夜が座っていた。

「義丸さん、小夜ちゃん」

二人はその声に振り向いた。

「え……なっ……まっ……誠ではないかっっ！」

「ええええ〜〜！　誠でござるか！」

二人とも、地球がひっくり返るくらい、驚愕《きょうがく》していた。

「まっ……誠！　お主、戻って参ったのか！」

「うん、義丸さん、久しぶりですね」

「うう……ううう……誠、よう戻ったのう……」

「義丸さん、泣かないでくださいよ」

「わしは……わしは……お主が厠から戻らぬので……どれほど案じたことか……」

「その話は、ゆっくりしますね」

「誠……よう戻られた……よう戻られたのう……」

「小夜ちゃん、元気そうでよかったよ」

「ああ……誠も元気そうで……よかった……」

「義丸さん、石碑の伝言、よく気がついてくれましたね」

「ああ、菜央殿がテレビを観ておっての。それで知らせてくれたんじゃ」

「ぽこぽこ、わかりました？」

「あはは、わかったわかった。あの伝言は愉快じゃったの」

「義丸さんならわかってくれると思って」

それから三人は、積もり過ぎるほど積もる話を続けたのであった。

三十、義勝さま〜

「左様であったか……義勝が誠を間者と思うておったのか……」

三人はリビングのソファに座り、話をしていた。

「まあ、仕方がないですよ。義勝さんは悪くないですよ」

「誠……そう申してくれるか……かたじけない……」

「それで、宗範さんにも助けてもらいましたよ」

「おお、宗範か。あっ！　あやつ、ここへ参ったぞ」

「そうみたいですね」

「なれど……一瞬で消えおったぞ」

「宗範さんね、それがしは、もうこの世に別れを告げねばならぬ、とか言って、ここで義丸さんや小夜ちゃんに会ったこと、夢だと思ってたんですよ」

「左様か……そう思うのも無理はあるまい……」

「それで、それがし、このタイムマシンを完成させなきゃいけないんで、しばらく部屋に閉じこもりますけど、いいですか？」

「ああ、かまわぬ。誠……苦労をかけるの……」

「なに言ってるんですか。義丸さんと小夜ちゃん、早く寛永に帰してあげないと」

「かたじけない……」

小夜は、誠の苦労話を聞いていると、誠が寛永へ行く前の誠と、目の前にいる誠が別人に思えた。

「誠……」

小夜がそう言った。

「わらわは、そなたに詫びねばならぬ……」

「え……なにを？」

「わらわは、そなたを侮辱してしもうたゆえ……」

「え……ああ～～、あのことね」

「許してたもれ……誠……」

「そんな、いいって。もう忘れてたよ」

「左様か……」

「小夜殿、なにを申したのじゃ」

義丸がそう訊いた。

「わらわは、誠に『それでも男《おのこ》か』と……」

「あっ、そういえば、誠、そのことをわしに話してくれたの」

「はい、そうですね」

「小夜殿、気にすることはござらん。誠はそのような男《おのこ》ではないからの」

「はい……」

「あっ！　それと」

そこで誠は和美の話を思い出した。

「なんじゃ……」

「それがしの母ね、小夜ちゃんのお兄さんに会ったんだよ」

「ええっ！　兄上に？　それは……どういうことじゃ」

「それがしの母は『島屋』という宿で働いててね、そこにお兄さんが泊まったらしいよ」

「おお……左様であったか……」

「なんか、雪之丞って家臣も一緒だったみたい」

「左様か……雪之丞が兄に同行しておったのじゃな」

「それで、母はお兄さんと雪之丞さんが小夜ちゃんのこと心配してると知って、小夜ちゃんのこと話したらしいよ」

「おお……左様であったか……」

「でもやっぱり混乱してたみたいだよ」

「左様じゃの……想像に難くござらぬの……」

「さて、それじゃ、それがし部屋へ行きますね」

「誠、わしにも手伝えることがあれば、遠慮なく申せ」

「うん、ありがとう」

「誠……わらわも手伝うゆえ……申してくれの」

「ありがと」

そして誠は部屋へ戻った。


――その頃、和美と菜央は……


「それで、そっちはどうなの？」

和美が菜央にそう訊ねた。

「まあ、なんつーか、色々あったんですけど～」

「あっ！　そういえば、なんで菜央ちゃんがこっちに来れたのよ」

「ああ、それそれ、それですよ」

「なになに」

「まこっちゃん、なんか近所のおじさんに頼んで、石碑に文字を彫ってもらってたんですよ」

「え……石碑？」

「久佐城内に建ってる石碑があって、そこにメッセージを書いてもらったみたいなんです」

「え……誠、いつの間にそんな……」

「なんか、さっき、昨日の今日って言ってたから、昨日やってもらったんじゃないですかね」

「そうなんだ……へぇ～」

「んで、『誠の部屋に宝あり』って文言があって、それでピーンときちゃって。んで日付もあったし」

「え……宝って、タイムマシンのこと？」

「そうそう、そうなんですよ。まこっちゃんの部屋を調べたら出てきたんですよ」

「そうだったんだ。あっ！　誠ったら『いい案思いついた』って言ってたのよ。そっか、きっとそのことだったのね！」

「はい、そうですよ～」

「でもなんで、菜央ちゃんがその、石碑のこと知ったのよ」

「そのニュースを、ワイドショーがやっててね。それを偶然観たんです」

「へぇ〜、そうだったんだ」

「ん……ちょっと待ってくださいよ」

そこで菜央は、ふと疑問が湧いた。

「なによ」

「最初のタイムマシンは、どうしたんですか」

「ああ……あれ、壊れちゃったのよ」

「げ〜〜〜！　そうだったんですか」

「私さ、掃除機に吸い込んじゃってね。それで中で壊れてたのよ」

「ありゃ〜……ああ、だから石碑作戦ってわけか」

「そうみたいね」

「いやあ〜〜、まこっちゃん、やっぱり頭いいっすね〜〜！」

「そうよ〜〜！　そうなのよっ。だからきっとタイムマシンを完成させて、戻って来るわよ！」

「そうっすね〜〜！」

そして二人は「あははは」と、大声で笑うのであった。

翌日……菜央は和美にお金をもらい、着物を買うことにした。

町の通りへ着くと、菜央はまた「渡来人」として注目されていた。

「まったく～……渡来人じゃないっつーの」

菜央は立ち並ぶ店を見て、寛永をそれなりに楽しんでいた。

「えっと～……呉服屋、呉服屋はどこかな～」

そこで「義勝さまのお出ましよ～～」と女性の黄色い声が挙がった。

「え……義勝って、義丸さんの弟だよね」

菜央は声のする方へ向かった。

すると背の高いチョーイケメン男子が、こっちへ向かって歩いていた。

「げっ……マジっ？　めっちゃかっこいいじゃ～ん！」

菜央は女性群に混ざり込んで「義勝さま～～」と叫んでいた。

歴女の菜央は、自身が描いていた「イケメン若様」のイメージにぴったりの義勝に、一目惚れした。


「皆の者、変わりはござらぬか」

義勝は女性に囲まれ、そう言った。

「義勝さま～～今日はどちらへ～～？」

「私もお供させてくださいましな～」

「それなら私も～」

義勝の人気ぶりは、相変わらずすごかった。

「義勝さま〜〜！　私、菜央と言います〜〜！」

菜央が叫ぶと、義勝は直ぐに菜央を見つけた。

「おお……そなたが噂の渡来人であったか」

義勝は菜央に向かってそう言った。

「げっ……ああ……ソウデース。トライジンデース」

菜央は義勝と話したくて、わざとそう言った。

「左様か。よう参られたの」

「ハーイ」

「して、久佐はいかがでござるか」

「クザ〜ヨイデース」

「左様か。存分に堪能されるがよい」

そう言って義勝は、先へ行こうとした。

「あっ！　ちょっと……マッテクダサーイ」

「なんじゃ」

「ワタシ〜キモノホシイデース」

「ほう……着物とな」

「ソウデース」

「土産として買って帰ると申すのじゃな」

「ソウデース」

「左様か」

義勝は再び、先へ行こうとした。

「アノー、ミセニ、ツレテッテクダサーイ」

「店を知らぬのか」

「ハーイ」

「それは困ったの。あ、結衣《ゆい》」

そこで義勝は団子屋の看板娘である、結衣を見つけた。

「義勝さま～～なんにございますか～」

「この者を、呉服屋まで案内《あない》してくれぬか」

「はい～、義勝さまのお頼みとあらば、ぜひ、そうさせていただきます～」

「済まぬの」

「いえ～その代わり、また店にいらしてくださいまし～」

「ああ、承知した。では頼んだぞ」

「え……ちょ……ワタシ～～あの……義勝さま～、あああ……行っちゃった……」

「呉服屋は、こっちですよ」

結衣はそう言って、菜央を連れて行こうとした。

「ねーねー、義勝さんなんだけど、いつもああやってここに来るの？」

「あら……さっきと話し方が違いますね……」

「まあ、いいじゃん。それで、そうなの？」

「そうですねぇ。よく来られますけど」

「マジっ！　きゃ〜〜」

「え……まさか渡来人さん……義勝さまに一目惚れしたの……？」

「そうなのよ〜！　だって、チョーかっこいいじゃん！」

「げ〜〜……」

「ささっ、結衣さん、呉服屋教えて」

「え……あ……はい……」

そして菜央は結衣に案内され、呉服屋で一番安い着物と帯を買った。

それと小間物屋で、髪を括るための櫛と紐も買った。

「しっかし、義勝さんってかっこよかったなぁ。つか……義丸さんと全然似てないし。ぷっ」

菜央は家に帰る道すがら、そんなことを考えていた。


一方……

和美の家の前では義勝が立っていた。

「誠はおるか」

義勝は戸を開け、中をうかがった。

「留守か……。童《わっぱ》もおらぬようじゃな」

義勝は諦めて帰ろうとした。すると、当然、菜央と再会した。

「おお、先ほどの渡来人であったか。よい着物は見つかったのか」

「え……ええええ〜〜！　義勝さ〜〜ん！」

そこで菜央は、持っていた包みを落とした。

「なにをしておる」

「あ……いえ……」

菜央は急いで拾った。

「あの……義勝さん」

「なんじゃ」

「うちに用事でも……？」

「は……？　家とな……」

「はい、ここ、私とおばさんの家なんです」

「お主、先ほどと話し方が変わっておるの」

「ああ……ええ、まあ」

「わしは誠を訪ねて参ったのじゃが、留守のようじゃの」

「あ……まこっちゃんは……」

「まこっちゃん……?」

「ああ……誠さんは……はい、留守です……」

「左様か」

「えっと、伝えておきましょうか」

「いや、それには及ばぬ」

「若〜〜! 若っ。はあ〜……また勝手に城下へ……。困りますぞ」

そこに宗範が走ってきた。

「宗範か」

「若……ここは誠の家にございますが、なにゆえこちらに」

「いや、よいのじゃ」

「あ……あああ〜〜! まこっちゃんの部屋にいた家臣じゃ〜〜ん!」

菜央は思わずそう叫んだ。

「ぬ……ん……? ああっ、そなたは見知らぬ女子《おなご》!」

「あはは、ちゃんと戻ってたんだ」

「宗範、この渡来人を存じておるのか」

「渡来人……。なっ、お主、渡来人であったか!」

「いやいや、実は渡来人じゃないんですよ。私はれっきとした日本人ですっ」

「お主がここにおるということは……まっ……まさかっ……お主、のちの世から参ったのか！」

「あ……知ってるんだ。なら話が早いっす。そうなんですよ、私、のちの世から来たんです」

「なっ……なんと……」

「宗範……そちは何を申しておる」

「宗範！　わしの話を聞いておるのか！」

「え……ああ、若。ご無礼致しました……」

「のちの世とは……一体なんの話じゃ」

「え……それは……」

「宗範、そちは何か存じておるようじゃな。申せ」

「若……それは……」

「申せ！」

そしてこの後、菜央は義勝と宗範を家の中へ入れ「のちの世」について話をすることになった。

三十一、のちの世の話

菜央は、義勝と宗範に座敷へ上がってもらった。

「えっと……私、ここに来たばかりなんで、お茶とか無理なんですけど……」

菜央が済まなさそうに、土間でそう言った。

ただし菜央は、ほぼ、義勝に向けて言っていた。

「かまわぬ。そなたもここに座るがよい」

義勝がそう言った。

「そうですか！　は～い」

そして菜央も、座敷に上がって座った。

「それでじゃ、宗範。のちの世とは、なんのことじゃ」

「は……はぁ……」

「なにを隠しておる！　わしには申せぬことか！」

「いいえ……そうではござりませぬ。なんと申せばよいか……」

「ええいっ、煮え切らぬやつじゃ。渡来人、そちも存じておるようじゃの」

「あ……私、さっきも言いましたけど、渡来人じゃないんですけど……」

「ああ……左様であった。して……名はなんと申す」

「菜央です～～、菜央」

「菜央か。して、菜央よ、のちの世のことを申してみよ」

「えっとですね……義勝さまは、今から四百年後のこと、想像したことあります？」

「四百年後？　まさか。想像したこともござらん」

「結論から言うと、私、その四百年後から来たんです」

「なっ……なにを申すかと思えば、バカなっ！　あり得ぬ」

「やっぱり……。まあ誰でもそう思いますよね」

「若……」

　そこで宗範が口を開いた。

「なんじゃ」

「それがし……その四百年後とやらに……参ったことがござりまして……」

「は……？　あはは！　宗範、お主、妙な病にでもやられたか」

　義勝はあまりのことに、足を叩いて笑っていた。

「若……」

「宗範、わしを担ごうと思うておるようじゃが、もっとマシな策があろう。あはは」

「若……お聞きくださいますか……」

「宗範……まだ申すか」

「誠といい、童《わっぱ》といい、どう考えても妙なやつらにございましょう……」

「あ……まあの」

「若も、あやつらを間者ではないとお認めになりましたな……」

「左様じゃ。あんな間抜けな間者などおらぬからの」

「では、間者でないとすると、何者にござりましょう」

「何者とな……う〜ん……。まあ世の中には変わった人間もおろうが」

「ただの変人が、あのような奇妙な物を携えておるとお思いでござりますか」

「う〜ん……」

「若は、あのような道具を見たことがございますか」

「あるわけがなかろう」

「あれは……四百年後の武器にござります……」

「え……違うって！　武器じゃないって。宗範さんが持ってたのは、掃除機って言うの！」

　菜央が思わずそう叫んだ。

「正直……？」

　宗範が聞き間違えた。

「げっ……掃除機。そ・う・じ・き」

「掃除機とな……」

「ほら、ほうきのようなものだよ」

「ほうき……。するとなにか。掃除道具であると申すか」

「そうなの。だから武器じゃないのよ」

「菜央とやら……」

「なんですか～義勝さま～」

「そなたが四百年のちから来たとしよう。その目的を申せ」

「ああ……目的ね。私って歴史が好きなのですよ。えっと、日本のはるか昔のことが知りたくて、それで来たんですよ」

「ほぅ……」

「いや、最初はさ～、幕末へ行きたかったの。でも失敗しちゃって、小夜ちゃんの部屋に行ってしまったのよ」

「解せぬ……ますますもって、解せぬわ」

「ただいま～」

そこに和美が仕事から帰宅した。

「あああ～～～！　チョーかっこいい若様じゃないのでござるか～～」

「おお……童《わっぱ》か」

「あらヤダ、宗ちゃんも来てたのね～」

「む……宗ちゃん……？」

義勝は早くも引いていた。

「おばさん、おかえりなさい～」

「菜央ちゃん、どうしたの？　なんで若様と宗ちゃんがここにいるの」

「えっと～、のちの世の話をしてたんですけど、義勝さま、理解してくれなくて」

「あらら、そりゃそうよ～～」

そう言って和美も座敷へ上がった。

「それと若様っ！　私は童《わっぱ》じゃないでござるの！　女だし、誠の母上でござるの！」

「さ……左様か……」

「それで、のちの世の話にござる？　これは難しいでござるのよ～」

「あはは、おばさん、ござる、ござるって……あはは」

「あら菜央ちゃん。この言葉、宿でも受けたでござるのよ～」

「あはは、そうなんすね」

「それでさっ、小夜ちゃんのお兄さんにも受けたでござるのよ～」

「え……そなた、小夜と申したか」

義勝がそう訊いた。

「そうでござるよ～。なんかね、久佐城へ行った帰りに宿に泊まったのでござるよ。そこで話したのでござるのよ」

「孝宗殿……なにゆえ、このような者に小夜殿の話など……」

「だってさ～、お兄さん、小夜ちゃんのこと心配してて、それで私が話してあげたのでござるの」

「そちが小夜殿の話とな……一体なんの話をしたと申すか！」

「まあまあ、若様、落ち着いてでござるよ」

「申せ！」

「小夜ちゃんね、あ、もっと言えば、義丸さんもね、のちの世にいるでござるのよ」

「は……はあ？」

「それで元気に生きてるから、心配しなくていいでござるよ」

「解せぬ……わからぬ！」

「あっ！　そうでござるわ～～」

和美はそう言って、小さな机の引き出しを開けた。

「これこれ、これでごさるよ」

そこで和美は巾着袋を出した。

「これがいかが致した」

「これ、誠の持ち物なんでござるけど」

和美は中身を取り出した。

「こ……これはなんじゃ……」

「これ、携帯電話っていうんでござるんだけど」

そこで和美は電源を入れた。

「ほら、これ見て！」

そこには宗範の写真が画面に映し出された。

「なっ……これは宗範ではないかっ！　しかも笑うておる！　宗範、これは一体なんじゃ！」

「それが……四百年後の道具にございます……」

「なっ……なんとっ！」

義勝は写真をまじまじと見ていた。

「ああ、そうだわでござる！」

そこで和美は、誠が保存してあった平成の写真を見せた。それは、誠と菜央、和美と真紀、誠一郎と昭彦の六人が、誠の家の前で映っている写真だった。

「ああっ！　これは誠ではござらぬか。それに……童《わっぱ》も……。そして菜央も……。なんじゃ……これは……。この風景……見たこともござらん」

「あ、もう切るね。充電なくなっちゃうし」

そう言って和美は電源を切った。

「若様〜、こんな道具、ここにはないでしょ」

「……」

「これは四百年後の日本なの」

「からくりでは……ござらぬのか……」

「違いますよ」

「いや……まだ疑問が残っておる」

「なによっ」

「誠も……童《わっぱ》も、菜央も……いかようにして、ここへ参ったのじゃ」

「ああ、それはタイムマシンっていう道具を誠が作ってね」

「タ……？」

「タイムマシン」

「ほう……」

「そのマシンを使えば、行きたい時代へ行けるのよ」

「……」

「それでね、小夜ちゃんと義丸さんは、タイムマシンを使って四百年後に行ったってわけなのよ。わかってくれる？」

「兄上が、その道具を使うて、なぜのちの世へ行かねばならぬのじゃ」

「あ……それはきっと偶然だと思うわ。だから義丸さん、気がついたら来てたって言ってたよ」

「兄上……」

「小夜ちゃんは、私が連れて行ったの」

菜央がそう言った。

「菜央が……。菜央！　なぜ、小夜殿を連れ去ったのじゃ！」

「なんかね……義丸さんと結婚したくないって言ってて、それで連れてってくれって頼まれたの」

「なっ……なんということを……」

「でも、義丸さんと小夜ちゃんね、のちの世ですごく仲良くなって、もうアツアツよ！」

「アツアツ……」

「仲睦まじいってこと！」

「そうよね～デートなんてしちゃってさ～」

和美がそう言った。

「デ……デート……」

「逢い引きよっ」

「菜央ちゃん……それ意味が違うと思うんだけど」

「え……そうでしったっけ」

「逢瀬……？　の方がいいんじゃない」

「ええ～～逢瀬も同じじゃないですか～！」

「あら……そうだっけ」

「あははは」

二人は大笑いした。それを見ていた義勝も宗範も、ドン引きしていた。

「それで、若様」

和美がそう言った。

「なんじゃ……」

「誠はいま、のちの世に戻ってるの」

「え……」

「まあ、説明は省くけど、とにかく戻ってるのね。それは何でかというと、義丸さんと小夜ちゃんを、ここ、つまり寛永へ戻すためなの。それでタイムマシンを完成させるために戻ったのよ」

「完成……？　ん……？　タイムマシンとやらを、実際に使っておったのではないのか」

「ああ、使ってたのが壊れちゃったのよ」

「壊れたとな……。ならば誠はなにゆえ、のちの世へ戻れたと申すか」

「さっすが～若様、頭いいでござるぅ～」

「は……？」

「誠は、もう一つタイムマシンを作ってて、それを使って菜央ちゃんがここへ来たのよ」

「さ……左様か……」

「んで、そのタイムマシンで誠はのちの世へ行ったのよ」

「ならば……なぜそちたちは、ここに残っておるのじゃ」

「ひゃ～～更にあったまいいでござるね～～。そうなの。そのタイムマシンは一人しか使えないの。しかも完成してないやつだし。それを誠が完成させて、こっちへ戻って来るってわけ。義丸さんと小夜ちゃんを連れてねっ！」

「左様か……。なにやら、わかったような……わからぬような……」

「若様、そういうことなの。今まで黙っててごめんね」

「いや……」

「改めて自己紹介するね。私、誠の母で、須藤和美っていいます。よろしく」

「あ、私は誠さんの友達で、小井手菜央っていいます」


「のう……宗範……」

義勝が一呼吸おいてそう言った。

「はっ……若、なんでござりましょう」

「お主は、のちの世へ参ったと申したな」

「はっ……左様でござります」

「のちの世とは……いかなるところじゃ」

「いかなると申されましても……それがし、一瞬にござったゆえ……あまり覚えておらぬのでござります」

「左様か……」

「なれど、それがし、義丸殿と小夜殿を見たうえ、更に話も致しました」

「ほぅ、なんと話したか申してみよ」

「義丸殿は、宗範ではないか！　なぜここにおるのじゃ！　と大変驚いておられました」

「左様か……」

「義丸殿も小夜殿も、お元気にござりました」

「左様か……。あい、わかった。そちらの話は信ずることに致そう」

「さっすが〜〜！　若様でござるぅ〜〜」

「ほんと、マジかっこいいし〜〜！」


義勝は、狐につままれた様子だったが、これまでの誠や和美、更にここに来て菜央という不思議人物たちと遭遇し、妙な道具も見せられ、信じるしかないと思った。

他藩の仕業であれば、義丸と小夜が消えて何日も経つというのに、なんの音沙汰もないことを不思議に思っていたことも、信じる一因になったのである。

それでも義勝は、兄の義丸を案じずにはいられなかった。

ちなみに、義勝がなぜ、誠に会いに来たかというと、今一度、義丸の居所を聞くためだった。

もし誠が間者であれば、身分がばれたということで、とっくに久佐を出ているはずなのに、ここに残って暮らしていることが義勝には気掛かりだったのである。

三十二、覚醒

「ただいま～」

夜になり、誠の父親である誠一郎が仕事から帰宅した。

「誠一郎殿！」

そう言って義丸が誠一郎のもとへ駆け寄った。

「義丸くん、どうしたの？」

義丸の様子を見て、誠一郎は驚いていた。

「誠が……誠が帰って参ったのじゃ！」

「えっ！　ほんと？」

誠一郎はそう聞いて、急いでリビングへ行った。

「義丸くん、誠はどこ？」

「誠は、二階の部屋にござる。それで、タイムマシンを作っておるのじゃ！」

「ええっ！」

二階へ上がると誠の部屋の前で、小夜がトレーを下げようと立っていた。

「あ……誠一郎殿」

「小夜ちゃん、食事の世話をしてくれたんだね。ありがとう」

そう言って誠一郎は、ドアを開けた。


「誠！」

「あ、お父さん。おかえり」

誠は普段と同じように返事をした。

「おかえりじゃないって。誠、お母さんは？」

「ああ、実はね……」

誠は事の経緯を詳しく説明した。

「そうか。和美はまだ寛永にいるのか」

「うん。それでこれを完成させるために、僕は缶詰状態だよ」

誠はそう言ってタイムマシンを見せた。

「完成できそうなのか」

「うん。多分、大丈夫」

「多分って……」

「あはは、嘘だよ。絶対に完成させるからね」

「頼むぞ……」

「任せておいて。お母さんと小井手もそうだけど、義丸さんと小夜ちゃんを早く帰してあげないとね」

「そうだな。でもあまり無理するなよ」

「うん、わかってる」

「それで、菜央ちゃんのこと、小井手さんに話したのか」

「いや……まだ……」

「ちゃんと話さないと」

「うん、ひと段落ついたら話に行くよ」

「お父さんも行くからな」

「うん、ありがと」

そして誠一郎はドアを閉めて一階へ下りた。


「誠一郎殿、食事の用意が出来ておりますゆえ、召し上がってください」

小夜がダイニングで誠一郎の食事を用意していた。

「小夜ちゃん、ありがとう」

そう言って誠一郎は、椅子に腰かけた。

「誠一郎殿……」

義丸がそう言った。

「なに？」

「誠が帰って参ったというのに、あまり驚かないのでございますな」

「ああ～……そんなことはないけど、誠の元気な様子を見ただけでいいんだよ」

「左様でござるか……」

「いただきます」

そう言って誠一郎は手を合わせた。小夜が作った食事は、カレーライスだった。

「おお、これ美味しいよ」

誠一郎はカレーを口に含んで、そう言った。

「左様でございますか……ようございました」

「これ、義丸くんも食べたの？」

「左様にござる」

「小夜ちゃん、料理上手だね。いいお嫁さんになるよ」

「誠一郎殿……そんな……」

小夜は照れくさそうに頬を赤くした。

「誠一郎殿……」

義丸がそう言った。

「なに？」

「誠は……向こうで大変な目に遭うたのでござる」

「そうなんだ」

「さっきは申しておらなんだが、誠は間者と間違われて、蔵へ閉じ込められたそうじゃ……」

「ああ……そうなんだ」

「それに、和美殿は宿で働いておるそうじゃ」

「あはは、そうなんだね」

「誠一郎殿……心配ではござらぬのか……」

「いや、和美らしいなって、逆に安心したよ」

「左様か……」

「働く方が気が紛れるだろうし、それでいいと思うよ」

「誠一郎殿も……強うござるな……」

「ん？　そうかな」

「さすがお父上じゃ。肝が据わってござる」


それから誠一郎は食事を終え、誠と一緒に菜央の家へ行った。

菜央の母親である真紀は、誠が帰ってきたことに大変驚いていたが、菜央が向こうへ行ったことを聞いて、号泣していた。

誠は「必ず連れて帰る」と約束し、誠一郎も精一杯説明して、なんとか落ち着かせることができた。

たまたま……といっては何だが、父親の昭彦は海外出張で不在だったのが幸運だった。

小夜は、菜央がいないので誠の家に泊まるつもりだったが、真紀の落胆ぶりを聞くと放っておけず、菜央の家に帰ることにした。


そして翌日……

義丸は徳兵衛の家へ出向いた。

徳兵衛は快く受け入れてくれ、また体育館へ行った。

「あれから基礎は、続けてましたか」

徳兵衛が義丸にそう訊いた。

「はい、毎日、稽古をしておりました」

「そうですか。では、早速、見せてもらいましょうかね」

「あい、わかり申した」

義丸は竹刀を持ち「えぇ〜い！　えぇ〜い！」と勢いよく振った。

「ほほう……」

徳兵衛は感心して義丸を見ていた。

「徳兵衛殿、いかがにござりまするか」

「うん。いいでしょう」

「左様でござるか！」

「では、わしと交えましょう」

そう言って徳兵衛は、義丸と向かい合った。

「さあ！　打って来なさい！」

「参る！」

しばらく打ち合いは続いた。

「ダメダメ！　はいっ、そこ！」

「えぇ～い！　えぇ～い！」

「もっと足を踏み込んで！　ほら、面ががら空きですぞ！」

「えぇ～い！」

「小手！　小手を狙いなさい！」

「えぇ～い！」


一時間ほどが過ぎて休憩に入り、二人はその場に座った。

「義丸さん」

「なんでござるか」

「あなた、なかなかの腕前ですよ」

「え……左様でござるか！」

「もともと、素質はあったんじゃないですか」

「さ……左様か……わしに素質が……」

「これまで、ちゃんと気を入れて稽古してましたか？」

「いや……それは……」

「してなかったですね」

「仰せの通りじゃ……」

「もったいない」

「……」

「でもまだお若いですから、これからですね」

「左様か……」

「今日は、石田くんも呼んでありますので、後で交えなさい」

「おお……左様にござるか」

「石田くんを驚かせてやりなさい」

「あい、わかった！」

ほどなくして胴着に身を包んだ石田が現れた。

「先生、お声かけ、ありがとうございます」

石田が徳兵衛の傍まで走り寄ってきた。

「いえいえ、お忙しいのにすみませんね」

「なにを申されますか。それで、今日は、私の相手をしてくださるとか」

「はい」

「ありがとうございます」

石田はそう言って、深々とお辞儀をした。

「その前に……この子と一戦、交えてください」

「あ……はい……」

石田は、義丸など眼中になかった。

それもそのはず、前回は、相手にもならなかったからだ。

それでも石田は、徳兵衛との手合わせのためなら、義丸を相手するしかなかった。

はっきりいって、石田は義丸を舐め切っていた。

「では、義丸さん、石田くん、始めなさい」

そして二人は向かい合った。


義丸は一歩も動かず、石田の動きを捉えていた。

石田は前回と様子が違う義丸を、少しだけ警戒した。

すると石田は突然、前に踏み込んで面を狙ってきた。

義丸は小回りを利かせ、それを凌いだ。

石田は「あれ……?」という様子だった。

義丸はただ、石田の動きをじっと見ていた。

石田は再び、面を狙い、一気に前に踏み込んできた。

すると義丸は、低い背をもっと低くし、竹刀を横に倒しながら胴を狙った。

「えぇ～い！」

バシーン！

見事に胴が決まった。

「おお！　義丸さん、やりましたね」

徳兵衛はそう言って拍手していた。

「おお……わしの竹刀が石田殿の胴を……」

義丸は呆然としていた。

「くっ……」

石田はそう言って悔しそうにしていた。

「どうですか、石田くん」

徳兵衛がそう言った。

「は……はい……」

「やりにくかったでしょ」

「はい……」

「あんなに小さくなれらたら、面以外はなかなか打てませんよね」

「はい、仰る通りです」

「石田殿……お相手いただき、礼を申す」

「え……」

また石田は引いていた。

「石田くん、気にしなくていいから」

「あ……はい……」

「それでは、約束通り、私と交えますかな」

「はい、お願いします！」

そして義丸はその場に座って、二人の打ち合いを見ていた。

徳兵衛の無駄のない動きは、とても年を取っている者とは思えなかった。

徳兵衛は終始、石田を翻弄し、まさしく「相手」にならなかった。

徳兵衛の息は少しも上がっておらず、逆に石田は「ハアハア」と、肩を揺らしていた。

義丸は、時間を惜しむように、徳兵衛の動きから目を離さなかった。

これでござる……この動きでござる……

徳兵衛殿……まさしく、武士でござる……

ほどなくして三人は体育館を後にし、徳兵衛と義丸は、石田と別れた。

「徳兵衛殿……まことによい稽古をつけていただき、深く礼を申す」

「なんの。義丸さんは、覚醒しましたね」

「え……」

「これで大会では、いい成績を収められますよ」

「左様か……」

「あなたなら、できます。自信を持っていいですよ」

「左様か……左様か……ありがたき言葉じゃ……」

「わしはお世辞は言いませんのでね」

「徳兵衛殿……」

義丸は徳兵衛の言葉に、胸を打たれた。

そして、その言葉がさらなる自信に繋がったのであった。

三十三、嘉六と弥助

「は～い、いらっしゃいませぇ～」

菜央は「島屋」で働いていた。家にいても何もすることがなく、和美も菜央を一人にしておくのは心配ということもあり、春に頼み込んで働くに至ったのだ。

久佐は経済状態が良好で、城下町も大変賑わっており、他藩からも旅人が多く押し寄せるようになっていた。それにより、「島屋」も大繁盛していた。

「部屋は空いているかい？」

菜央が接客した二人の男性は、旅人だった。

「はい～空いてございます～。お客さん、運が良かったですよ。あと一部屋だけだったんですよ」

「ほう、そうかい」

「嘉六《かろく》さん、よかったねぇ」

嘉六と呼ばれた男性は、おそらく二十代と思われる若者だった。

「そうだね。あと一歩、遅れていたら、今夜は野宿だったねぇ、弥助《やすけ》さん」

弥助と呼ばれた男性は、おそらく三十代くらいの壮年だった。

「若旦那たち、足を洗ってくださいね～」

そう言って菜央は水桶を置いた。

「あいよ」

二人は上がり口に座って、足を洗っていた。

「あ、菜央ちゃん、お客さんでござるか～」

そこに和美がきた。

「はい～、今日、最後のお客さんです」

「あら～お兄さん方、どこからお越しでござるか～？」

「私たちは、江戸から参りましてねぇ～」

嘉六がそう言った。

「おお、江戸でござるのね～、まあ、遠いところから、お疲れさまでござるね～」

「ここは、よいお宿ですねぇ～」

弥助がそう言った。

嘉六と弥助の物腰は、とても柔らかかった。菜央も和美も、すぐに好印象を持った。

「では、こちらへ～」

そう言って菜央が部屋へ案内した。

「ただいま、お茶をお持ちしますね～」

「すまないねぇ」

嘉六がそう言い、部屋へ入った。

「はい、これ」

弥助は菜央に「心づけ」を渡した。

「え……いいですよ～」

「いいから、とっといておくれ」

「そうですか～すみません～」

菜央は遠慮なく受け取った。

「ひゃ〜〜やった〜」

そう言って菜央は炊事場に戻った。

「おや、菜央ちゃん、どうしたんだい？」

春がそう訊いた。

「これ、もらっちゃったんですよ〜」

菜央は小さな包みを差し出した。

「あら、よかったねぇ。なんと気前のいいお客だろうね」

「菜央ちゃん、よかったでござるな〜」

「あ、これでおばさんに、なにか買ってあげます」

「なに言ってるでござるのよ〜、自分の簪《かんざし》でも買うでござるよ」

「ほら〜菜央ちゃん、これ持っていきな」

そう言って春が、お茶が入った湯飲みを二人分出してくれた。

「は〜い」

菜央はそれを受け取り、部屋へ戻った。

そして菜央が声をかけようとした時だった。

「弥太郎《やたろう》殿。どのようにお調べいたしますか」

「慌てるでない、嘉右衛門《かえもん》」

「それにしても久佐が、これほど栄えておるとは、驚きにございましたな」

「左様じゃの。我が牧田藩とは、えらい違いであるの」

部屋の中から、弥太郎、嘉右衛門という二人の人物の話し声が聴こえた。

菜央は不思議に思い、声をかけるのに戸惑った。


カタン……

そこで湯飲みを乗せた盆の音がした。

げ……しまった……

「誰かいるのかねぇ」

そう言って嘉六が障子を開けた。

「おや、さっきの娘さんじゃないかい」

「あ……あの～お茶を持って参りました～」

「そうかい、入っておくれ」

菜央は盆を持って中へ入った。

「どうぞ～こちらに置いときますので～」

菜央は盆ごと畳の上に置いて、部屋を出ようとした。

「娘さん、ちょっと待っておくれ」

弥助が引き止めた。

「は……はい？」

「あんた、いつからそこにいたんだい？」

「えっ……たった今、たった今ですけど」

「ふ〜ん、そうかい」

「では、直ぐに夕餉《ゆうげ》の支度をしますので〜」

「ご馳走を出しておくれよ」

「はいっ！　もちろん合点承知！」

「あはは、おもしろい娘さんだねぇ」

菜央は慌てて部屋から出て、炊事場に戻った。


「おばさん、ちょっと」

菜央は和美を呼んだ。

「どうしたの、菜央ちゃん」

「あの……さっきのお客さん、なんか変なの……」

「え……？　変ってなに」

「私がお茶、持って行ったでしょ」

「うん」

「その時、部屋の中から話し声が聞こえたんだけど、なんか、ここに来た時と話し方が変わってたんですよ」

「え……どういうことよ」

「なんか、武士みたいな話し方になってて、それで久佐がどうとか言ってました」

「そうなんだ……なんだろね」

「ちょっと怪しくないですか……」

「わかった。ご飯支度する時、私も行くから」

「はい、そうしてください」


ほどなくして夕餉《ゆうげ》の支度が整った。

菜央と和美は、お膳を弥助と嘉六の前に置いた。

「さあ～どうぞ召し上がれでござるよ～」

「姐さん、ありがとねぇ」

嘉六がそう言った。

「あらやだ、姐さんだって～。そんなこと言われたの何年振りでござるかな～」

「それにしても、姐さんの言葉は、おもしろいねぇ」

「そうなのでござるのよ～、この言葉、受けてるでござるよ」

「そうかい」

「ところで……若旦那たちは江戸からお越しになったでござるのよね」

「そうだよ」

「やっぱり江戸の若旦那は、粋でござるねぇ～」

「そうかねぇ」

「なんか、芝居とかやってるでござる？」

「いや……芝居はやってないねぇ」

「へぇ～じゃ、なんの仕事やってるでござる？」

「んんっ……」

そこで弥助が咳払いをした。

嘉六は弥助に目配せされ、そこで話を終えた。

「あらあら、私ったら、余計なことを聞いちゃったでござるね。さ、召し上がってでござるよ」

そこで和美は菜央を連れて、部屋を出た。


「おばさん、どう思いました？」

「う～ん、よくわからないけど、弥助って人、咳払いしたよね」

「そうなんですよ」

「あれって、確かに変よね」

「なんか、色々と突っ込まれたくないって感じでしたね」

「まあ、もう少し様子を見るしかないよね」

そこで二人は、後戻りして、弥助と嘉六にばれないよう、障子の陰で聞き耳を立てた。

「おお、これはなかなか上手い夕餉《ゆうげ》じゃのう」

弥助がそう言った。

「左様にございますな」

「嘉右衛門、あまり余計なことを申すでないぞ」

「はっ。申し訳ございませぬ」

「それがしたちは、あくまでも旅人であるゆえ、しかと心得よ」

「ははっ」

会話を聞いた和美と菜央は、顔を見合わせ驚愕していた。

「ちょ……おばさん……」

「やっぱり、怪しいよね……」

「どうします……？」

「あ……菜央ちゃん」

「なんですか」

「ちょっと頼みがあるんだけど」

「え……なんですか」

菜央は和美に「あること」を頼まれ、急いで家へ帰った。

三十四、動画作戦

弥助と嘉六は夕餉《ゆうげ》を食べ終わり、和美と菜央は、寝床の準備をしていた。

「お布団、敷くでござるよ～」

そう言って和美は押し入れから布団を取り出していた。

「菜央ちゃん、この枕、そっちね～」

「は～い」

和美と菜央は、出来るだけ平静を装っていた。

「若旦那～今夜は月が綺麗にござるよ～、ほら、見てごらんでござるよ～」

「そうかい。どれどれ……」

嘉六はそう言って夜空を見上げていた。

「ほんとだねぇ。綺麗なお月さまだ」

「そっちの若旦那も、見たらいいでござるよ～」和美は弥助にもそう言った。

「そうかい……」

弥助は仕方なく空を見上げた。

「菜央ちゃん……今だよ」

和美は小声で菜央にそう言った。

「わかった……」

菜央は弥助たちの荷物を確認しようとしたが、振り分け荷物は紐で固く括られており、どうすることもできなかった。

「おばさん……無理だよ……」

「そっか……それなら仕方ないね」

「お姐さんがた、なにをコソコソしてるんだい」

弥助がそう言った。

「ええ～～コソコソなんてしてませんでござるよ～」

「そ……そうそう、荷物をこっちに移動させようとしてただけなんですよ」

菜央がそう言って、振り分け荷物を持った。

「お主、触るでない！」

弥助は「しまった」という表情を見せた。

「あ……いいから、そこへ置いといてくれないかい」

弥助は直ぐに言い直した。

「あ……はい……」

菜央は直ぐに荷物を置いた。

「さっ、お布団も敷いたし、菜央ちゃん、行くでござるよ。若旦那たち、ゆっくりお休みになるでござるよ～」

　そして和美と菜央は、部屋を出た。


「おばさん……やっぱり怪しいですよね」

「そうね。これはやっぱり、携帯の出番だわ。菜央ちゃん、貸して」

「あ、はい」

　和美が菜央に頼んだのは、誠の携帯電話を持ってくることだった。

　菜央は懐から誠の携帯電話を出し、和美に渡した。

「おばさん、これでどうするんですか」

「いいから……きっとチャンスはあるはずよっ」

　それから和美と菜央は、今日の仕事を終え、家へ帰る……フリをした。

「おばさん、どうするの」

「これで決定的瞬間を撮ってやるのよ！」

「え……」

「動画よ、動画」

「えっ、でも、見つかったらどうするんですか……」

「その時は、その時よっ」

　そして和美と菜央は、宿の裏口から中へ入り、弥助たちが眠る部屋へ静かに近づいた。

「あ……まだ、行灯点いてるね」

和美がそう言った。

「ヤバイんじゃないですか……起きてますよ」

「菜央ちゃんは、誰か来ないか見張っといて」

「あ……はい」

そして和美はほんの少しだけ、障子を開けた。

「弥太郎殿、して、城へ上がるには、いかようになさるお考えにございますか」

「ふふっ……嘉右衛門は、まだまだ若いのう」

「と……申されますのは……」

「わざわざ城へ上がらずともよい」

そこで和美は携帯の電源を入れ、動画を撮り始めた。

「どうなさるおつもりですか」

「それがしの考えは、城下にて噂を流そうと思うておる」

「噂……にございますか」

「我ら牧田藩にも、届いておろうが」

「はっ」

「義丸殿が逃げて姿を消した……となし
「左様にございます」

「どうやら久佐の領民は、義丸殿が逃げたことは知らぬようじゃし、これが知れ渡ってみぃ。領民は大騒ぎになろう」

「はっ」

「久佐の屋台骨を揺るがす、絶好の機会ではないか」

「左様にございます」

「まあ、それがしが城へ上がらずとも、向こうから出て来よう。領民の暴動でな……くっく……」

「噂が広まった時……それがしたちはここにはおらぬ……という算段にございますな」

「左様じゃ。嘉右衛門、くれぐれも……それがしたち……旅人でござるぞ。よいな」

「ははっ。しかと心得てございます」

和美はそこで電源を切った。そして菜央を連れ、裏口へ走った。


「ちょ……おばさん、どうなったの？」

和美は返事をせず、菜央の手を引いて全速力で家まで走った。

「ハアハア……げ〜〜……こんなに走ったの何年振りかしら……ハアハア……」

「おばさん、大丈夫？」

「菜央ちゃん、急いで家に入るよ」

そして二人は中へ入り、心張り棒を戸口にあてた。

「おばさん……どうだったの」

「菜央ちゃん……あの二人、間者よ」

「ええ〜〜間者！」

「ちょ……行燈に灯を入れるわね」

そう言って和美は、座敷へ上がり灯を点けた。

「おばさん、間者ってどういうこと？」

菜央も座敷へ上がった。

「あいつら、義丸さんが逃げたって、噂を流すらしいよ」

「げ〜〜〜」

「確か……牧田藩とか言ってたな……」

「あ……そうそう！　私がお茶を持って行った時も、そう言ってましたよ！」

「噂を流して、久佐を潰すつもりらしいよ」

「なに〜〜それっ！」

「ぬぬぬ……あやつら許せぬわ！」

「ちょ……おばさん、侍になってますよ」

「あ……あらヤダ……あはは」

「あはは、じゃなくて……」

「ねぇこれって、どうしたらいいと思う？」

「そうですねぇ……あっ！　義勝さまに知らせるとか？」

「おおお！　それだっ！」

「きゃ～～義勝さまに会えるんだわ～」

「イケメン王子～～」

「え……おばさんも義勝さんのファンなの？」

「ファンっていうか……かっこいいじゃーん」

「そうなんすよ！　もう～～私、一目惚れしちゃって～～！」

「ヤダ～～菜央ちゃん、はっきり言うのね～～！」

ドンドンドン！

そこで隣の家から壁を叩く音がした。

「静かにしろってんだ！」

そして怒鳴り声が聞こえた。

「げ……やっぱり壁が薄いと、こうなるよね……」

和美がそう言った。

「ですね……」

「さて、寝るか。んで、朝一番でお城へ行こう」

「はい、わかりました」

そして翌朝、和美と菜央は、急いで城へ向かった。

「島屋」の前を通ると、もう朝餉《あさげ》の支度をしているのがわかった。

「おばさん……春さんに言わなくていいんですか」

「久佐の一大事になるかも知れないのよ。今はそれどころじゃないわっ」

「はい、そうっすね」

やがて和美と菜央は城門のところまできた。

そこには番兵が二人、立っていた。

「あいや、待たれよ」

和美たちが中へ入ろうとすると、番兵に止められた。

「その方たち、どこへ行くつもりじゃ」

「あの、義勝さまに用があるんでござるのよ」

和美がそう言った。

「義勝殿に？　して、なに用じゃ」

「あんたさ、私、覚えてない？」

「ん……？」

「ほら、誠って男の子と、ここを追い出された童《わっぱ》でござるよ」

「あ……ああ。あの時の」

「そうそう。だから中へ入れてでござるよ」

「バカなっ！　追い出されたやつが中へ入れるわけがなかろう」

「急用なのっ！　ごちゃごちゃ言ってないで、さっさと入らせるでござるよっ！」

「ならぬ！」

「じゃあさ、義勝さん呼んで来てよ」

「なにっ！　無礼者め！　身分を弁えよ！」

「あっ！　だったら宗ちゃん呼んで来てよ」

「むっ……宗ちゃん……？」

「宗範さんよっ、宗範さん」

「なにを気安う申しておるか！」

「いかが致した」

　そこに家臣の茂松が通りかかった。

「あああ～～！　茂松っ！」

　和美がそう叫んだ。

「ぬっ！　お主、童《わっぱ》ではないか！」

　茂松は、和美を蔵へ閉じ込めた時、和美に上から目線で文句を言われた相手であった。

「茂松さん、義勝さんに用事があるんでござるの。中へ入れてほしいでござるのよ」

「若に用とな……」

「久佐にとって大事なことでござるのよ」

「お主……また変な策を講じておるのじゃな」

「だから〜〜違うんだってばっ！　義勝さんはもう友達なのっ！　宗ちゃんも！」

「む……宗ちゃん……」

「もうそんなことは、いいでござるから、義勝さんに会わせてでござるのっ！」

「中へ入れるわけにはいかぬ。お主ら、そこで待っておれ」

「呼んで来てくれるでござるか？」

「童《わっぱ》が、とち狂うておると報告せねばの」

「うんうん、それでいいでござる。狂うておると言うでござるよ！」

そして茂松は城へ入って行った。

「おばさん……とりあえずよかったですね」

「はあ〜〜まったく〜〜、面倒臭いったらありゃしないでござるわっ！」

番兵二人は、和美と菜央を取り逃がさないよう、和美たちを挟む形で立っていた。

ほどなくして、義勝と宗範と茂松が城門へやってきた。

「若様〜〜！　朝早くから、すみませんでござるよ〜〜」

和美がそう言った。

「きゃ〜〜〜！　義勝さま〜〜〜」

菜央もそう叫んだ。

「お主ら……一体こんな早くからいかが致した」

義勝がそう訊ねた。

「若様、大変でござるのよ」

「なにがあったか、申せ」

「なんかね、牧田藩の間者が久佐を潰そうと企んでいるでござるのよ」

「なっ……牧田の間者となー！」

「ほら、私と菜央ちゃん、島屋で働いでるでしょ。そこに間者が泊まってるでござるのよ」

「ほぅ……、して、なにゆえ間者とわかったのじゃ」

「ああ、これこれ、これを見るでござるよ」

そこで和美は、動画を再生した。動画を見た義勝、宗範、茂松は、愕然としていた。

「牧田め……よくも……」

義勝は拳を握りしめていた。

「若っ……いかが致しましょう」

宗範がそう訊いた。

「噂を流す前に、ひっ捕らえよ！」

「ははっ」

そして宗範と茂松は、城へ戻って行った。

「和美、よう知らせてくれた」

義勝が和美に礼を言った。

「そんな〜〜！　若様のため、久佐のおんためにござるよ〜〜。それに義丸さんは逃げたんじゃないし、生きてるし〜〜！」

「バカめっ！　口を慎め」

当然、番兵たちは、義丸が平成へ行ってることなど知らない。

「あ……ああ……すみませんでござるぅ〜」

「まあよい。して、お主たちはすぐに宿へ戻るがよい」

「はいっ」

「よいか、くれぐれもわしらの動きを悟られるでないぞ」

「わかりましたぁ〜でござるぅ〜」

そして義勝は城へ戻った。

義勝と和美が話している間、菜央はずっと義勝に見惚れていた。

「ああ〜〜……義勝さま〜〜なんて素敵なんだろう……」

「ちょ……菜央ちゃん、帰るわよ」

「あ……ああ、はい」

そして和美と菜央は、宿へ向かった。

三十五、牧田の間者

ここは久佐城内、義勝の部屋……


「のう、宗範」

「はっ、若。なんにござりましょう」

「お主、どうもおかしいと思わぬか」

「と……申されますのは……」

「兄上がおらぬことは、城内の限られた者しか知らぬことであろう」

「ははっ、左様にござります」

「なにゆえ……牧田が存じておるのじゃ」

「そっ……それは……それがしにも、わかりませぬ」

「のう……宗範」

義勝は、宗範に顔を近づけるよう、手招きした。

「はっ」

「わしは、城内に牧田の間者が潜り込んでおるのではないかと、疑うておる」

「なっ……左様にござりましたか……」

「宗範」

「はっ」

「宿に泊まっておる牧田の者どもを捕らえ、間者と疑わしき人物を、早急に探し出すのじゃ」

「ははっ」


宗範は茂松を従えて、すぐに「島屋」へ向かった。

「いらっしゃいまし〜」

宗範と茂松を和美が出迎えた。

「すまぬが、検《あらた》めとうことがござるゆえ、中へ入らせてもらうぞ」

「はい〜どうぞでござるよ〜」

和美はそう言ったものの、どこかしら顔色がさえないように宗範と茂松には映ったが、すぐに上がった。

「あら〜宗範さまじゃありませんか。なにか御用ですか」

そこに春がきた。

「ちと知り合いがおっての」

「左様でございますか。で、どなたです？」

「弥助と嘉六じゃ」

「ああ〜〜……その若旦那たちでしたら、少し前に出て行かれましたよ」

そこで宗範は和美を見た。和美は、申し訳なさそうに宗範を見返した。

「左様であったか。承知した。参るぞ、茂松」

「はっ」

そう言って宗範と茂松は宿を出た。

「宗ちゃん……」

和美が外に出て、宗範に声をかけた。

「和美殿、どういうことじゃ」

「ごめんね。私、追いかけようとしたんだけど、ちょうどお客さんが来たところでね。それで……」

「左様か。わかった。茂松、まだ遠くへは行っておらぬはずじゃ。通りを探すぞ」

「ははっ」

そして宗範と茂松は走り去って行った。

「茂松。牧田のやつらは、噂を流すのが目的じゃ。ならばこの通りで流すに相違ござらん。店の中、裏通りまで、くまなく調べよ」

「ははっ」

「わしは向こうを探す」

「承知いたしました」

宗範と茂松は、それぞれ手分けし、別方向に歩いて行った。

宗範が歩いてしばらくすると、動画で見た人物が、物陰で女性と話をしていた。

その女性は後ろ姿で、誰だか確認できなかった。

「なっ……あやつらめ、こんなところに潜んでおったか……。して……あの女子《おなご》は、誰じゃ……」

弥助は、その女性に何かを手渡していた。

「むむっ……なにを渡しておるのじゃ……」

女性は渡された物を、懐にしまっているようだった。

そこで女性は向きを変え、宗範は顔を見た。

「なっ……あれは……」

女性は久佐の侍女、雪であった。

「なっ……雪ではござらぬか……なにゆえ……牧田のやつらと……。そっ……そうか！

牧田の間者は雪でござったのか！」

宗範は雪の後をつけようか、弥助たちを捕らえようか迷った。

雪はまだ、自分が間者だとばれておらぬと思うておるはずじゃ……

さすれば雪は、城へ戻るはずじゃ……

宗範はそう考え、弥助たちの後をつけることにした。

雪はというと……

弥助から受け取った紙を、通りの店ごとに黙って置いていた。

中には「これは、なんだね」と店主から問われたが「読んでください」とだけ告げ、素早く店を後にしたのだった。

その紙には、「久佐の若君、義丸殿は、久佐を捨て領民を捨てて逃げた。事実を確かめよ」と書かれてあった。

それを読んだ店の者、また店に来た客や、通りを往来する者に、あっという間に広がってしまったのだ。

「ちょっと、なによ、これ」

紙を見た結衣も例外ではなかった。

「ほんとかねぇ」

結衣の母親がそう言った。

「義丸さま、久佐を捨ててって……。おっかさん、これ、一大事じゃないの？」

「本当なら一大事だけどさ」

「確かめた方がいいんじゃないの」

「でもねぇ……義丸さま、そんなことするかねぇ」

「だって、義丸さまって、あんな感じじゃない。いつも下を向いててさ。時には泣いたりしてさ」

「そうだけどねぇ」

「いや、私も反省はしたのよ。もうからかっちゃいけないって。だけど、のちの殿様よ？　そのお方が久佐を捨てて逃げるなんて、酷すぎない？」

「まあねぇ」

　結衣だけではなく、久佐の領民にとって紙に書かれてあったことは、ある程度……というか、かなり信憑性があった。それだけに、噂はあっという間に広がり、次第に城下は、この噂で持ち切りになっていた。

「ちょ……おばさん、大変なことになってるよ」

　買い出しから宿に帰ってきた菜央が、和美にそう言った。

「うん、私も知ってる」

「どうするの……？　なんか、中には『城へ行って確かめろ！』とか言ってる人もいたんだけど……」

「ヤバイわね……」

「実際、義丸さんいないし……バレちゃうよ……」

「よーーしっ！　ここは動画で屈服させるしかないわね」

「え……」

「義勝さんさ『ひっ捕らえよ！』って言ってたじゃない。んで、弥助と嘉六に動画を見せて、噂はデマだってこと、町人の前で言わせるのよ」

「ああ、そうですね。それがいいかも」


和美は春に「お酒を買うのを忘れた」と言い、菜央を連れてそのまま宿を出た。

そして急いで家に帰り、携帯を持って通りへ急いだ。

通りでは相変わらず、「若君が久佐を放って逃げた」との噂が飛び交っていた。

そして多くの領民が、城へ向かっていたのだ。和美と菜央も、急いで城へ向かった。

城門の前では、「殿〜〜！　若君は逃げたのですか〜〜！」と叫ぶ者もいた。

「下がれっ！　下がれと申しておろうが！」

番兵は領民たちを押し返すのに、難儀していた。

「若様が逃げたって本当か！」

一人の領民が番兵に訊いた。

「そのようなことは、ござらんっ！　えぇいっ！　下がれと申しておろうが！」

「じゃあ、若様を連れてきておくんなさいよ！」

「無礼者！　その方ら、身分を弁えられよ！　これは直訴なるぞ！　事と次第によっては磔《はりつけ》獄門であるぞ！」

番兵がそう言ったことで、領民は黙った。

「なに言ってやがんでぇ！　こちとら若様はおられるのかって聞いてるだけでぇ！」

そう言ったのは、石工の甚六だった。

「おじさん！」

菜央は甚六を見付けてそう言った。

「おお、渡来人じゃねぇか」

「いや……まあいいや。おじさん、お城の人を困らせないでよ」

「なに言ってやがんでぇ」

「ここで騒いだって、どうにもならないでしょ」

「そんなこと言ったってよ、若様が逃げたってのは、いただけねぇやな」

「あんなの嘘に決まってんじゃん」

「え……噂は嘘だってのか」

「そうよ。嘘なの！」

「なんでお前が、そんなこと言えるってんだ」

「噂っていうのは、大概が嘘なの。じゃあさ、もしここで、若君が『なんの騒ぎであるか』って現れたらどうすんのよ」

「それはそれでいいじゃねぇか」

「げ〜、それって若様、傷つくと思うんだけど〜」

「……」

「悲しむよ？　領民に逃げた若様って言われてさ〜」

「菜央ちゃんの言う通りでござるよ〜」

和美がそう言った。

「う〜ん……」

「うーんもへったくれもないでござるのよっ！　ここは、みんな帰るべしっ！」

「まあ、言われてみればそうだ。おい！　みんな。ここは一旦帰ろうじゃねぇか。こんなことでよ、磔になんぞなりたかねぇだろ」

甚六は、みんなにそう呼びかけた。

「磔は勘弁だな」

「まあ、帰るか」

領民たちは口々にそう言い、城門から去って行った。

けれども町の通りでは、騒ぎは収まっていなかった。


その頃、宗範は……

「おい、その方たち」

宗範は、弥助と嘉六に声をかけた。

「はい〜、なんでございますかねぇ」

弥助がそう言った。

「ちと、訊きたいことがござる。それがしと来てくれぬか」

「なんの用かねぇ……私たちは旅の者なんですけどねぇ」

　嘉六がそう言った。

「つべこべ申すな」

　宗範は二人に警戒させぬよう、できるだけ物腰柔らかくそう言ったが、既に鯉口を切っていた。そこに茂松も走ってきた。

「宗範殿」

　茂松も既に鯉口を切っていた。

　武士である弥助と嘉六は、それを見抜いていた。

　けれども二人は刀を持っておらず、対応に苦慮していた。

　次第に四人の間に、ただならぬ空気が流れていた。

「その方ら……妙な真似はせぬことじゃ」

　宗範がそう言った。

「妙な真似って……ねぇ……弥助さん」

「そうだよ。なにを仰ってるのかねぇ……」

　そこで弥助が、振り分け荷物を宗範に投げて逃げようとした。

「待てっ！」

　宗範と茂松は刀を拭いて、斬り掛かろうとした。

「ああ～～！　宗ちゃん！　ダメ～～！」

そこに和美たちが駆け寄り、宗範を止めた。

「なっ……和美殿」

「なにも斬ることないでござるよ」

茂松は弥助と嘉六が逃げないように、刀で威嚇していた。

「それよりさ、証拠があるじゃないのでござるよ」

「ああ……」

宗範は動画のことを思い出した。

「これをこいつらに見せて、町人の前で『嘘でした』って言わせればいいのよっ！」

「なるほど」

「証拠ってなんなのさ」

弥助がそう訊いた。

「ふんっ！　あんたたちの悪巧みは、全てこの中に納まってるでござるの！」

「悪巧み……？　人聞きが悪いねぇ……」

「嘘をお言い！　あんたたち弥太郎と嘉右衛門でござるでしょ！」

「なっ……その方……宿の勤め人であったはず……」

「そうよっ！　必殺勤め人でござるのよっ！」

「必殺……。その方、忍びの者であったか……」

「忍んでない忍び人よっ」

「おばさん……もうその辺で……」

菜央がそう言った。

「ああ……そうね。じゃ宗ちゃん、こいつら頼んだでござるよ」

そして茂松が二人の手を後ろに括って捕らえた。

「宗範、宗範！」

そこに義勝が息せき切って走ってきた。

「若っ！」

「おお、捕らえたか。ご苦労であった」

「はっ」

「では、早速、城へ連れて参れ」

「ははっ」

義勝がそうは言ったものの、町人はどっとこの場に押し寄せ「若君は逃げたのですか！」と問いただしていた。

「そうではござらん。兄上は城内にござる」

義勝はそう言ったが「連れてきてください。噂は嘘だったと証明してください！」と更に、迫られていた。

「近いうち、城下へ参ると兄上は申しておいでじゃ」

義勝はそう言った。

「近いうちっていつですか！　今日じゃダメなんですか！」

「なによ～、義勝さまが嘘を言うわけないでしょ～～」

「うるせぇ！　いるなら来れるだろうよ！」

「義勝さまの言うことを聞きなさいよ！」

……と、町人の間で義勝ファンの女性群と、特にそうではない男性群とで言い争いになっていた。

「あいや～～静まれ、静まれぇぇい！」

そこで和美が大声を挙げた。

「この紋所が目に入らぬかぁぁ～～！」

そう言って和美は懐から携帯を取り出した。

町人たちは、呆気にとられてその様子を見ていた。

「ただいまより、この弥助と嘉六が嘘の噂を流そうとした証拠を見せるでござる～～！

皆の者、頭《ず》が高いぃ～～！」

「いや……おばさん、頭を下げたら見れないよ……」

菜央がそう言った。

「あ……そっか。ええ～～頭《ず》はあげてよい～～」

「なんだよ！　早く見せろ！」

町人の男性がそう言った。

「よいか！　よく見るのじゃ～～」

そう言って和美は、携帯を町人たちにかざし、動画を流した……つもりだった。

「なんだよ～～なにも見えないぞ！」

「早く見せてよ！」

町人は、口々に不満を漏らした。

「あれ……おかしいな……」

和美は携帯を確かめた。すると、なんと電池切れになっていたのだ。

「おばさん……どうしたのよ」

「ちょ……嘘でしょ。肝心な時に……充電がなくなってる……」

「げ～～マジっすか！」

弥助と嘉六は、ほくそ笑んでいた。

「まったく～～！　なにやってんだよ！」

和美は町人たちから、非難ごうごうを浴びた。

「義勝さま！　早く義丸殿を連れてきてくださいよ！」

「そうだ！　いるなら連れて来れるはずだ！」

「どうなんだ！　義勝さま！」

義勝は、あっという間に町人に追い詰められたのだった。

三十六、別れ

「ふぅ〜……できた」

誠は三日三晩、一睡もせずに、やっとタイムマシンを完成させたのだ。

「あ〜あ、疲れたぁ……」

誠は背伸びをし、立ち上がって身体を解した。

「さて……持って下りるか」

誠はタイムマシンを手にして、一階へ下りた。

「誠！　食事ができておるぞ。わしが作ったのじゃ。食べてみよ」

義丸がキッチンに立ち、ちょうどそうめんが出来上がったところであった。

「義丸さん、ありがとう」

「なんの。誠の苦労に比べたら、わしのそうめん作りなど造作もござらん」

「義丸さん」

「なんじゃ」

「できましたよ」

「え……」

「タイムマシンが完成しましたよ」

「なっ！　誠！　それはまことか！　ほんに完成したと申すか！」

そこで義丸はキッチンから出て、誠のもとへ走り寄ってきた。

「そうなんですよ。やっとできました」

「誠おおおお〜〜〜！」

そう言って義丸は、誠に抱きついて喜んだ。

「これで帰れますね」

「ああ！　帰れる！　帰れるの！」

「よ……よかった……」

そこで誠は倒れた。

「ああっ！　まっ……誠！」

誠はマシンが完成して安心したせいか、疲れがどっと誠の身体を襲っていた。

「誠！　しっかり致せ！」

義丸は小さな身体で誠を必死に抱え、ソファに寝かせた。

「このままではいかん。えっと……そうじゃ、タオルケットとやらを……」

義丸はそう言って、誠の部屋へ行きタオルケットを持って戻った。

「誠……しっかり致せよ……」

そして誠にタオルケットを掛けてあげた。

今は、既に夜になっていたので、小夜は菜央の家に戻っていた。

「誠一郎殿も、まだ仕事であるゆえ……どうしたらよいのじゃ……」

義丸は誠の傍から離れなかった。

そしてタイムマシンが床に落ちているのに気がついた。

義丸はそれを大事に拾って、画面には決して触れないようにして、リビングのテーブルに置いた。


「う……うう……」

それから一時間ほどが経ち、誠がうなされていた。

「誠……大丈夫か。わしじゃ、聞こえるか」

「うう……戻してあげないと……義丸さんを……戻してあげないと……」

「誠……」

「ううっ……うう……」

「誠ぉぉ……」

義丸は涙を流した。

誠は自分のために、寝ずにタイムマシンを完成させることに没頭し、そのため疲れがたまって倒れてしまった。

もう誠の身体は、とっくに悲鳴を挙げていたのだと。

「誠……お主は……お主は……」

義丸は、腕で何度も涙を拭った。

「うっ……あっ！」

そこで誠が目を覚ました。

「誠っ！　大事ござらぬか！」

「あ……義丸さん……」

「誠……お主は……お主の身体は……」

「あ……いえ……ただの疲れですよ」

誠は相変わらず、平然としていた。

「誠……無理をさせて……済まぬ……」

「いえ、無理なんてしてませんよ」

「誠……座れるか……？」

「あ、はい」

そして義丸は誠を支え、座らせた。

「ふぅ～……」

「誠、座っておれ。わしがそうめんを持ってきてやるぞ」

「義丸さん、それがし、大丈夫ですから」

そう言って誠は立とうとした。

「ならぬ！　まだ無理じゃ。座っておれ」

「義丸さん……」

「わしがやるゆえ、お主は座っておれ」

「はい、じゃ、お言葉に甘えますね」

「おお、それでよいのじゃ」

そして義丸は、誠にそうめんを用意した。なんと、きゅうりやトマトまで添えていた。

義丸はそれをトレーに載せ、誠の前まで運んだ。

「さあ、食うがよい」

「ありがとう」

そして誠は、少しずつそうめんを口にした。

「おおっ！　義丸さん、美味しいですよ」

「左様か！　それはようござった」

「麺の茹で具合も、ちょうどいいですね」

「左様か！」

「それで義丸さん」

「なんじゃ」

「いつ戻ります？」

「いつ、とな……」

「今すぐでもいいですよ」

「そうしたいのは、山々なれど……わしは、ここでみなに世話になった」

「……」

「その者たちに、別れを言わせてくれぬか」

「はい、わかりました」

「小夜殿も、さぞかし喜ぶであろうの」

「そうですね。明日にでも知らせに行きましょう」

ほどなくして誠一郎が帰宅し、マシンが完成したことを知らせると、誠一郎は泣いて喜んでいた。

その様子を見た義丸は、あの冷静な誠一郎が泣いたことに、やはり父親とはいえ、心に抱えていたものがあったのだと感じた。


翌日になり、小夜が誠の家にきた。

「小夜殿！　小夜殿！」

玄関に足を踏み入れた小夜のもとに、義丸が走ってきたことで、小夜は仰天していた。

「義丸殿……いかがなされました」

「小夜殿！　タイムマシンが完成したのじゃ！」

「ええっ！　それはまことにござりますか！」

「左様じゃ！　昨晩、誠が完成させたのじゃ！」

「なんとっ！」

小夜はそう言って、誠のもとへ駆け寄った。

「誠！　そなた……ようやってくれた……ようやってくれたのう……」

「小夜ちゃん、おはよ」

誠はそう言って笑った。

「誠……あはは、誠は相変わらず、ひょうひょうとしておるの」

「小夜ちゃん、ずっと待たせてごめんね。でもやっと帰れるよ」

「なんと礼を申してよいやら……。誠、ほんに恩に着るぞ……」

「それでさ、義丸さんは、世話になった人に挨拶したいそうだけど、小夜ちゃんは？」

「無論じゃ。わらわも、真紀殿には母上同然の世話を受けた。深く礼を申さねばの」

「うん、わかった。それが済んだら帰ろうか」

「左様じゃの……」

「のう、誠」

義丸がそう言った。

「なんですか」

「平成の世を惜しむというわけではあるまいが、わしと小夜殿と誠で、出掛けぬか」

「どこへ行くんですか」

「学校とやらを見とうござる」

「そうなんですか」

「義丸殿、それはようございますな。わらわも行きとうございます」


そして三人は街へ出かけた。義丸も小夜も、これが最後の光景になると、周りの景色を目に焼き付けるように、あちこちを見回しながら歩いていた。


ほどなくして、誠と菜央が通っていた小学校の前に到着した。

「おお……ここが誠が通うておる学校じゃな」

「ここは、小学校っていって、六歳から十二歳までの子供が通うんですよ」

「左様か……」

「そこを卒業したら、中学校、高校、大学と、上の学校まであるんですよ」

「左様か……平成というのは、勉学に勤しんでおるのじゃな」

「まあ……そうですけど。でもね、今の学校っていうのは、ただ通ってるってだけで、力を入れて勉強なんてやってる子は殆どいませんよ」

「なにゆえ、そのような」

「なんですかねぇ。今の時代は、遊びとか一杯あるし、勉強なんて楽しくないんですよ」

「せっかく学びの場があるというのに、せぬと申すか」

「結局……贅沢なんですよ」

「なるほどのう……」

義丸は理解できなかった。学べる場があるのに、なぜ学ばないのか。

とはいえ、義丸も出来が良い方ではないので、勉強には苦労していた。

けれども勉強を放棄しているわけではなかった。

勉強を疎かにして、遊びを優先することが理解できなかったのだ。


「次はどこへ行きますか」

「あの……わらわはカフェへ行きとうございます」

「おお、カフェとな。それはよいの。わしも行きとうござる」

「それじゃ、行きましょうか」

そして三人は、カフェへ向かった。

義丸も小夜も、最後に食べるパフェを、目一杯堪能していた。

そして小夜は、ケーキも食べていた。

「ほんに、美味しゅうございます」

「小夜殿、心置きなく食されよ」

「はい」


それから義丸は徳兵衛の家へ行きたいと言った。誠も小夜も同行した。

「徳兵衛殿には、剣術を見てもろうたのじゃ」

「そうなんですね」

「わしは強うなったぞ」

「それがしが教えた、一撃必殺技は？」

「ああ……あれを改良した感じじゃの」

「そうですか」

「なれど、徳兵衛殿は、誠を剣術の経験者ではござらんと、一発で見抜いたぞ」

「あはは。そりゃそうですよね」

やがて徳兵衛の家に到着し、徳兵衛は快く中へ案内してくれた。

「どうも、はじめまして。それがし……あ、いや、僕は須藤誠といいます」

和室に座って、誠がそう挨拶した。

「おお、あなたが誠くんですか」

「はい」

「徳兵衛殿……」

そこで義丸がそう言った。

「なんですか」

「わしは、徳兵衛殿に別れを告げに参ったのでござる」

「おや……別れですか……」

「徳兵衛殿には、まことに世話になり申した。礼を申す」

そう言って義丸は頭を下げた。

「故郷《くに》へ帰られるのですか」

「左様にござる……」

「そうですか……。淋しくなりますね……」

「徳兵衛殿……わしは生涯そなたを忘れませぬ」

「そんな大袈裟な……」

「いえ……もうこの先、会えることはござらぬ。これで最後でござる」

「徳兵衛殿……わらわも、これで最後にございます。どうぞお元気で……」

小夜もそう言った。

「そう……ですか……」

徳兵衛は、とても悲しそうな表情を見せた。

「あ……そう言えば、祭りのお芝居、拝見しましたよ」

「おお、左様でござったか」

「あの芝居は……芝居ではなかったように感じたのですが……」

「……」

「義丸さん、泣いておられましたね」

「面目ござらん」

「いや、それはいいんですよ。義丸さん……なにか事情を抱えておられるのではないですか」

「徳兵衛殿……」

「わしは、非科学的なことは、あまり信じない方ですが、どうも義丸さんや小夜さんを見ていると、本物の若様と姫様に思えてならないのですよ」

「……」

「ああ……わしはくだらぬことを……ほほほ……」

そう言って徳兵衛は笑った。

「徳兵衛殿」

義丸がそう言った。

「はい」

「わしは、そなたの申す通り、寛永に生きておったのじゃ」

「最初、ここに来られた時、そう仰ってましたね」

「左様じゃ……」

「それ、本当の話ですか」

「左様じゃ。わしは徳兵衛殿には偽りは申さぬ」

「そう……ですか……」

「実は……僕が作ったタイムマシンで義丸さんも小夜ちゃんも、ここへ来てしまったんです」

　誠がそう言った。

「ほぅ……タイムマシンですか……」

「それで、まあ、色々大変なことがあったんですけど、やっと帰れるようになったんです」

「ほぅ……」

「それで、義丸さんは最後の挨拶をしに、ここへ来たんです」

「そうでしたか……」

　そこで徳兵衛は、「ふぅ～……」とため息をつき、正座をした。

「義丸さん、小夜さん。寛永へ帰っても、元気で暮らしてください」

「徳兵衛殿……」

　義丸がそう言った。

「わしは、義丸さんを孫みたいに思うとりました。いや、短い間ではありましたが、楽しかったですよ。どうもありがとう」

「徳兵衛殿……」

　徳兵衛は頭を下げた。

　そう言って義丸も小夜も、頭を下げた。

「それと、義丸さん。剣術はこれからも続けてくださいね」

「ああ、無論でござる」

「時代が逆さまになるみたいですが、わしが教えた剣術を、はるか昔の寛永の若様が受け継いでくださると思うと、なにやら感慨深いものがありますね」

「わしは、徳兵衛殿に習うた剣術で、必ず披露会で勝ってみせますゆえ。お約束致す」

「はい、頑張ってくださいね」


ほどなくして、三人は徳兵衛の家を後にした。

その足で三人は、真紀の家にも訪れ、礼を言って別れを告げた。

その際、真紀は、小夜を抱きしめ「あなたのことは忘れないからね」と泣いて別れを惜しんだ。小夜も、涙でボロボロになるほど泣いた。

やがて三人は誠の家に帰り、いよいよ寛永へ戻る時が来た。


「じゃ、お父さん、行って来るね」

「うん。気をつけてな」

「誠一郎殿……お世話になり申した。そなたのことは生涯忘れはせぬ」

「義丸くん。会えて嬉しかったよ。立派なお殿様になってね」

「あい、わかり申した」

「小夜ちゃん、義丸くんと仲良くね」

「誠一郎殿……。色々とお世話になり、感謝の言葉もございませぬ……」

「二人とも、元気でね」

「じゃ、義丸さん、小夜ちゃん、いいね」

そう言って誠は、ボイス認識を終え、ボタンを押した。

そして誠一郎の目の前から、三人の姿が消えた。

三十七、久佐に立つ

「ああ……久佐じゃ。久佐じゃ！」

義丸がそう叫んだ。

そう、誠、義丸、小夜は、久佐の領内である、町の通りの外れに立っていた。

「帰ってきたのでござりますな……義丸殿」

「小夜殿、早速、中井へ戻って、父上、母上に知らせねばの！」

「左様にござりますな」

「では早速城へ戻り、使いの者を同行させるゆえ、わしに付いて参れ」

「かたじけのうござります……」

義丸がそう言ったものの、なんと三人は「服」を着ていたのだ。

更に義丸は、カツラも被っていた。しかも裸足だった。

誠は今になって気がついた。

「義丸さん」

「なんじゃ」

「服、ヤバイんじゃないですかね」

「ああっ！　左様であったの！　あはは。小夜殿、そなたも服であるぞ」

「あら……そうにございましたな。これで参ろう」

「まあよいではござらぬか。これで参ろう」

義丸は白のポロシャツを着て、ジャージを穿いていた。

小夜は白と黒のボーダーカットソーを着て、デニムを穿いていた。

誠は白のサマーニットを着て、デニムスキニーを穿いていた。

三人は通りを進むと、なにやら異常な大騒ぎに出くわした。

「なにをあのように騒いでおるのじゃ」

義丸が不思議そうに言った。


「義勝さま！　早く若様を連れて来なさい！」

「いないんだろ！　逃げたってのは、本当に決まってらぁ！」

「義勝さまは嘘は言わないわよ！」

「なに言ってんだ～～！　嘘に決まってらぁな！」

町人たちは、まるで暴動寸前状態に陥っていた。

「な……なんじゃ……わしが逃げたと騒いでおるのか」

「左様にございますな……」

「義丸さん、どうします？」

「決まっておろうが」

義丸はそう言い、人混みを掻き分け騒動の中心へ向かった。

誠も小夜も後に続いた。

「通してくだされ……ちょっと……ああっ……」

義丸の姿に気がつく者もおらず、義丸は揉みくちゃにされていた。

それでも義丸は、めげることなく前に進んだ。

その際、足を何度も踏まれ、義丸の足から血が流れていた。

「だから！　早く若様をここへ連れて来な！」

「そうだ！　義丸殿は、どこへ行ったのですか！」

「義勝さま、どうなってるんだ！」

義丸がやっと人混みから出ると、そこに義勝が町人に迫られている姿が見えた。

「皆の者！　わしが義丸じゃ！」

義丸は思いっ切り大声で叫んだ。すると騒いでいた町人たちは、一斉に義丸を見た。

「お前、誰だ！」

「バカじゃないのかね！」

そう言って町人は再び、騒ぎ始めた。

「えぇいっ！　静まれ！　静まれと申しておる！　わしが久佐の義丸じゃ！」

義丸はそこでカツラを外した。

「あっ！　兄上！　兄上ではござらぬか！」

「ああ〜〜！　本当だ、義丸殿だぞ！」

そして町人たちは、義丸から一歩下がった。

「おお、義勝。久しぶりじゃの」

「兄上……ご無事にござりましたか！」

「あっはは。なにを狼狽《うろた》えておるのじゃ」

「兄上……」

「皆の者、なにやらわしが逃げたと申しておったが、わしが逃げようはずがあるまい！」

義丸は向きを変えて町人たちにそう言った。

「わしはの、剣術の稽古のため、遠い山へ籠って特訓をしておったのじゃ」

そこで町人たちから「おお〜〜」という声が挙がった。

「その特訓がようやく終わり、帰って参ったというわけじゃ。なれどその方たちには、いらぬ心配をかけてしもうたゆえ、詫びを申す。済まなかった」

「義丸殿……まことに山へ籠ってたのですか」

一人の町人がそう訊ねた。

「左様じゃ。わしが久佐を捨てて逃げるわけがあるまい。わしは久佐の領民と共に、久佐を守り抜く。そのための特訓でもあったのじゃ！」

「でも、その奇妙な格好は、なんですか」

「あはは。これか。これは特訓用の『服』と申すものじゃ」

「では、今度の披露会には出られるのですか」

「無論じゃ！」

「おおお～～」

また町人たちが声を挙げた。

「よって、この騒ぎはもう終わらせるがよい。皆の者、今後も変わりのう暮らしてくれ」

義丸がそう言うと、一斉に歓喜の拍手が起こった。

「だから言ったじゃねぇか！　若様が逃げるはずはないんだよっ！」

「まったく～八っつぁんは、げんきんだねぇ」

「よーし、これで久佐は安泰だ～！」

町人はそれぞれ口にしながら、この場を去り、やっと騒ぎは収まった。

「兄上……よくぞご無事で……」

「義勝、心配をかけて済まなかった。わけはゆっくり説明致す」

「いえ、わけは既に存じております」

「えっ……存じておると申すか！」

「和美と菜央に聞きましてございます」

「左様であったか」

そこに騒ぎを見ていた、和美、菜央が義丸の下へ駆け寄った。

「義丸さん～～！」

菜央がそう言った。

「義丸さん、帰ってきたでござるのね～～！　よかったでござるよ～～」

「あはは、和美殿。言葉が面白うござるな」

「そうでござるでしょ。これ、受けてるんでござるのよ」

「左様か。菜央……苦労をかけたの……」

「なに言ってんのよ～～！　帰って来るの待ってたよ！」

そしてそこに、誠も小夜もきた。

「誠おおおお～～～！　あんた、さすが私の息子だわ～～！　よく戻って来てくれたね！」

「うん。やっと完成してね」

「まこっちゃん、ありがとう！　んで、元気そうでよかった！」

「小井手も元気そうでよかったよ」

「若っ」

そう言って宗範と茂松が、義勝のもとへ走ってきた。

「あああ～～～！　義丸殿っっ！」

宗範は義丸たちの姿を見て、仰天していた。

「宗範、色々と大儀であったの」

「おおお～～、戻って参られましたか！　それがし、嬉しゅうございます……」

「若……その格好は……」

茂松がそう訊いた。茂松は、義丸がのちの世に行ってたことを、知らないのだ。

「茂松。あとでゆっくりと話を致す」

「ははっ」

「宗範、間者はいかが致した」

義勝がそう訊いた。

「はっ。蔵に閉じ込めてござります」

「左様か。して……雪はどうした」

「はっ、雪も閉じ込めてござります」

「あい、わかった」

「ちょ……あの、雪さんを閉じ込めたって、なんですか」

誠が義勝に訊ねた。

「誠……雪はな、牧田の間者であったのじゃ」

「えええぇ〜〜〜！」

「して……蔵へ閉じ込めたというわけじゃ」

「そ……そんなっ……。それってほんとですか」

「ああ。兄上が久佐を捨てて逃げたと噂を流したのは、雪だったのじゃ」

「マジで……」

誠は信じられなかった。

同時に間者というのは、徹底して身分を隠すものだと、戦慄を覚えていた。

「義勝」

義丸がそう言った。

「なんでござりますか」

「その間者とやらに、会わせるがよい」

「兄上……会ってどうすると申されますか」

「よいのじゃ。早速、参るゆえ案内《あない》致せ」

義丸は宗範にそう言った。

「ははっ」

「それから、茂松」

「はっ」

「小夜殿を中井までお送り致せ」

「ははっ」

小夜と和美と菜央は、再会を喜んでいる最中だった。

ほどなくして小夜は、茂松と共に、久佐を後にした。

和美と菜央は、一旦、「島屋」へ戻った。


そして義丸と誠は蔵へ向かった。

当然、草履が用意され、二人はそれを履き、ほどなくして蔵に到着した。

「うわあ〜……ここって、それがしが閉じ込められてた蔵ですよ」

「左様であったか……」

「懐かしいっつーか……」

誠はそう言って笑った。

宗範が蔵の扉を開けた。

すると中には、手を後ろで括られた三人が座っていた。

雪は誠の姿を見て、目を逸らした。

弥助と嘉六は、義丸の姿を見て仰天していた。

「その方ら……名はなんと申す」

義丸がそう訊いた。

「弥太郎にございます……」

「嘉右衛門にござります……」

「左様か……。して……なにゆえわしが逃げたなどと偽りを申したのじゃ」

「そ……それは……」

弥太郎がそう言った。

「なにを画策しておったのじゃ」

「……」

「申せ！　申さぬと、ここを生きては出られぬぞ！」

「……」

「それと雪じゃ。そなた、牧田の者であったか」

「……」

「青天の霹靂とは、まさにこのことじゃ。まさかそなたがのう……」

「雪さん、それがしのこと、騙してたんですか」

「誠さま……」

雪は俯いてそう言った。

「それがしを助けてくれたことも、全部、嘘だったんですね」

「誠さま……私は……いえ……今さら言い訳は申しませぬ……」

雪は顔を上げてそう言った。

「とても残念です。雪さん、それがしのことは仕方がないとしても、これからも人を騙して生きるつもりですか」

「え……」

「そんなことまでして、生きる意味ってあるんですか」

「誠さま……」

「それがしにはわからない事情があるんだろうけど、それがしは雪さんを信じてましたよ。だから簪《かんざし》も買ってあげたんですよ。でも雪さんは、そんなものどうでもよかったんですね」

「……」

「雪さん、それがしが言うのもなんですけど、あなたはこのままでは、一生幸せになんてなれませんよ。人を騙して不幸に陥れて。騙された人の気持ちを考えたことがありますか」

「うう……ううう……」

雪は涙を流した。

「それがしの言いたいことは、それだけです」

「弥太郎、嘉右衛門、偽りを流布したわけを申せ」

義丸が低い声でそう言った。

すると弥太郎は観念したように、全てを話した。

「左様であったか……久佐の屋台骨を揺るがそうと。じゃがの、そう簡単ではござらぬぞ」

「え……」

「わしを甘もう見るでない。牧田へ戻れば、殿に申し伝えよ。久佐を潰すお積りならば、ただではすまぬ、とな」

そう言って凄む義丸の姿は、誰の目にも大きな男に映った。

「それと、剣術の披露会であるが、ここ久佐城内で行われることは存じておろうの」

「は……はい……」

弥太郎が頼りなく返事をした。

「その際……妙な真似を致すと、ただではすまぬことも、しかと心得よ」

「ははっ」

「宗範」

「はっ」

「この者たちを、出してやるがよい」

「えっ……よいのでございますか」

「かまわぬ。斬り捨てたところで、つまらぬ遺恨を残すだけじゃ。わしは無駄な争いはせぬ。なれど、久佐を潰す者どもに対しては、容赦ござらんぞ」

「ははっ」

そして弥太郎、嘉右衛門、雪は解放された。

その際、宗範と他、家臣二名が同行し、三人を領外まで連れて行った。

その後、雪の家である今井家も取り潰しになり、長兵衛と亜弥も久佐を追い出されたのであった。

三十八、それぞれの生き方

――――ここは中井藩城内。


「殿～～！　殿っ！」

家臣の雪之丞は、慌てて孝重の部屋の前でそう言った。

「雪之丞か。入るがよい」

「ははっ」

雪之丞は障子を開け、中へ入った。

「雪之丞……いかが致した……」

孝重は、横になっていた。

孝重は小夜がいなくなって、日ごとに元気をなくしていた。

「殿っ！　小夜さまが帰って参られました！」

「なんとっ！　それはまことか！」

孝重は、勢いよく起き上がりそう言った。

「はっ。まことにございます。久佐の茂松殿が同行しておられます」

「豊代！　豊代はおらぬか！」

孝重は部屋を出て、妻である豊代を呼んだ。

「殿……いかがなされました」

声を聞きつけた豊代が、慌てて駆け寄ってきた。

「豊代！　小夜が帰って来たそうじゃ！」

「え……殿、まさかまた夢でも見たのではございませぬか」

「夢ではござらんっ！　たった今、雪之丞から知らせを受けたのじゃ」

「さ……左様にございますか……小夜が……」

そこに小夜が、二人のもとに歩いてきた。


「小夜……小夜っ！」

孝重と豊代は小夜に駆け寄った。

「小夜……その格好は……いかが致した」

孝重はそう言った。

「父上、母上……ご心配をおかけし……申しわけございませんでした」

「小夜……こちらへ参られよ」

豊代がそう言い、孝重の部屋へ行った。小夜の後には、茂松もいた。

「茂松殿……そなたも入られよ」

豊代にそう言われ、茂松も部屋に入った。

「小夜……その格好……。まあよい。して……お前は今までどこに行っておったのじゃ」

孝重がそう訊いた。

「義丸殿と一緒におりました」

「なっ……！　義丸殿と？」

「そなた……義丸殿を嫌うておったではないか」

豊代がそう言った。

「はい。嫌うておりましたが、今の小夜は……義丸殿に嫁ぎとうございます」

「ええっ！　一体、なにかあったと申すか」

豊代は小夜の言葉が、信じられなかった。

「小夜は……義丸殿を誤解しておりました。義丸殿は、とても立派な若様にございります」

「小夜……まさか……脅されておるのではあるまいの」

「母上……なんと申されますか。義丸殿は、そのような卑怯な方ではございませぬ。小夜は、義丸殿を心から慕うております」

「いや、参った！」

孝重がそう言った。

「義丸殿となにがあったか存ぜぬが、雨降って地固まるとは、まさにこのことであるの！わはは」

孝重はそう言って笑った。

「殿……そのような……」

「豊代、なにを案ずることがあるのじゃ。小夜自身がこう申しておるのは、結構なことではござらんか」

「そうは申されましても……わらわは俄かに信じ難うございます」

「なにを申すか」

「女《おなご》の心と申すものは、簡単に変わるものではございませぬ。なにかあったと勘ぐるのが当然でございましょう」

「変わることもあるのですよ、母上」

「小夜……」

「しかも簡単に変わったのではございませぬ。小夜は時間をかけて義丸殿を見て参りました。今では義丸殿以外に殿方は考えられませぬ」

豊代は、小夜の変わりように言葉を失っていた。

「いやいや、ようござった。小夜も無事に戻り、嫁ぐと申しておる。これ以上、なにを案ずることがござろうか」

孝重がそう言った。

「小夜……そなた、本当にそれでよいのか」

「母上。母上は小夜に嫁げと申されておりましたな」

「え……まあ、そうではあるが……」

「では、これでよいではございませぬか」

「小夜がよいのであれば……母が口を挟むことはないゆえ……」

「ああ～～でも、やっと帰ってきたんじゃん！　つーか、よかったじゃん！」

小夜はそう言って笑った。孝重と豊代、茂松もドン引きしていた。

「あはは、父上、母上、狐につままれたような顔になっておりまするな」

「小夜……やはり、なにかあったのではないのか……」

豊代がそう訊いた。

「なーんもないじゃん！　つーか、そろそろ着替えるじゃん。でも服の方が動きやすいんだっつーの。着物はパネェし。あはは～」

「では……それがし、そろそろ失礼いたします……」

茂松は、早くこの場を去りたそうに言った。

「ああ……茂松殿。大儀であったの」

孝重がそう言った。

「はっ」

「剣術の披露会、楽しみにしておるゆえ、光義殿によろしゅう伝えてくれ」

「はっ」

そして茂松は城を後にした。

小夜は、三人の驚いた様子を、とても幸せそうに笑って見ていた。


一方……久佐城内では……

「義丸が帰って参ったとは、まことにござるか！」

藩主であり義丸の父である光義が、吉報を聞きつけて城内を走っていた。

その後に、母である早苗《さなえ》も付いて走った。

「義丸！　義丸！」

光義はずっと義丸の名を叫んでいた。

そこに城内に上がった義丸がやってきた。

「父上、母上！」

義丸は二人のもとに駆け寄った。

「義丸！　今までどこにおったのじゃ！」

　光義は怒鳴った。

「それにその格好、どうしたというのじゃ！」

「父上、大変遅くなりましたが、義丸、ただいま戻って参りました」

「だから、どこへ行っておったのじゃ！」

「はっ。山に籠り、剣の修行に励んでおりました」

「なにっ！　修行とな……」

「左様にござります」

「ならば、なぜ黙って行ったのじゃ」

「道場でよいではないかと、申されますことは承知しておりましたゆえ、義丸はそれが嫌だったのです」

「なんとっ……なにゆえ」

「義丸は強うなって戻って参りました。今度の披露会では、それをお見せいたしますゆえ、今回のことはお許しくださいませぬか……」

「左様か……まあよい。なれど、今後は黙って消えることはならんぞ」

「はっ。承知いたしました」

「義丸……」

　早苗はなにも言わず、義丸を抱きしめた。

「母上……」

「どこもケガをしておらぬか……？　身体は大事ないのか……」

「はい。至って元気にございります」

「左様か……よかった……よかったの……」

「母上……心配かけて、申し訳ございません……」

「よいのじゃ。母は、そなたが強うなって帰って参ったことを、嬉しゅう思うておるぞ……」

義丸の優しい性格は、母親ゆずりだった。

早苗は、死ぬほど心配はしたが、なにも言わず温かく義丸を迎えた。

義丸の一番の家臣である、安貞《やすさだ》は、床に突っ伏してオロオロと泣いたのであった。


こうして義丸と小夜は、無事に寛永に戻った。

二人にとって、後は祝言を待つだけのみとなった。

その前に義丸は、剣術披露会を控えていた。

その後も義丸は、基礎練習はしたものの、必殺技は誰にも見せることはなかった。

その頃、和美と誠と菜央は……

「いやあ〜〜、まあ、それにしても誠はやっぱりすごいわ」

家の座敷で、三人は寛《くつろ》いでいた。

「おばさん、ほんとそれ。まこっちゃん、マジで頭いいっすよね」

「でしょ〜〜」

「そんなことといいから。それで、いつ帰るの？」

誠がそう訊いた。

「いつって……。菜央ちゃん、どうする？」

「そうですねぇ。まあ、早ければ早い方がいいんじゃないですかね」

「そうよね。学校もあるし。誠は？」

「僕か……。まあ学校も大事だけど、義丸さんの剣術披露会を見たいなと思ってね」

「ああ〜、確かにそうよね。帰っちゃったら見れないもんね」

和美がそう言った。

「いいんじゃないすかね。私も見たいし」

「そうね。じゃ、そうするか！」

「あ、それと、おばさん」

「なに？」

「島屋へ行って退職届け出さないと」

「ヤダ〜、この時代、そんなものあるわけないじゃない〜」

「あ、そっか。でも辞めるってこと、言わないと」

「うん。明日行って、言おうか」

「そうっすね」

「僕は、甚六さんとこ行くよ」

「え……甚六って誰よ」

和美がそう訊いた。

「石碑に文字を彫ってくれたおじさん」

「ああ……そっか。それじゃお母さんも行くわ」

「え……いいって」

「なによ～、息子が世話になったんだから、ご母堂がお礼を言うのは当然でござるよっ！」

「いいって。僕一人で行くから」

「ふう～ん」

「あのさ……」

誠が何かを言いたげに、呟いた。

「なによ」

和美がそう言った。

「僕、ここに残っちゃダメかな」

「……え」

「ダメだよね」

「なに言ってるのよ〜〜！　ダメに決まってるじゃない！」

「だよね」

誠はそう言って苦笑いを浮かべた。

「ちょ……誠、なによ。なんでここに残りたいのよ」

「いや……別にこれといった理由があるわけじゃないんだよ」

「じゃ、なによ」

「なんか、平成の世よりも、ここの方がいいなって思ってね」

「ちょ……あんた頭おかしいんじゃないの？　ここって、電気もガスもないし、水道だってないし、スーパーもコンビニも、ファミレスもなにもないのよ！」

「それってただ、便利ってだけのことだよね」

「バカなこと言ってんじゃないわよ！　便利。結構なことじゃないの！」

「そうなんだけど。でもここの人たち見てると、みんな幸せそうなんだよ」

「平成も、幸せな人、いっぱいいるわよ！」

「うん。でもなんか違うんだ」

「なによ〜〜！」

「テレビやゲーム、スマホといった遊びがない分、ここの人たちは、みんなと触れ合うことで楽しみを見つけてるんだよ。僕はもともと人と交流するのって苦手な方だけど、ここの人たちとは気を使わなくていいっていうか」

「誠……」

「僕が理系に興味があるのも、そのせいかも知れない。理系は理論の世界。でも人との交流はそうはいかないだろ。面倒だって思ってたんだよ」

「……」

「でも、ここに来て、色々あったけど、人同士の触れ合いって結構いいもんだなって思ってね」


和美も菜央も、誠の言い分には一理あると感じた。確かに平成の世は、便利過ぎるくらい便利だが、人々はお互いに気を使い過ぎ、徐々にコミュニティの場が減りつつある。

近年では、子供に躾をする際、知らない人に挨拶をしてはいけない、という事例もある。いつからこんな世知辛い世の中になってしまったのかと、現代の人間はそう口にする。

その意味では、平成と寛永は生活のパターンが全く違う。

和美はそう思いながらも、誠がここに残ることは、絶対に許せなかった。

「誠、あんたの気持ちもわかるけどさ、誠は平成に生まれ、平成で育ったの。だからそこで生きていくしかないの」

「うん」

「その時代に生まれたってことは、そうなる運命だったのよ。義丸さんも小夜ちゃんもそう。あの子たちが平成で生きても、それは違うと思うでしょ」

「そうだね」

「誠は、平成の子なの。そして私の息子なの。ここに残るってことは、お父さんを殺すってことよ」

「え……」

「あんたが残るっていうなら、私も残るからね」

「お母さん……」

「んで、お父さんは一人ぼっち。どうするの？」

「いや、そんなに強く思ってないから。ただ、残るのもありかな〜って程度だし」

「……まったくもう〜〜！　どこまで心配させるのよっ！」

「あはは、ごめん、ごめん」

「まこっちゃん、なんか変わったよね」

菜央がそう言った。

「なんだよ、変わったって」

「血が通ってるっつーか」

「はあ？」

「ここでいい経験したんじゃん」

「なんだよ、それ」

「私もさ～、義丸さんや小夜ちゃんとずっといて、自分が恥ずかしいなって感じたこと何度もあったもん」

「ふ～ん」

「菜央ちゃん、おばさんもさ、ここに来て、変わったことがあったわよ」

「へぇ～なんすか」

「言葉よ、言葉」

「へ？」

「ござる～でござるよ～～」

「あははは、おばさん、それマジでおもしろいですよ」

「でしょ～～」

こうして三人は、あと少しだけ寛永の世を楽しむことを決めたのであった。

三十九、義丸の計らいと、剣術披露会

「甚六さん」

翌日、誠は甚六の家を訪ねた。

「おや、若旦那。いらっしゃい」

千代は座敷の掃除をしていた。

「こんにちは。甚六さんはいますか」

「ああ、あのバカ、仕事に行ってるよ」

そう言って千代は土間に下りた。

「そうですか。いつ帰られますか」

「今日の仕事は、時間がかかるからねぇ」

「そうなんですか」

「若旦那」

千代は、嬉しそうに笑った。

「なんですか」

「甚六ね、殿様から仕事を貰ったんだよ」

「えっ……」

「なんでも、義丸さまが甚六に頼んだそうなんだよ」

「義丸さんが……」

「お城の仕事は、給金弾んでくれるからね。あたしゃ、やれやれだよ」

「そうですか。よかったですね」

「だからさ、悪いけど出直してくれないかい」

「はい、わかりました」

誠は義丸の気持ちが、痛いほど伝わってきた。甚六のおかげで、甚六が石碑に文字を彫ってくれなければ、義丸も小夜もここへは戻ってこれなかった。

誠は甚六の家を出た後、そのまま城へ向かった。

城門に到着すると、番兵は「誠殿にござるか」と言い、笑って通してくれた。もう顔なじみになっていたのだ。中へ入ると、甚六が石垣の階段で座っていた。


「甚六さん」

誠はそう言って甚六の傍まで歩いて行った。

「おう。誠じゃねぇか。一体、どうしたってんだ」

「家に行ったら、千代さんから甚六さんはお城だって聞きまして」

「おうよ。殿様からのご依頼でな。まあ、座んな」

「はい」

誠は甚六の横に座った。

「で、今、休んでたところだよ」

「そうですか。でも仕事がもらえてよかったですね」

「なんでもよ、義丸さまがぜひ、俺にってんで。いやあ～突然のことで俺ぁたまげたってもんよ」

「あはは」

「なに笑ってんだ」

「いや、すみません」

「んで、誠はここに用でもあったのか」

甚六は手ぬぐいで、顔の汗を拭いた。

「甚六さんに会いに来たんですよ」

「お？　俺に用ってか」

「いや、用ってほどのことでもないんですけど、ちょっと挨拶に」

「ほう」

「甚六さん。それがし、あと少しで久佐を出ることになってるんです」

「出るって、なんでぇ」

「国へ帰らなきゃいけないんです」

「ほーう。おめぇ、国ってどこなんだ」

「江戸です」

「ほう〜、お前、江戸の人間だったのか。道理で粋だと思ったぜ」

「それで、石碑を彫ってくれたこと、本当にありがとうございました」

「なに言ってやんでぇ。いいってことよ」

「甚六さんのことは、生涯忘れません」

「おいおい……大袈裟だな。今生の別れみたいに聞こえるじゃねぇか」

「あはは、そうですね」

「あっ、誠ではござらぬか」

そこに義丸がきた。

「あ、義丸さん」

「おお、若様、これはどうも」

甚六は立ち上がってそう言った。

「甚六、よいよい。座っておれ」

「いえ……」

「よいのじゃ、座っておれ」

そう言って義丸は、甚六の肩に手を置いて座らせた。そして義丸も、その場に座った。

「誠、甚六と話をしておったのか」

「はい。それがし、もう少しで国へ帰らなければいけませんので、挨拶をしにきたんですよ」

「左様か……」

「石碑を彫ってくれたことのお礼もね」

「左様か……わしも甚六には特段の感謝をしておるぞ」

「そんな……若様」

甚六は、少々戸惑っていた。

文字を彫ったくらいで、久佐の若様であるお方から、これほど感謝されることに合点がいかなかったからである。

「それと甚六」

「なんですか……」

「寺や神社にも、わしからよう言うてつかわすゆえ、おおいに仕事に励まれよ」

「えっ……若様……」

「お主の腕前は本物じゃ。何百年経とうが、のちの世までお主の魂は残ることであろう」

「若様……」

「あ、そうじゃ。剣術の披露会のことであるが、例年に於いては各藩の、いわゆる『身内』の行事であったが、今回は領民の者にも門戸を開くゆえ、見学に参るがよい」

「ええっ、本当ですか。俺たちも行ってよろしいんで」

「ああ。かまわぬ。ぜひ、参られよ」

「こりゃ～いいや！　若様、楽しみにしておりますぞ！」

それから三日後、いよいよ披露会の当日を迎えた。

久佐の領民たちは、初めてのこととあって、朝から大勢の人が城内に押し寄せていた。

庭園の一画には毛氈《もうせん》が敷かれ、いかにも披露会といった趣《おもむき》であった。

誠と和美と菜央も、朝から城内に入っていた。

領民の席にはござが敷かれ、そこに座る者や、あぶれたものは立っていた。

「これより、剣術披露会を開催致しまする。皆の者、殿のおなりでござる」

家臣の安貞がそう言い、光義と、その後ろに妻の早苗が姿を現した。

中井藩主の孝重と妻の豊代、そして小夜、牧田藩主の篤盛《あつもり》と妻の加代《かよ》は、光義を中心として両脇に座っていた。

そこに各藩の若い家臣が「前座」として、それぞれ対戦を交えることになっていた。

久佐からは茂松が出ることになっていた。

「おお～茂松さんでござるよ～」

和美がそう言った。茂松の相手は、なんと、牧田の家臣、嘉右衛門だった。

「ああ～～、間者が出てるでござるじゃないの！　よくもぬけぬけと」

和美がまたそう言った。

「まあまあ。黙って見ようよ」

誠がそう言った。誠たちは、ござには座らず立って見ていた。

「茂松さん～～！　頑張るでござるよ～～！」

和美は大声で、茂松にエールを送った。

それをきっかけに、久佐の領民からも次々と声が挙がった。

茂松は、いつも仏頂面をさげているが、この時は珍しくニコッと微笑んで領民に応えていた。

「あら～～、茂松さん、笑うとかわいいでござるよ～～」

「おばさん……落ち着いて……」

菜央が和美の腕を引っ張った。

「菜央ちゃん、なに言ってるのでござる？　ここは応援しないとでござるよ～～」

和美の勢いは止まらなかった。


この日は、防具は付けておらず、しかも竹刀ではなく木刀を使用していた。

それだけ真剣勝負というわけだ。

茂松と嘉右衛門は、互いに間合いを取り、相手の動きを警戒していた。

白州の石が、じりじりと音を立て、その場は徐々に緊張感に包まれていった。

やがて二人は激しい打ち合いとなり、茂松は苦戦していた。

嘉右衛門は、意外にも剣術に長けていたのだ。


「茂ちゃ～～ん、なにやってるでござるの～～！　負けたら承知しないでござるよ～

～！」

「茂松どの～～！　ほら、しっかり～～」

「なにやってるんだ～～、久佐の家臣だろ～～！　負けるな～～」

和美を先頭に、領民たちの盛り上がりは半端なかった。

「よう、誠」

そこに甚六と千代がやってきた。

「あ、甚六さん、千代さん」

「茂松、やられてんじゃゃねぇか」

「ああ、今は苦戦してますね」

「あらま～、情けないねぇ。こら～～！　茂松！　なにやってんだよ！」

甚六も千代も、茂松を呼び捨てにしていた。誠はそれを不思議に思った。

「甚六さん、茂松さんって知り合いなんですか」

「おうよ。あいつぁ～ガキの頃、よく面倒見てやったんでぇ」

「そうだよ。武家の息子なのに、ピーピー泣いてさっ。あたしゃ～その度に尻を叩いてやったんだよ」

「そうだったんですね」

「うちには子供がいねぇ。あいつは俺たちの倅みてぇなもんだ」

「なるほど」

誠は改めて、甚六や千代の温かさを感じていた。

茂松は巻き返して善戦したが、間一髪で嘉右衛門に負けてしまった。

「あ〜〜あ……」

領民からは落胆の声が挙がった。茂松は悔しそうに一礼し、白州を下りた。

「茂松っ！」

千代がそう呼んだ。

「あ……千代さん……」

茂松は千代の声に気がつき、こっちへ歩いてきた。

「なにやってんだよっ！　バカだねっ」

「面目ござらぬ……」

「まだまだ修行が足りないねっ！」

「……」

「かかあ、まあそう言うなって。茂松、今度家へ来な」

「え……」

「家臣勤めも疲れるだろうよ。話を聞いてやっからよ」

「甚六さん……かたじけない……」

「肩を落とすんじゃねぇ。さっ、仕事があんだろよ。行きな」

「はい」

そう言って茂松は、この場を去った。

それから次から次へと「前座」の試合が行われ、いよいよ「本番」の時を迎えた。

まずは、義勝と、中井の若様、孝宗の一戦である。

義勝が姿を現したとたん、久佐の領民の女性陣からは、早速黄色い声が挙がっていた。

「きゃあ～～義勝さま～～」

「出てらしたわ～～義勝さま～～頑張ってください～～」

「きゃあ～～～なんと凛々しいお姿なの～～～！」

男性陣は、呆れていた。

「あっ、でも、中井の若様も素敵よ～～」

「ほんとだわ～～、中井の若様～～！」

……と、なんとも節操のない女性陣であった。

「きゃ～～！　義勝さまぁ～～、かっこいい～～」

菜央もそう叫んでいた。

「若様～～今日もイケメンでござるよ～～。小夜ちゃんのお兄さんもイケてるでござるぅ～～」

和美もまったく同様であった。誠は、二人に触れないことにした。

そして義勝も孝宗も、ドン引きしていた。

誠が小夜を見ると、小夜は嬉しそうに笑っていた。
やがて試合が始まり、二人はほぼ互角だった。
カンカンと木刀が交わるたびに、女性たちはきゃ〜きゃ〜と騒ぐのであった。
なかなか勝負が決まらず、この試合は引き分けとなった。

そして「とり」の一戦となる、義丸と牧田の若様である、篤成《あつなり》が姿を現した。
篤成は、小夜を義丸にとられたことを、酷く恨んでいた。
特に義丸の見た目と、跡継ぎに相応しくない人格をバカにしていた。
そんな「サル」に小夜をとられたことが、どうにも納得がいかないのであった。
篤成は、その憂さ晴らしだと、この場を捉えていた。
ちなみに篤成の容姿は、中背でそこそこのイケメンではあった。
そしていよいよ、二人が剣を交える時がきた。

四十、宙を舞う剣

義丸と篤成は、白州の上に立った。

その際、久佐の領民からは、さして声援も挙がらず、この場は比較的静かだった。

それもそのはず、町人たちは義丸に、なんの期待もしていなかったからだ。

二年前「若様は自分の竹刀を頭で受けたんだって」と、義丸の失態があっという間に領内で広がり、町人たちはそれを知っていたからである。

中には「サル殿よ……」と、バカにする女性も、まだいた。


「義丸さん～～、しっかりやるでござるよ～～」

「そうだ～～！　義丸さん、頑張って～～！」

和美と菜央は、思いっ切り大声を挙げ、応援していた。

「そうだともよっ！　若様！　頑張っておくんなせぇよ～～！」

甚六も応援していた。

「若様っ！　頑張っとくれよ！　茂松の敵をとっておくれよ！」

千代も叫んでいた。

誠は黙って義丸を見ていた。


「はじめっ！」

安貞が開始の声をかけた。

義丸と篤成は、まず互いの間合いを取りながら、相手の出方を窺《うかが》っていた。

義丸はピクリとも動かない。

すると篤成は、少しずつ義丸の前ににじり寄ってきた。

それでも義丸は動かない。

「若様……生きてる……？」

町人の誰かがそう言った。

「恐ろしくて動けないいんじゃないの……」

また別の誰かがそう言った。

すると次の瞬間、篤成は白州の石を踏み込んだ足でけり上げ、義丸に石が当たり義丸は一瞬、たじろいだ。

篤成は卑怯な手を使い、その瞬間、義丸の木刀を宙へ舞い上がらせた。

「あああ～～～！」

町人から落胆の声が挙がった。

この時点で義丸は負けたと、みんながそう思った。

そこで篤成は、怒涛の勢いで義丸の面を狙ってきた。

義丸は素早く小回りを利かせ、落ちてくる木刀に手を伸ばした。

「あああ～～また頭で受けるぞ！」

町人がそう言った。

「はあ～～……見てられないわ」

「これは、試合じゃないよね……」

「若様……やっぱりダメね」

町人は口々にそう言った。

けれども義丸は、木刀を手で取った。

すると「おおお〜〜」と声が挙がった。

しかし篤成の勢いは止まらない。

もう義丸の頭上には、篤成の木刀が振り下ろされていた。

義丸はそれを瞬時に自らの木刀で払い、難を逃れた。


「ほぅ……。義丸殿、簡単には引き下がらぬおつもりか」

篤成がそう言った。

「篤成殿、よくも卑怯な手を。しかも牧田は久佐へ間者を送り込み、舐めた真似をしてくれたの」

「なんとでも申されるがよい。わしは必ず勝つ！」

「お主の思うようにはいかぬぞ」

「えぇ〜い！」

篤成は掛け声とともに、義丸に打ち込んできた。

義丸はその度、小回りを利かし、決して正面で対峙しなかった。

「義丸殿。ちょこまかと。逃げるだけでは勝てませんぞ！」

「何度でも掛かってくるがよい」

「お主のようなサルごときに、小夜殿は渡さぬ！」

「ほう。篤成殿や牧田の遺恨は、そこにあったのか」

「えぇいっ、小癪な！」

「ならば……こちらとしても容赦するわけには参らんの」

「なにっ！」

篤成が木刀を大きく振り上げて、面を狙いに来た時だった。

義丸は身体を低くし、がら空きになった胴をめがけて、一瞬で打ち抜いた。


「おおおおお〜〜〜！」

町人たちは目を疑ったが、誰もが義丸の一撃必殺を見た。

「なっ……なんと……ううっ……このわしが、義丸殿に打たれようとは……」

篤成は腹を押さえて、呆然としていた。

「わしの勝ちじゃ」

義丸はそう呟いた。

「えぇい！　まだ勝負はついておらぬわ！」

篤成はそう言って、再び義丸に打ち込んでいった。

義丸は、我を忘れたかのような篤成の動きを捉えることは、造作もないことだった。

「えぇ〜い！」

義丸は篤成の小手を下から打ち、篤成の木刀は宙を舞った。

すると木刀は、篤成の頭上に落ちてきた。

「あぁあ〜〜当たるぞ！」

町人たちがそう言った。

そこで義丸は、篤成の傍まで走り、篤成に当たる寸前に飛び上がって木刀を取り、それを篤成に渡した。

すると町人たちからは、歓喜の声が挙がった。

「これで勝負はついたの。篤成殿、手合わせ、まことに感謝いたしまする」

義丸は、その場に立ち尽くしている篤成に頭を下げて白州を下りた。

小夜は、泣いて喜んでいた。


「若様〜〜！　さすが久佐の若様だっ！」

「俺はやると思ってたぜ」

「私もそう思ってたわよ〜！」

と……町人たちは勝手なことを言うのであった。

「義丸さん～～！　よくやったでござるよ～～！」

「さっすが～～！　特訓してたもんね～～！」

和美と菜央は、飛び上がって拍手を送っていた。

誠は、和美と菜央に知られないよう、手で涙を拭っていた。

披露会も無事終わり、誠と和美と菜央は城を後にした。

誠は町の通りに着き、誰かを探していた。

「誠、誰を探してるのよ」

和美がそう訊いた。

「うん、子供なんだけどね」

「へ？　子供ってなによ」

「それがし、ある子供と約束したんだよ」

「約束ってなによ」

「団子屋へ連れてってあげるってね」

「へぇ～またなんで」

「説明するの、めんどい。あっ！　いた。あの子だ」

そう言って誠は男の子の前まで行った。

「坊や、お兄ちゃんのこと、憶えてるかな」

そこで男の子は誠を見上げた。

「あ……」

「憶えてくれてるみたいだね」

「うん」

「それで、今から団子屋に連れてってあげるよ」

「わあ！　ほんと？」

「うん。約束したもんね」

「やったあ～～！　かあちゃんに言ってくる！」

男の子は近くの酒屋へ入って行った。

するとほどなくして、男の子は店から出てきた。

「じゃ、行こうか」

「うん！」

そして二人は団子屋へ向かって歩き出した。

「坊や、名はなんていうの？」

「おいら、五助《ごすけ》っていうんだ！」

「へぇ～五助くんか。いい名だね」

「お兄ちゃんは？」

「それがしは、誠っていうんだよ」

「へぇ～誠か。かっこいいね」

「あはは。ありがとう」

誠は平成の世では、子供と話をすることなど、殆どなかった。

たかが団子屋へ連れて行くだけで、こんなに嬉しそうにしている五助を見ていると、子供ってかわいいな、と思うのであった。団子屋へ入り、二人は席に着いた。

「五助くん」

「なに？」

「これは内緒だけどね、五助くんがおもちゃを持ってた時、知らない部屋にいたでしょ」

「うん」

「あれね、それがしの部屋なんだよ」

「え……」

「わからないよね」

「うん、わかんない」

「五助くん」

「なに」

「ちゃんと、一所懸命に生きてね」

「え……」

「そして、若様を支えてあげてね」

「若様って、義丸さまのこと？」

「うん」

「支えるってなに？」

「えっと、応援してあげてってことかな」

「応援……。なんで？」

「若様ね、とってもいい人なんだ。久佐の人たちをとても大事に思ってるんだ」

「へぇ～」

五助はよく理解できないでいたが、義丸がいい人だということは、なんとなくわかった。

それから五助は、美味しそうに団子を食べていた。

誠は五助との約束も果たし、いよいよ平成へ帰る時がきたと思った。


久佐城内では……

「若……それがし、ご相談したいことがござりまして……」

義勝の部屋で、宗範がそう言った。

「相談とな。申してみよ」

「大変……申し上げにくうござりますが……それがし……お暇を頂きとう思うております」

「なっ……宗範、いかがいたした」

「それがし……誠や和美殿と出会い……のちの世とやらへ、参りとうございまして……」

「宗範！　なにを申すか！」

「……」

「そなたは、わしが子供のころから仕えてくれた、大事な家臣であるぞ！　それをのちの世などと……許さぬ！」

「若……」

「それに、そなたがのちの世へ参ったところで、一体どうやって生きて行くと申すか！」

「それがし……伴侶も……ましてや子供もおりませぬ。この先……どのくらい生きられるかわかりませぬ」

「そなたは、久佐で生きて行けばよいのじゃ！」

「それは……重々心得てござりますが、それがし……一瞬ではござりましたが、のちの世をこの目で見ました」

「それがどうだと申すか」

「それがし……もっとのちの世を見て回りたく……日ごとに興味が深まるばかりでありまして……」

　義勝は、のちの世のことを知らない。宗範は知っているとはいえ、これまで自分に、従順すぎるほど従順であった宗範の口からでた言葉とは思えなかった。

「宗範……」

「若に仕えて参りましたことは、それがしにはかけがえのない幸せにござりました。これは本心でございまする……」

「では、今後もそうすればよいではないかっ！」

「若……それがしの我が侭なれど……なにとぞ、聞き入れてはくださりませぬか……」

「聞きたくもない！　宗範、下がれ」

「若……」

「下がれと申しておる！」

「はっ……」

義勝は、宗範の気持ちを、当然受け入れられなかった。

義勝にとって宗範は、まるで父親のような存在でもあり、いつも近くにいた。

宗範と離れたくない気持ちもあったが、それより宗範が、のちの世で生きていけるのかを酷く案じた。

四十一、別れの時

「兄上……」

義丸の部屋の前で、義勝がそう言った。

「義勝か。入るがよい」

義勝は障子を開け、中へ入った。

するとそこには小夜もいた。

「あっ……これは小夜殿。ここにお出ででしたか」

「義勝、遠慮は無用じゃ。して、なにか用か」

「義丸殿、わらわは席を外しますゆえ……」

小夜がそう言って出て行こうとした。

「あいや、小夜殿。そなたにも聞いていただきとうござる」

義勝がそう言った。

「え……わらわにも……」

小夜は再び義丸の隣に座った。

「して、義勝。いかが致したのか」

「兄上……宗範のことにございますが……」

「ほう、宗範とな」

「あやつ……のちの世とやらへ行きたいと申しましてな……」

「えっ……のちの世に？」

「あら……」

小夜は義丸の顔を見てそう言った。

「宗範は、なにゆえ、そのようなことを……」

義丸がそう言った。

「なんでも……のちの世とやらに、興味が湧いたとかで……」

「左様か……。まあ、宗範はのちの世を見ておるからの」

「兄上……」

「なんじゃ」

「のちの世とは、あやつの興味を掻き立てるほどのところにござりますか」

「ああ……。確かにそうかも知れぬ」

「小夜殿は、いかがにござりますか」

義勝がそう訊ねた。

「左様でござりますなぁ……。一言で申せば、愉快なところではありまするが……わらわはやはり、こちらの方がよいと思うとります……」

「左様にござりますか……」

「義勝は行かせとうないんじゃな」

「それはそうでありまする！　あやつ……見知らぬところへ行き、どんな目に遭うか、わかっておらぬのです」

「うーん……。平成は『車』とやらがあり、危ないこともござるが、人々は刀を持っておらぬし、上手い食べ物もたくさんござって、よいところじゃぞ」

「左様ですか……」

「どうじゃ。誠はタイムマシンを持っておるゆえ、行って帰って参ることもできるではないか」

「兄上……」

「宗範も、しばらく経てば、得心するであろうぞ」

「左様にござりましょうか……」

「ここは、宗範の願いを聞き入れてやらぬか」

「はぁ……」

義勝は仕方なく、義丸の言い分を聞き入れた。

そして宗範は、平成へ行くことになったのだ。


誠たちが「消える」場所は、町外れの人のいない場所を選んだ。

そこに、義丸、小夜、義勝、そして平成へ行く宗範が来ることになっていた。

「やっと帰れるでござるわ～～」

和美は「お土産」を抱えて、嬉しそうに立っていた。

「もう義勝さまに会えないかと思うと……めちゃ淋しいですよ～～！」

「菜央ちゃん、好きだったもんね～」

「そうですよ～。ああ～～……ここに残りたい気分っす」

「あはは、なに言ってるでござるのよ～」

「それにしても、宗範さん、平成へ行くって……大丈夫なんすかね」

「宗ちゃんなら、うちで暮らしてもらうつもりでござるよ」

「それって……いいんすか」

「なーんも、問題ないでござるよ～」

「ねぇ、まこっちゃん、いいの？」

菜央が誠にそう訊いた。

「まあね。色々と見物させてあげて、しばらくしたら帰るんじゃないのかな」

「それならいいけどさ～。もし、ずっと暮らすって言ったらどうするの？」

「宗範さんは、きっとそうならないよ」

「え……なんでわかるのよ」

「あの人が、久佐のことや、義丸さん、義勝さんのこと気にならないと思う？」

「まあ、そりゃそうだけど」

「その時代に生まれた人間は、その時代で生きていくんだよ。それが運命なんだよ」

「まあねぇ」

「誠～～！」

そこに義丸たちが走ってきた。

「義丸さん～！」

誠が手を振った。

「待たせてしもうたの」

義丸は、誠たちの傍まで来てそう言った。

「いえ、待ってませんよ」

「いよいよ、別れの時じゃの」

義丸は淋しそうに言った。

「義丸さん。それがし、あなたと出会えてほんとによかったと思ってます」

「なにを申すか。それはわしのほうじゃ。お主には、まことに世話になり、感謝の言葉もござらん……」

そう言って義丸は、涙を流した。

「なに言ってるでござるのよ～～、ほらほら、笑うでござるよ～～」

和美がそう言った。

「和美殿……そなたにも……なんと礼を申してよいか……」

「礼なんていらないでござるよ～。それより、立派な殿様になるでござるよっ！」

「あい……承知した……」

「誠……菜央……和美殿……。わらわは、淋しゅうなります。どうぞお元気で……」

小夜がそう言った。

「小夜ちゃんも元気で」

誠がそれに答えた。

「小夜ちゃん、めっちゃ思い出できたよ。カフェやカラオケ、芝居のことも……。私、すごく楽しかった。ほんとにありがとう」

菜央がそう言った。

「菜央……私も楽しかったじゃん！　つーか、ありがとうじゃん！」

小夜はそう言って笑った。

それにつられて、みんなも笑った。

「それと義丸さん。私さ、義丸さんに色々と教えられたことあるんだ。それを今後、私の人生で活かしていくつもり。ほんと、ありがとうね」

「菜央殿、なにを申すか。わしこそ、色々と教えてもろうたぞ。礼を申すのはわしのほうじゃ」

「ほーら、こっちおいで！」

和美がそう言って、義丸と小夜を抱きしめた。

「あんたたち、いい夫婦になるのよ。そして、子供いっぱい作って、久佐と中井を繁栄させるのよ！」

義丸と小夜は、泣きながら「うんうん」と頷いていた。

「義勝さま～～！　私のこと、忘れないでね～～！」

菜央がそう言った。

「あ……ああ。忘れぬ。というか……忘れられぬの」

「きゃ～～やった～～！」

「誠……」

義勝がそう言った。

「はい」

「この度のこと……お主には詫びねばならぬ」

「なに言ってるんですか」

「許せ……。そして兄上が大変世話になり、礼を申す」

義勝はそう言って頭を下げた。

「なによ～～義勝さま～～！　私だって蔵に閉じ込められたんでござるのよ～～」

「ああ、そうであったの。和美殿、申し訳なかった」

「冗談よ～！　あはは～」

「それと……宗範のこと、よろしくお願い致しまする」

義勝は再び頭を下げ、義丸も頭を下げた。

「ちょ……やめてでござるよ～！　頭を上げるでござるよ～」

それでも義丸と義勝は、頭を上げなかった。

「えぇ～い！　各々方！　頭《ず》が低ぅ～～い。頭《ず》をあげぇ～～い！」

和美がそう言うと、その場は爆笑に包まれた。

「若……では、それがし行って参ります……」

宗範が義丸と義勝に頭を下げた。

「元気での……宗範」

義丸が宗範の肩に手を置いた。

「宗範……いつでも帰って参るがよい。わしは待っておるぞ」

義勝がそう言った。

「若……」

「身体を大事にな。あまり無理をするでないぞ」

「はっ」

「それじゃ、それがしたち、帰りますね」

誠がそう言い、タイムマシンを手にした。

「まっ……誠っ！　また来てくれ……。わしはいつまでも待っておるぞ……」

「義丸さん……」

「誠……誠ぉぉ……」

義丸はその場に伏し、手をついて大泣きした。

その姿を見て、誠はボタンを押すのをためらっていた。

「義丸殿……」

小夜がそっと義丸の肩に手を置いた。

「面目ござらん……ううっ……ううう……」

「義丸さん、あなたのことは、生涯忘れません。義丸さんの心の中に、それがしはずっといます……それがしの心の中にも義丸さんがずっといます……」

「誠……」

「うう……ううう……」

誠も涙を流した。

「かえるぴょこぴょこ」

小夜がそう言った。

「みぴょこぴょこ」

誠がそれを続けた。

「あわせてぴょこぴょこ　むぽこぽこ」

義丸がそう言うと、みんなが笑った。

そして誠たちは、義丸たちの前から姿を消した。

「行ってしもうたの……」

義丸が呟いた。

「兄上……早口言葉、わしにも教えてくださらぬか」

「おおっ、それはよいの。教えてつかわすぞ」

「ちなみに……わしは、得意でございますぞ」

「なにっ！　得意と申すか！」

「あはは。左様でございます」

二人の様子を、小夜は嬉しそうに見守っていた。


――――そして平成の世……


「わあ〜〜帰ってきたでござるぅぅ〜〜！」

誠の部屋に立ち、和美がそう言った。

「ほんとだ〜〜！　帰ってきたんだ〜〜」

菜央もそう言った。

「宗範さん、大丈夫ですか」

誠が宗範に訊いた。

「え……あ……ああっ！　それがしはこの部屋に参ったのじゃ！」

「あはは、そうですよ。ここは、それがしの部屋です」

「左様であったの！　おお～～……ここがのちの世でござるか！」

「宗ちゃん、その格好、なんとかしないとでござるよ。って、私たちもでござるよ～～！」

そう言って和美は、大声で笑った。

「ほんとだ～～。このまま外に出たら、マジの時代劇ですよ～！」

「菜央ちゃん、出てみる？」

「ええ～～おばさん、マジっすか！」

「ちょっとくらいいいじゃないでござるよ～」

和美がドアを開け、階段を下り、菜央も誠もその後に続いた。

するとリビングに誠一郎が座っていた。

「ああ～～、あなたでござるじゃないの～～！」

「おお、和美～～！　帰ってきたんだね。おかえり～」

そう言って誠一郎は立ち上がった。

「ただいまでござるよ～～！」

和美は誠一郎に抱きついた。

「あはは、なんだよ、その言葉」

誠一郎は、菜央、誠を目で確認し、二人の元気そうな姿を見て安心した。

すると……誠の後ろから侍が付いて来るのを見た誠一郎は、幻を見ているのかと勘違いした。

「おお……これは誠の父上にござるか。それがし、久佐藩家臣である松永宗範と申す。わけあってのちの世へ参ったゆえ、しばらく世話になり申す」

「どっひゃ〜！」

ドン引きする誠一郎の傍で、和美、誠、菜央は、爆笑したのであった。

著者プロフィール

たらふく

大阪府大阪市出身。
三重県在住。

かえるぽこぽこ

2023年 6 月15日　初版第 1 刷発行

著　者　たらふく
発行者　瓜谷 綱延
発行所　株式会社文芸社
〒160-0022　東京都新宿区新宿1－10－1
電話　03-5369-3060（代表）
03-5369-2299（販売）

印刷所　株式会社暁印刷

ISBN978-4-286-24225-5